中國文學研究典籍叢刊

宋詞紀事

唐圭璋 編著

中華書局

圖書在版編目(CIP)數據

宋詞紀事/唐圭璋編著.—北京:中華書局,2008.5
(2025.3 重印)
(中國文學研究典籍叢刊)
ISBN 978-7-101-06129-1

Ⅰ.宋… Ⅱ.唐… Ⅲ.宋詞-文學研究 Ⅳ.I207.23

中國版本圖書館 CIP 數據核字(2008)第 056211 號

責任編輯:俞國林
封面設計:周　玉
責任印製:韓馨雨

中國文學研究典籍叢刊
宋詞紀事
唐圭璋 編著
*
中華書局出版發行
(北京市豐臺區太平橋西里 38 號　100073)
http://www.zhbc.com.cn
E-mail:zhbc@zhbc.com.cn
三河市鑫金馬印裝有限公司印刷
*
850×1168 毫米 1/32・12⅜印張・2 插頁・208 千字
2008 年 5 月第 1 版　2025 年 3 月第 8 次印刷
印數:14801-15700 册　定價:56.00 元

ISBN 978-7-101-06129-1

《中國文學研究典籍叢刊》出版説明

中國古代學者對文學的認識、思考、研究和總結，是以多種形式書寫、流傳並發生影響的，有的是理論性的專著，有的是隨筆式的評論，有的是作品前後的序跋，有的是作品之中的評點。這些典籍數量豐富，種類衆多，涉及各個時期的不同的文學現象和文學思潮，以及不同的作家作品和文體文類。對這些典籍文獻的收集、整理，在近百年來，一直是學術界著力的重點，取得了很大的成績。

爲了進一步推動這一工作的進展，我們組織了《中國文學研究典籍叢刊》，選擇歷代具有代表性的、比較重要的典籍，採用所能得到的善本，進行深入的整理。因各類典籍情況差異較大，整理的方式也因書而異，不求一律，或校勘，或標點，或注釋，或輯佚，詳見各書的前言與凡例。《叢刊》的目的，是系統地爲學術界提供一套承載著中國古代學者文學研究成果的，内容更爲準確、使用更爲方便的基礎資料。我們熱切地期待學術界的同仁們參與這一澤惠學林的工作，並誠摯地歡迎讀者對我們的工作提出批評指正。

中華書局編輯部

二〇〇六年六月

目録

吴序

唐君圭璋輯《宋詞紀事》既成，謁余昭潭寓廬，屬一言弁首。余讀而善之。徵引諸籍，多宋賢撰著，明、清紀載逡録殊鮮，一也。薈集原文，不加增損，一言一字，可以覆核，二也。補苴遺逸，多前人未及，張皇幽渺，殫見洽聞，三也。因作而嘆曰：尋繹此書，可悟作述之體矣。記云「作者之謂聖，述者之謂明」，孔子亦云「述而不作」，其鄭重有如是者。今世才彦，事不師古，喜自成一家言，流傳諸作，如嚮壁面牆。若夫輯録一書，又臆斷節取，或展轉裨販，不足徵信。抑知述者之難，較作者爲尤甚，引證圖籍，當從舊刊者，所以祛俗學也；采擇諸説，當取創論者，所以尊昔賢也。自明人刊書，動多删易，而古人面目，不盡可見，是以纂述之業，必推清儒者，此亦海内學者之公論矣。然而詞苑諸書，如徐釚、張宗橚輩，猶多可議。顔黄門云：「談説製文，援引古昔，必須眼學，勿信耳受。」圭璋此作，殆深合黄門之怡歟！往讀樊榭《宋詩紀事》，怪其詩多而事少，今圭璋所述，凡詞無本事者，咸擯弗采，故卷帙雖簡，而事實獨豐。余江潭避地，顧景無儔，辱君厚我，遠來存問，昔日絃誦之地，鞠爲茂草，俯仰身世，百端交集，讀君鴻著，益自傷遲暮矣。

戊寅二月，長洲同學兄吴梅書於湘潭之柚園

自序

宋詞極盛於一時，足以比美唐詩；而詞人之韻事流傳，亦頗有旗亭畫壁之風。惜宋人如楊繪之《本事曲》、楊湜之《古今詞話》皆已失傳，是以今日不能多知其本事。惟宋人黄昇之《花庵詞選》及何士信之《草堂詩餘》，間附詞話。此外，則散見於宋人詩話及筆記之中。明人陳耀文輯《花草粹編》，卓人月輯《詞統》，俱兼采詞話，附本詞後。顧所引詞話，往往節其大意，不録原文，甚有不注出處者。

清初，朱彝尊既輯《詞綜》，風行宇内；而徐釚復輯《詞苑叢談》，與《詞綜》並行，亦爲言詞者之所宗。第徐書共分八類，紀事者僅居其一，而不注出處，剪裁舊文，又與明書同失。其後紀事之書，有張宗橚之《詞林紀事》及葉申薌之《本事詞》。葉書既剪裁舊文，亦不注出處。張書依詞人時代先後，排比分卷，最爲整齊；雖注出處，但不盡依原文，是皆不能無憾也。

且張書失處，尚有三端：任意增删原文，致失本來面目，一也。徵引本事，不直取宋人載籍，而據明、清人詞書入録，二也。書名紀事，而書中輒漫録前人評語，或掇拾詞題，以充篇幅，三也。此外，且有誤處，如卷六載晁次膺《鴨頭緑·新秋近》一首，考《珊瑚鉤詩話》，次膺本事詞爲《錦堂深》一首，而「新秋近」一首，則晁補之詞也。又如卷八載謝無逸《江城子》「一江春水碧灣灣」一首，考《苕溪漁隱叢話》，無逸題壁本事詞爲「杏花村館酒旗風」一首，而非此首也。至於失收之事亦多，如耆卿以贈淮妓詞而使妓竭産來歸，子京以詠燕子詞而蒙恩復官，子野作《謝池春慢》以叙媚卿之遇，小山作《鷓鴣天》以拒蔡京之請，東坡嘗以詞調陳季常，少游嘗以詞贈碧桃，清真以《望江南》而獲罪，伯可以《望江南》而得寵，稼軒又嘗以整整酬醫作《好事近》。他如劉孝述有掛冠之詠，許沖元有及第之詠，蘇子由有悟禪之詠，張臺卿有憶舊之詠；向豐之爲《卜算子》而棄婦來歸，鄭無黨爲《臨江仙》而逋欠得償，連仲宣爲《念奴嬌》而特免文解，韓嘉彦爲《玉漏遲》而公主悔悟，趙昂爲《婆羅門引》而九重賜金，關永言爲《迷仙引》而石曼卿夢中致謝，劉朔齋爲《摸魚子》而吴毅夫臨歧揮淚，凡此皆張書所未及者。

余既惜宋人詞話之失傳，又慨夫明、清人所述之詞話，多剪裁節取，不盡依宋人書籍原文，因重輯此書，以宋證宋，以供研究詞學者之參考。惟涉及評語及無關本事者，則概置不録云。

戊寅三月，唐圭璋自序於武昌黄鶴樓

宋詞紀事

蘇易簡

易簡字太簡，梓州銅山人。太平興國五年進士。累官知制誥，充翰林學士，遷給事中，參知政事。出知陳州卒。

越江吟

神仙神仙瑶池宴。片片。碧桃零落春風晚。翠雲開處，隱隱金輿挽。玉麟背冷清風遠。

《續湘山野録》：太宗嘗酷愛宫詞中十小調子，乃隋賀若弼所撰。其聲與意及用指取聲之法，古今無能加者。十調者：一曰《不博金》，二曰《不换玉》，三曰《夾泛》，四曰《越溪吟》，五曰《越江吟》，六曰《孤猿吟》，七曰《清夜吟》，八曰《葉下聞蟬》，九曰《三清》，外一調最優古，忘其名，琴家衹名曰《賀若》。太宗嘗謂《不博金》、《不换玉》二調之名頗俗，御改《不博金》爲《楚澤涵秋》，《不换玉》爲《塞門積雪》。命近臣十人各探一調，撰一詞。蘇翰林易簡探得《越江吟》。詞如上略。

《苕溪漁隱叢話》前集卷第十六引《冷齋夜話》：又一本云：「非雲非烟瑶池宴。片片。碧桃冷落誰見。黄金殿。蝦鬚半捲。天香散。春雲和，孤竹清婉。入霄漢。紅顔醉態爛漫。金輿轉。霓旌影亂。簫聲遠。」

寇準

準字平仲，華州下邽人。太平興國五年進士。淳化五年，參知政事。真宗朝累官尚書右僕射、集賢殿大學士、同中書門下平章事，封萊國公。乾興初，貶雷州司户，徙衡州司馬卒。

甘草子

春早。柳絲無力，低拂青門道。暖日籠啼鳥，初拆桃花小。遥望碧天淨如埽，曳一縷、輕烟縹緲。堪惜流年謝芳草，任玉壺傾倒。

《湘山野録》卷下：寇萊公嘗曰：母氏言吾初生，兩耳垂有肉環，數歲方合。自疑嘗爲異僧，好游佛寺。遇虚窗静院，惟喜與僧談真。公歷富貴四十年，無田園邸第。入則寄僧舍，或僦居。在大名日，自出題試貢士曰《公儀休拔園葵賦》、《霍將軍辭治第詩》，此其志也。詩人魏野獻詩曰：「有官居鼎鼐，無地起樓臺。」采詩者以爲中的。虜使至大名，問公曰：「莫是『無地起樓臺』相公否？」公因早春宴客，自撰樂府詞，俾工歌之。詞如上略。

錢惟演

惟演字希聖，吴越忠懿王俶之子。歸宋，累遷翰林學士樞密使。罷爲鎮國軍節度觀察留後，改保大軍節度使，知河陽。入朝，加同中書門下平章事。坐事落職，爲崇信軍節度，歸鎮卒。

玉樓春

城上風光鶯語亂。城下烟波春拍岸。緑楊芳草幾時休，泪眼愁腸先已斷。　情懷漸變成衰晚。鸞鑑朱顔驚暗换。昔年多病厭芳尊，今日芳尊惟恐淺。

《湘山野録》卷上：錢思公謫居漢東日，撰一曲曰：詞如上略。每酒闌歌之則垂涕。時後閣尚有故國一白髮姬，乃鄧王俶歌鬟驚鴻者也，曰：「吾憶先王將薨，預戒挽鐸中歌《木蘭花》，引紼爲送。今相公其將亡乎？」果薨於隨。鄧王舊曲，亦有「帝鄉烟雨鎖春愁，故國山川空泪眼」之句，頗相類。

陳堯佐

堯佐字希元，閬中人。端拱二年狀元。歷官同中書門下平章事、集賢殿大學士。

踏莎行

二社良辰，千家庭院。翩翩又見新來燕。鳳皇巢穩許爲鄰，瀟湘烟暝來何晚。亂入紅樓，低飛緑岸。畫梁時拂歌塵散。爲誰歸去爲誰來，主人恩重珠簾卷。

《湘山野録》卷中：吕申公屢乞致仕。仁宗眷倚之重，久之不允。他日，復叩於便坐，上度其志不可奪，因詢之曰：「卿果退，當何人可代？」申公曰：「知臣莫若君，陛下當自擇。」仁宗堅詢之，申公遂引陳文惠堯佐曰：「陛下欲用英俊經綸之臣，則臣所不知。必欲圖任老成，鎮靜百度，周知天下之良苦，無如陳某者。」仁宗深然之，遂大拜。後文惠公極懷薦引之德，無以形其意，因撰《燕詞》一闋，攜觴相館，使人歌之。詞如上略。申公聽歌醉笑曰：「自恨卷簾人已老。」文惠應曰：「莫愁調鼎事無功。」老於嵓廊，藴藉不減。

潘閬

閬字逍遥，大名人。嘗居錢塘。太宗召對，賜進士第。坐事遁中條山，後收繫。真宗釋其罪，以爲滁州參軍。

憶餘杭

長憶西湖湖水上。盡日憑欄樓上望。三三兩兩釣魚舟。島嶼正清秋。　笛聲依約蘆花裏。白鳥成行忽驚起。别來閒想整漁竿。思入水雲寒。

《湘山野録》卷下：閬有清才，嘗作《憶餘杭》一闋，詞如上略。錢希白愛之，自寫於玉堂後壁。

《花草粹編》卷五引《古今詞話》云：「石曼卿見此詞，使畫工綵繪之，作小景圖。」

案：潘閬《逍遥集·憶餘杭》十首作《酒泉子》。

越娘

越娘，廣州參軍陳敏夫妾。

西江月

一自東君去後，幾多恩愛睽離。頻凝泪眼望鄉畿。客路迢迢千里。　顧我風情不薄，與君驛邸相隨。參軍雖死不須悲。幸有連枝同氣。

《緑窗新話》卷上引《麗情集》：陳敏夫隨兄任廣州參軍，其兄素無妻室，專寵一妾，名越娘，美貌能詩。兄在任不禄，敏夫與越娘搬挈還家。歸次洪都，越娘吟詩一聯曰：「悠悠江水漲帆渡，叠叠雲山緩轡行。」命敏夫和之。敏夫應聲曰：「今夜不知何處宿，清風明月最關情。」微寓相挑之意。越娘見詩，微笑。是夜宿雙溪驛，月明如畫，越娘開樽，同敏夫飲，唱酬歡洽。問敏夫：「今夜何處睡？」答曰：「廊下圖得看月。」各有餘情。夜向深，敏夫聞廊下有履聲，乃潛起看，見越娘搖手令低聲，迎進相抱曰：「今日被君詩句惹動春心。」遂就寢。越娘乃吟詞。詞如上略。

李遵勖

遵勖字公武，崇矩孫。真宗時，尚荆國大長公主，授左龍武軍將軍、駙馬都尉，累遷寧國軍節度使，徙鎮國軍，知許州卒。

滴滴金

帝城五夜宴游歇。殘燈外，看殘月。都人猶在醉鄉中，聽更漏初徹。　行樂已成閒話説，如春夢，覺時節。大家重約探春行，問甚花先發。

《能改齋漫録》卷十七：詞如上略。李駙馬正月十九所撰《滴滴金》詞也。京師上元，國初放燈止三夕。時錢氏納土，進錢買兩夜。其後十七、十八兩夜燈，因錢氏而添，故詞云「五夜」。

望漢月

黄菊一叢臨砌。顆顆露珠妝綴。獨教冷落向秋天，恨東君不曾留意。　雕闌新雨霽。緑蘚上亂鋪金蕊。此花開後更無花，願愛惜莫同桃李。

《能改齋漫録》卷十六：李和文公作詠菊《望漢月》詞。詞如上略。一時稱美。時公鎮澶淵，寄劉子儀書云：「澶淵營妓，有一二擅喉轉之技者，唯以『此花開後更無花』爲酒鄉之資也。」「不是花中唯愛菊，此花開後更無花」，乃元微之詩，和文用之耳。

陳　亞

亞字亞之，維揚人。咸平五年進士。嘗爲杭之於潛令，仕至太常少卿。

生查子

朝廷數擢賢，旋占凌霄路。自是鬱陶人，險難無移處。　也知没藥療飢寒，食薄何相誤。大幅紙連黏，甘草《歸田賦》。

《青箱雜記》卷一：亞與章郇公同年友善。郇公當軸，將用之，而爲言者所抑。亞作藥名《生查子》陳情獻之。

夏竦

竦字子喬，江州德安人。以父死事補官。真宗朝舉賢良，除光禄丞。仁宗朝累擢知制誥，拜同中書門下平章事，封英國公，後改封鄭。

喜遷鶯令

霞散綺，月沈鉤。簾捲未央樓。夜涼河漢截天流。宫闕鎖新秋。　瑶階曙，金莖露。鳳髓香和雲霧。三千珠翠擁宸游。水殿按《梁州》。

《青箱雜記》卷五：景德中，夏公初授館職，時方早秋，上夕宴後庭，酒酣，遽命中使詣公索新詞。公問上在甚處，中使曰：「在拱宸殿按舞。」公即抒思，立進《喜遷鶯》詞。詞如上略。中使入奏，上大悦。

聶冠卿

冠卿字長孺，新安人。舉進士，授連州軍事推官。慶曆元年，以兵部郎中知制誥，拜翰林學士。

多麗

想人生，美景良辰堪惜。問其間賞心樂事，就中難是并得。況東城鳳臺沁苑，泛晴波淺照金碧。露洗華桐，烟霏絲柳，緑陰摇曳，蕩春一色。畫堂迴，玉簪瓊佩，高會盡詞客。清歡久，重燃絳蠟，别就瑶席。有翩若輕鴻體態，暮爲行雨標格。逞朱脣緩歌妖麗，似聽流鶯亂花隔。慢舞縈回，嬌鬟低嚲，腰肢纖細困無力。忍分散，彩雲歸後，何處更尋覓？休辭醉，明月好花，莫謾輕擲。

《能改齋漫録》卷十六：翰林學士聶冠卿，嘗於李良定公席上賦《多麗》詞。蔡君謨時知泉州，寄良定公書云：「新傳《多麗》詞，述宴游之娱，使病夫舉首增嘆耳。又近者有客至自京師，言諸公春日多會於元伯園池，因念昔游，輒形篇詠：『緑渠春水走潺湲，畫閣峰巒映碧鮮。酒令已行金琖側，樂聲初認翠裙圓。清游勝事傳都下，《多麗》新詞到海邊。曾是尊前沈醉客，天涯迴首重依然。』」

范仲淹

仲淹字希文，其先邠人，後徙吴縣。大中祥符八年進士，仕至樞密副使參知政事，以資政殿學士爲陝西四路宣撫使。知邠州，徙鄧州、荆南、杭州、青州卒。

定風波

羅綺滿城春欲暮。百花洲上尋芳去。浦映花，花映浦。無盡處。恍然身入桃源路。莫怪山翁聊逸豫。功名得喪歸時數。鶯解新聲蝶解舞。天賦與。爭教我輩無歡緒。

《敬齋古今黈》卷之八引《本事曲子》：范文正公自前二府鎮穰下，營百花洲，親製《定風波》五詞。其第一首云：詞如上略。尋其聲律，乃與《漁家傲》正同。

剔銀燈

昨夜因看《蜀志》。笑曹操孫權劉備。用盡機關，徒勞心力，只得三分天地。屈指細尋思，爭如共、劉伶一醉。　人世都無百歲。少癡騃老成尪悴。只有中間，些子少年，忍把浮名牽繫。一品與千金，問白髮、如何迴避。

《中吴紀聞》卷第五：范文正與歐陽文忠席上分題作《剔銀燈》，皆寓勸世之意。

漁家傲

塞下秋來風景異。衡陽雁去無留意。四面邊聲連角起。千嶂裏。長烟落日孤城閉。

濁酒一杯家萬里。燕然未勒歸無計。羌管悠悠霜滿地。人不寐。將軍白髮征夫泪。

《東軒筆録》卷之十一：范文正公守邊日，作《漁家傲》樂歌數闋，皆以「塞下秋來」爲首句，頗述邊鎮之勞苦。歐陽公嘗呼爲窮塞主之詞。及王尚書素出守平涼，文忠亦作《漁家傲》一詞以送之，其斷章曰：「戰勝歸來飛捷奏。傾賀酒。玉階遥獻南山壽。」顧謂王曰：「此真元帥之事也。」

沈邈

邈字子山，信州弋陽人。進士及第。慶曆初，爲侍御史。後知延州卒。

剔銀燈

一夜隋河風勁。霜濕水天如鏡。古柳堤長，寒烟不起，波上月無流影。那堪頻聽。疎星外離鴻相應。　須信道情多是病。酒未到愁腸還醒。數疊蘭衾，餘香未滅，甚時枕鴛重並？教伊須更。將盟誓後約言定。

又

江上秋高霜早。雲靜月華如掃。候雁初飛，啼螿正苦，又是黄花衰草。等閒臨照。

潘郎鬢星星易老。那堪更酒醒孤棹。望千里長安西笑。臂上妝痕，胸前泪粉，暗惹離愁多少？此情難表。除非是重相見了。

《能改齋漫録》卷十七：宿州營妓張玉姐，字温卿，本蘄澤人。色技冠一時，見者皆屬意。沈子山爲獄掾，最所鍾愛。既罷官，途次南京，念之不忘，爲《剔銀燈》二闋。詞如上略。其後明道中，張子野先、黄子思孝先相繼爲掾，尤賞之。偶陳師之求古以光禄丞來掌榷酤，温卿遂託其家。僅二年而亡，纔十九歲。子思以詩弔之云：「人生第一莫多情。眼看仙花結不成。爲報兩京才子道：好將詩句哭温卿。」先是，子思有愛姬宜哥，客死舟中，遺言葬堤下，冀他日過此得一見，以慰孤魂。子思從之，作詩納柩中。其斷章云：「恩同花上露，留得不多時。」二人皆葬於宿州柳市之東。子野嘉祐中過而題詩云：「好物難留古亦嗟。人生無物不塵沙。何時宰樹連雙塚，結作人間並蒂花。」

柳永

永字耆卿，初名三變，崇安人。景祐元年進士，官至屯田員外郎。

醉蓬萊

漸亭皋葉下，隴首雲飛，素秋新霽。華闕中天，鎖葱葱佳氣。嫩菊黄深，拒霜紅淺，近寶階香砌。玉宇無塵，金莖有露，碧天如水。正值昇平，萬機多暇，夜色澄鮮，漏聲迢遞。南極星中，有老人呈瑞。此際宸游，鳳輦何處，動管絃清脆。太液波翻，披香簾捲，月明風細。

《澠水燕談録》卷第八：柳三變景祐末登進士第，少有俊才，尤精樂章。後以疾更名永，字耆卿。皇祐中，久困選調，入内都知史某愛其才而憐其潦倒。會教坊進新曲《醉蓬萊》，時司天臺奏老人星見，史乘仁宗之悦，以耆卿應制。耆卿方冀進用，欣然走筆，甚自得意，詞名《醉蓬萊慢》。比進呈，上見首有「漸」字，色若不悦。讀至「宸游鳳輦何處」，乃與御製真宗挽詞暗合，上慘然。又讀至「太液波翻」曰：「何不言波澄？」乃擲之於地。永自此不復進用。

《歲時廣記》卷十七引《古今詞話》：柳耆卿祝仁宗皇帝聖壽，作《醉蓬萊》一曲。此詞一傳，天下皆稱妙絶。蓋中間誤使宸游鳳輦挽章句。耆卿作此詞，惟務鉤摘好語，卻不參考出處。仁宗皇帝覽而惡之。及御注差注至耆卿，抹其名曰：「此人不可仕宦，儘從他花下淺斟低唱。」由是淪落貧窘，終老無子。掩骸僧舍，京西妓者鳩錢葬於棗陽縣花山。既出郊原，有浪子數人戲曰：「這大伯做鬼也愛打鬨。」其後遇清明日，游人多狎飲墳墓之側，謂之弔柳七。

定風波

自春來慘緑愁紅，芳心是事可可。日上花梢，鶯穿柳帶，猶壓香衾卧。暖酥銷，膩雲嚲。終日厭厭倦梳裹。無那。恨薄情一去，音書無箇。　早知恁般麽。悔當初、不把雕鞍鎖。向鷄窗只與，蠻牋象管，拘束教吟課。鎮相隨，莫抛躲。針綫閑拈伴伊坐。和我。免使少年，光陰虚過。

《畫墁録》卷一：柳三變既以詞忤仁廟，吏部不放改官。三變不能堪，詣政府，晏公曰：「賢俊作曲子麽？」三變曰：「祇如相公亦作曲子。」公曰：「殊雖作曲子，不曾道『綵綫慵拈伴伊坐』。」柳遂退。

鶴沖天

黄金榜上。偶失龍頭望。明代暫遺賢，如何向？　未遂風雲便，爭不恣狂蕩。何須論得喪。才子詞人，自是白衣卿相。　烟花巷陌，依約丹青屏幛。幸有意中人，堪尋訪。且恁偎紅翠，風流事，平生暢。青春都一餉。忍把浮名，换了淺斟低唱。

《能改齋漫録》卷十六：仁宗留意儒雅，務本理道，深斥浮豔虚薄之文。初，進士柳三變，好爲淫冶謳歌之曲，傳播四方。嘗有《鶴沖天》詞云：「忍把浮名，换了淺斟低唱。」及臨軒放榜，特落之，曰：「且去淺斟低唱，何要浮名！」至景祐元年方及第，後改名永，方得磨勘轉官。

擊梧桐

香靨深深，姿姿媚媚，雅格奇容天與。自識伊來，便好看承，會得妖嬈心素。臨歧再約同歡，定是都把、平生相許。又恐恩情，易破難成，未免千般思慮。　近日書來，寒暄而已，苦没忉忉言語。便認得聽人教當，擬把前言輕負。見説蘭臺宋玉，多才多藝善詞賦。試與問朝朝暮暮。行雲何處去？

《緑窗新話》卷上引《古今詞話》：柳耆卿嘗在江淮惓一官妓，臨别以杜門爲期。既來京師，日久未還，妓有異圖，耆卿聞之怏怏。會朱儒林往江淮，柳因作《擊梧桐》以寄之。妓得此詞，遂負愧竭産，泛舟來輦下，遂終身從耆卿焉。

望海潮

東南形勝，三吴都會，錢塘自古繁華。烟柳畫橋，風簾翠幕，參差十萬人家。雲樹遶隄沙。怒濤卷霜雪，天塹無涯。市列珠璣，户盈羅綺競豪奢。　重湖疊巘清佳。有三秋桂子，十里荷花。羌管弄晴，菱歌泛夜，嬉嬉釣叟蓮娃。千騎擁高牙。乘醉聽簫鼓，吟賞烟霞。異日圖將好景，歸去鳳池誇。

《鶴林玉露》卷一：孫何帥錢塘，柳耆卿作《望海潮》詞贈之。此詞流播，金主亮聞歌，欣然有慕於三秋桂子，十里荷花，遂起投鞭渡江之志。近時謝處厚詩云：「誰把杭州曲子謳。荷花十里桂三秋。那知卉木無情物，牽動長江萬里愁。」余謂此詞雖牽動長江之愁，然卒爲金主送死之媒，未足恨也。至於荷豔桂香，妝點湖山之清麗，使士夫流連於歌舞嬉游之樂，遂忘中原，是則深可恨耳。因和其詩云：「殺胡快劍是清謳。牛渚依然一片秋。却恨荷花留玉輦，竟忘烟柳汴宫愁。」

《歲時廣記》卷三十一引《古今詞話》：柳耆卿與孫相何爲布衣交。孫知杭州，門禁甚嚴。耆卿欲見之不得，作《望海潮》詞，往謁名妓楚楚曰：「欲見孫相，恨無門路，若因府會，願借朱脣歌於孫相公之前。若問誰爲此詞，但説柳七。」中秋府會，楚楚宛轉歌之，孫即日迎耆卿預坐。

傾杯樂

禁漏花深，繡工日永，蕙風布暖。變韶景都門十二，元宵三五，銀蟾光滿。連雲複道凌飛觀。聳皇居麗，佳色瑞烟葱蒨。翠華宵幸，是處層城閬苑。龍鳳燭交光星漢。對咫尺鼇山開雉扇。會樂府兩籍神仙，梨園四部絃管。向曉色都人未散。盈萬井，山呼鼇抃。願歲歲天仗裏，常瞻鳳輦。

《避暑録話》卷下：永初爲《上元辭》有「樂府兩籍神僊，梨園四部絃管」之句傳禁中，多稱之。

後因秋晚張樂，有使作《醉蓬萊》詞以獻，語不稱旨，仁宗亦疑有欲爲之地者，因置不問。永亦善爲他文辭，而偶先以是得名，始悔爲己累。後改名三變，而終不能救，擇術不可不慎。余仕丹徒，嘗見一西夏歸朝官云「凡有井水飲處，即能歌柳詞」，言其傳之廣也。永終屯田員外郎，死旅殯潤州僧寺。王和甫爲守時，求其後不得，乃爲出錢葬之。

傾杯

金風淡蕩，漸秋光老，清宵永。小院新晴天氣，輕烟乍斂，皓月當軒練淨。對千里寒光，念幽期阻，當殘景。早是多愁多病。那堪細把，舊約前歡重省。最苦碧雲信斷，仙鄉路杳，歸鴻難倩。每高歌、強遣離懷，奈慘咽、翻成心耿耿。漏殘露冷。空贏得、悄悄無言，愁緒終難整。又是立盡，梧桐碎影。

《苕溪漁隱叢話》後集卷第三十八，苕溪漁隱曰：回仙於京師景德寺僧房壁上題詩云：「明月斜，秋風冷。今夜故人來不來，教人立盡梧桐影。」相傳此詞自國初時即有之。柳耆卿詞云：「愁緒終難整。人立盡，梧桐碎影。」用回仙語也。《古今詞話》乃云：「耆卿作《傾杯·秋景》一闋，忽夢一婦人云：『妾非今世人，曾作前詩，數百年無人稱道，公能用之。』夢覺説其事，世傳乃鬼謠也。此語怪誕無可考據，蓋不曾見回仙留題，遂妄言耳。」

案：《傾杯》原詞見《樂章集》。

張先

先字子野，湖州人。天聖八年進士，嘗知吴江縣，仕至都官郎中。

一叢花

傷春懷遠幾時窮。無物似情濃。離愁正恁牽絲亂，更南陌飛絮濛濛。歸騎漸遥，征塵不斷，何處認郎蹤。　雙鴛池沼水溶溶。南北小橋通。梯横畫閣黄昏後，又還是新月簾櫳。沉恨細思，不如桃杏，猶解嫁東風。

《過庭録》：張先子野郎中《一叢花》詞，一時盛傳，歐陽永叔尤愛之，恨未識其人。子野家南地，以故至都謁永叔，閽者以通，永叔倒屣迎之曰：「此乃桃杏嫁東風郎中。」東坡守杭，子野尚在，嘗預宴席，有《南鄉子》詞，末句云：「聞道賢人聚吴分。試問。也應傍有老人星。」蓋年八十餘矣。

《緑窗新話》卷上引《古今詞話》：張先字子野，嘗與一尼私約。其老尼性嚴，每卧於池島中一小閣上。俟夜深人靜，其尼潛下梯，俾子野登閣相遇。臨别，子野不勝惓惓，作《一叢花》詞以道其懷。文字微異。

天仙子

水調數聲持酒聽。午醉醒來愁未醒。送春春去幾時回，臨晚鏡。傷流景。往事後期空記省。　沙上並禽池上暝。雲破月來花弄影。重重簾幕密遮燈，風不定。人初靜。明日落紅應滿徑。

《後山詩話》：尚書郎張先善著詞，有云：「雲破月來花弄影」，「簾壓捲花影」，「墮輕絮無影」，世稱誦云張三影。王介甫謂「雲破月來花弄影」，不如李冠「朦朧澹月雲來去」也。冠，齊人，爲《六州歌頭》，道劉、項事，慷慨雄偉。劉潛，大俠也，喜誦之。

《苕溪漁隱叢話》前集卷第三十七引《高齋詩話》云：「子野嘗有詩云『浮萍斷處見山影』，又長短句云『雲破月來花弄影』，又云『隔牆送過秋千影』，並膾炙人口，世謂『張三影』。」

《苕溪漁隱叢話》前集卷第三十七引《古今詩話》云：「有客謂子野曰：『人皆謂公張三中，即心中事、眼中泪、意中人也。』公曰：『何不目之爲張三影？』客不曉，公曰：『雲破月來花弄影，嬌柔嬾起，簾壓卷花影；柳徑無人，墮風絮無影。此余平生所得意也。』」苕溪漁隱曰：「細味三說，當以《後山》、《古今》二詩話所載三影爲勝。」

《苕溪漁隱叢話》前集卷第三十七：《古今詩話》云：「子野嘗作《天仙子》詞云『雲破月來花

弄影』，士大夫多稱之。張初謁見歐公，迎謂曰：『好雲破月來花弄影。』恨相見之晚也。」二説未知孰是？

《苕溪漁隱叢話》前集卷第三十七引《遯齋閑覽》云：「張子野郎中以樂章擅名一時，宋子京尚書奇其才，先往見之，遣將命者謂曰：『尚書欲見雲破月來花弄影郎中乎？』子野屏後呼曰：『得非紅杏枝頭春意鬧尚書邪？』遂出，置酒盡歡。蓋二人所舉，皆其警策也。」

碧牡丹

步帳摇紅綺。曉月墮，沈烟砌。緩板香檀，唱徹伊家新製。怨入眉頭，斂黛峰横翠。芭蕉寒，雨聲碎。　鏡華翳。閒照孤鸞戲。思量去時容易。鈿盒瑶釵，至今冷落輕棄。望極藍橋，但暮雲千里。幾重山？幾重水？

《道山清話》：晏元獻公爲京兆尹，辟張先爲通判。新納侍兒，公甚屬意。先字子野，能爲詩詞，公雅重之。每張來，即令侍兒出侑觴，往往歌子野之詞。其後王夫人寖不容，公即出之。一日，子野至，公與之飲。子野作《碧牡丹》詞，令營妓歌之，有云「望極藍橋，但暮雲千里。幾重山、幾重水」之句。公聞之憮然，曰：「人生行樂耳，何自苦如此！」亟命於宅庫支錢若干，復取前所出侍兒。既來，夫人亦不復誰何也。

《緑窗新話》卷上：晏元獻之子小晏，善詞章，頗有父風。有寵人善歌舞，晏每作新詞，先使寵人歌之。張子野與小晏厚善，每稱賞寵之善歌。偶一日，寵人觸小晏細君之怒，遂出之。子野作《碧牡丹》一曲以戲小晏。小晏見之淒然，與子野曰：「人生以適意爲貴，吾何咎之有！」乃多以金帛贖姬。及歸，使歌子野之詞。

望江南

青樓宴，靚女薦瑶杯。一曲白雲江月滿，際天拖練夜潮來。人物誤瑶臺。　醺醺酒，拂拂上雙腮。媚臉已非朱淡粉，香紅全勝雪籠梅。標格外塵埃。

《後山詩話》：杭妓胡楚、龍靚，皆有詩名。胡云：「不見當時丁令威。年年處處是相思。若將此恨同芳草，卻恐青青有盡時。」張子野老於杭，多爲官妓作詞，而不及靚。靚獻詩云：「天與群芳十樣葩。獨分顔色不堪誇。牡丹芍藥人題徧，自分身如鼓子花。」子野於是爲作《望江南》詞也。

謝池春慢

繚牆重院，時聞有流鶯到。繡被堆餘寒，畫幕明新曉。朱檻連天闊，飛絮知多少。徑莎平，池水渺。日長風靜，花影閒相照。　塵香拂馬，逢謝女城南道。秀豔過施粉，多媚生輕笑。鬭色鮮衣薄，碾玉雙蟬小。歡難偶，春過了。琵琶流怨，都入相思調。

《緑窗新話》卷上引《古今詞話》：張子野往玉仙觀，中路逢謝媚卿，初未相識，但兩相聞名。子野才韻既高，謝亦秀色出世，一見慕悦，目色相授。張領其意，緩轡久之而去。因作《謝池春慢》以叙一時之遇。

晏　殊

殊字同叔，臨川人。七歲能屬文。景德初，以神童詔試，賜進士出身。累擢知制誥、翰林學士。慶曆中，拜集賢殿學士、同中書門下平章事，兼樞密院使。出知永興軍，徙河南。以疾歸京師，留侍經筵卒。

木蘭花

東風昨夜回梁苑。日脚依稀添一綫。旋開楊柳緑蛾眉，暗折海棠紅粉面。　無情欲去雲間雁。有意飛來梁上燕。無情有意且休論，莫向酒杯容易散。

《歲時廣記》卷七引《古今詞話》：慶曆癸未十二月二十九日立春，甲申元日，丞相晏元獻公會兩禁於私第，丞相席上自作《木蘭花》以侑觴。於時坐客皆和，亦不敢改首句「東風昨夜」四字。

玉樓春

緑楊芳草長亭路。年少抛人容易去。樓頭殘夢五更鐘，花外離愁三月雨。　無情不似多情苦。一寸還成千萬縷。天涯地角有窮時，只有相思無盡處。

《苕溪漁隱叢話》前集卷第二十六引《詩眼》云：「晏叔原見蒲傳正云：『先公平日小詞雖多，未嘗作婦人語也。』傳正云：『緑楊芳草長亭路，年少抛人容易去，豈非婦人語乎？』晏曰：『公謂年少爲何語？』傳正曰：『豈不謂其所歡乎？』晏曰：『因公之言，遂曉樂天詩兩句云：欲留年少待富貴，富貴不來年少去。』傳正笑而悟。然如此語意自高雅爾。」

浣溪沙

一曲新詞酒一杯。去年天氣舊亭臺。夕陽西下幾時回。　無可奈何花落去，似曾相識燕歸來。小園香徑獨徘徊。

《苕溪漁隱叢話》後集卷第二十引《復齋漫録》云：「晏元獻赴杭州，道過維揚，憩大明寺，瞑目徐行，使侍史讀壁間詩板，戒其勿言爵里姓氏，終篇者無幾。又俾誦一詩云：『水調隋宫曲，當年亦九成。哀音已亡國，廢沼尚留名。儀鳳終陳跡，鳴蛙祇沸聲。淒涼不可問，落日下蕪城。』徐問之，江都尉王琪詩也。召至同飯，飯已，又同步池上。時春晚，已有落花，晏云：『每得句書牆壁間，或彌年未嘗强對，且如無可奈何花落去，至今未能對也。』王應聲曰：『似曾相識燕歸來。』自此辟置館職，逐躋侍從矣。」

張昪

昪字杲卿，韓城人。大中祥符八年進士，累官參知政事、樞密使。以彰信軍節度使同中書門下平章事，判許州，改鎮河陽，以太子太師致仕。

離亭燕

一帶江山如畫。風物向秋瀟灑。水浸碧天何處斷？霽色冷光相射。蓼嶼荻花洲，掩映竹籬茅舍。雲際客帆高掛。烟外酒旗低亞。多少六朝興廢事，盡入漁樵閒話。悵望倚危樓，寒日無言西下。

《過庭録》：張康節公居江南，有《離亭燕》詞。公晚年鰥居，有侍妾宴康，奉公甚謹，未嘗少違意。公嘗召而謂曰：「吾死亦當從我爾。」妾亦恭應曰：「唯命是從。」公薨，妾相繼果死，人以爲異。

案：《攻媿集》卷七十七及《唐宋諸賢絶妙詞選》卷七皆以爲孫浩然作。

滿江紅

無利無名，無榮無辱，無煩無惱。夜燈前、獨歌獨酌，獨吟獨笑。況值群山初雪滿，又明月交光好。便假饒百歲擬如何，從他老。知富貴，誰能保。知功業，何時了。算簞瓢金玉，所爭多少。一瞬光陰何足道，但思行樂常不早。待春來攜酒殢東風，眠芳草。

《青箱雜記》卷八：樞相張公昪，字杲卿，陽翟人。大中祥符八年蔡齊下及第，仕亦晚達。皇祐中，自潤州解官，時已六十餘。語三命僧化成曰：「運限恰好，去未得。」未幾除侍御史，知雜事。不十年，作樞相。退歸陽翟，生計不豐，短氈輕絲，翛然自適。乃結庵於嵩陽紫虚谷，每旦晨起，焚香讀《華嚴》。庵中無長物，荻簾、紙帳、布被、革履而已。年八十餘，自撰《滿江紅》一首，聞者莫不慕其曠達。

王益

益字舜良，臨川人，王安石之父。大中祥符八年進士，任蜀之新繁令，官至都官員外郎。

訴衷情

燒殘絳蠟泪成痕。街鼓報黄昏。碧雲又阻來信，廊上月侵門。　愁永夜，拂香裀。待誰温？夢蘭憔悴，擲果淒涼，兩處銷魂。

《能改齋漫録》卷十七：晁以道云：「杜安世詞：『燒殘絳蠟泪成痕。街鼓報黄昏。』或譏其黄昏未到，那得燒殘絳蠟？或曰：王荆公父益都官所作，曾有人以此問之，答曰：『重簷邃屋，簾幙擁密，不夜已可燃燭矣。』韓魏公以此賞杜公，杜乃云：『王益作。』荆公時在坐，聞語離席。」其全章蓋《訴衷情》也。

關　詠

詠字永言，官屯田郎中，曾知湖州、通州、泉州。

迷仙引

春陰霽。岸柳參差，裊裊金絲細。畫閣晝眠鶯唤起。烟光媚。燕燕雙高，引愁人如醉。慵緩步，眉斂金鋪倚。佳景易失，懊惱韶光改。花空委。忍厭厭地。施朱粉，臨鸞鏡，膩香銷減摧桃李。　獨自箇凝睇。暮雲暗，遥山翠。天色無情，四遠低垂淡如水。離恨託征雁寄。旋嬌波，暗落相思淚。妝如洗。向高樓、日日春風裏。悔憑欄、芳草人千里。

《詩話總龜》卷三十三引《古今詩話》：「石曼卿嘗於平陽會中，代作《寄尹師魯》一篇曰：『十年一夢花空委。依舊河山損桃李。雁聲北去燕南飛，高樓日日春風裏。眉黛石州山對起。嬌波淚落妝如洗。汾河不斷天南流，天色無情淡如水。』曼卿死後數年，關永言夢曼卿曰：『延年平生作詩多矣，常以爲《平陽代意》篇最得意，而世人少稱之。能令余此詩傳於世者，在永言耳。』永言乃增其詞爲曲，度以《迷仙引》，於是人爭歌之。他日夢曼卿致謝焉。」

案：此詞又見《花草粹編》卷十二引《古今詩話》。又見《詞譜》卷二十引楊湜《古今詞話》。

宋祁

祁字子京，安州安陸人，徙開封之雍丘。天聖二年，與兄庠同舉進士，奏名第一，章獻太后以爲弟不可先兄，乃擢庠第一，而寘祁第十，時號大小宋。累遷知制誥、工部尚書、翰林學士承旨卒。

浪淘沙

少年不管。流光如箭。因循不覺韶光换。至如今，始惜月滿、花滿、酒滿。　扁舟欲解垂楊岸。尚同歡宴。日斜歌闋將分散。倚蘭橈，望水遠、天遠、人遠。

《能改齋漫録》卷十七：侍讀劉原父守維揚，宋景文赴壽春，道出治下，原父爲具以待宋。又爲《踏莎行》詞以侑歡云：「蠟炬高高，龍烟細細。玉樓十二門初閉。疎簾不卷水晶寒，小屏半掩琉璃翠。桃葉新聲，榴花美味。南山賓客東山妓。利名不肯放人閑，忙中偷取功夫醉。」宋即席爲《浪淘沙》詞，以别原父。其云「南山賓客東山妓」，本白樂天詩。

鷓鴣天

畫轂雕鞍狹路逢。一聲腸斷繡簾中。身無彩鳳雙飛翼，心有靈犀一點通。金作屋，玉爲籠。車如流水馬游龍。劉郎已恨蓬山遠，更隔蓬山幾萬重。

《唐宋諸賢絶妙詞選》卷三：子京過繁臺街，逢内家車子，中有褰簾者曰：「小宋也。」子京歸，遂作此詞，都下傳唱，達於禁中。仁宗知之，問内人第幾車子，何人呼小宋。有内人自陳：「頃侍御宴，見宣翰林學士，左右内臣曰：『小宋也。』時在車子中偶見之，呼一聲爾。」上召子京，從容語及，子京皇懼無地。上笑曰：「蓬山不遠。」因以内人賜之。

失調名

因爲銜泥汙錦衣，垂下珠簾不敢歸。

《邵氏聞見後録》卷第十九：宋子京在翰林時，同院李獻臣以次有六學士。一日，張貴妃詞頭下，議行告庭之禮，未決。子京遽以制上，妃怒抵於地曰：「何學士敢輕人！」子京出知安州，以長短句詠燕子，有「因爲銜泥汙錦衣，垂下珠簾不敢歸」之句。或傳入禁中，仁皇帝覽之一嘆，尋召還玉堂署。

梅堯臣

堯臣字聖俞，宣城人。詢從子，以蔭補齋郎。皇祐三年召試，賜進士，擢國子直講，歷尚書都官員外郎。

蘇幕遮

露隄平，烟墅杳。亂碧萋萋，雨後江天曉。獨有庾郎年最少。窣地春袍，嫩色宜相照。

接長亭，迷遠道。堪怨王孫，不記歸期早。落盡梨花春又了。滿地殘陽，翠色和烟老。

《能改齋漫録》卷十七：梅聖俞在歐陽公座，有以林逋《草》詞「金谷年年，亂生青草誰爲主」爲美者，聖俞因别爲《蘇幕遮》一闋。歐公擊節賞之，又自爲一詞云：「欄杆十二獨憑春。晴碧遠連雲，千里萬里，二月三月，行色苦愁人。謝家池上，江淹浦畔，吟魄與離魂。那堪疎雨滴黄昏。更特地憶王孫。」蓋《少年游》令也。不惟前二公所不及，雖置諸唐人温、李集中，殆與之爲一矣。今集本不載此篇，惜哉！

葉清臣

清臣字道卿，烏程人。天聖二年舉進士。累官翰林學士、權三司使。皇祐初，罷爲侍讀學士，知河陽卒。

江南好

丞相有才裨造化，聖皇寬詔養疎頑。贏取十年閒。

《麈史》卷下《語讖》：前廣西漕李朝奉湜，江寧人，言昔日内相葉清臣道卿守金陵，爲《江南好》十闋，有云：詞如上略。意以爲雖補郡，不越十年，必復任矣。去金陵十年而卒。

吴　感

感字應之，吴郡人。天聖二年以省試第一。又中天聖九年書判拔萃科，仕至殿中丞。

折紅梅

喜輕澌初泮，微和漸入，芳郊時節。春消息，夜來陡覺，紅梅數枝爭發。玉溪仙館，不是箇、尋常標格。化工別與，一種風情，似匀點胭脂，染成香雪。　重吟細閲。比繁杏夭桃，品流真別。只愁共、彩雲易散，冷落謝池風月。憑誰向説。三弄處、龍吟休咽。大家留取，時倚欄干，聞有花堪折，勸君須折。

《中吴紀聞》卷第一：吴感，字應之，以文章知名。天聖二年，省試爲第一。又中天聖九年書判拔萃科，仕至殿中丞。居小市橋，有侍姬曰紅梅，因以名其閣。嘗作《折紅梅》詞。其詞傳播人口，春日郡宴，必使倡人歌之。吴死，其閣爲林少卿所得，兵火前尚存。子純，字晦叔。文行亦高，鄉人呼爲吴先生。楊元素《本事集》誤以爲蔣堂侍郎有小鬟號紅梅，其殿丞作此詞贈之。

歐陽修

修字永叔，廬陵人。天聖八年省元，中進士甲科。累擢知制誥、翰林學士，歷樞密副使、參知政事。

臨江仙

記得金鑾同唱第，春風上國繁華。而今薄宦老天涯。十年歧路，孤負曲江花。聞説閬山通閬苑，樓高不見君家。孤城寒日等閒斜。離愁無盡，紅樹遠連霞。

《湘山野録》卷上：歐陽公頃謫滁州，一同年將赴閬倅，因訪之。即席爲一曲歌以送。其飄逸清遠，皆白之品流也。

又

柳外輕雷池上雨，雨聲滴碎荷聲。小樓西角斷虹明。闌干倚處，待得月華生。燕子飛來窺畫棟，玉鈎垂下簾旌。涼波不動簟紋平。水精雙枕，旁有墮釵横。

《錢氏私志》：歐文忠任河南推官，親一妓。時先文僖罷政，爲西京留守，梅聖俞、謝希深、尹師魯同在幕下。惜歐有才無行，共白於公，屢諷而不之恤。一日，宴於後園，客集而歐與妓俱不至，移時方來，在坐相視以目。公責妓云：「末至何也？」妓云：「中暑往涼堂睡著，覺失金釵，猶未見。」公曰：「若得歐推官一詞，當爲償汝。」歐即席云：詞如上略。坐客皆稱善，遂命妓滿酌觴歐，而令公庫償釵。

朝中措

平山闌檻倚晴空。山色有無中。手種堂前垂柳，別來幾度春風。　文章太守，揮毫萬字，一飲千鍾。行樂直須年少，尊前看取衰翁。

《苕溪漁隱叢話》後集卷第二十三引《藝苑雌黄》云：「送劉貢父守維揚作長短句云：『平山闌檻倚晴空。山色有無中。』平山堂望江左諸山甚近，或以爲永叔短視，故云『山色有無中』。東坡笑之，因賦《快哉亭》道其事云：『長記平山堂上，欹枕江南烟雨，杳杳没孤鴻。認取醉翁語，山色有無中。』蓋山色有無中，非烟雨不能然也。」

《墨莊漫録》卷二：揚州蜀岡上大明寺平山堂前，歐陽文忠公手植柳一株，謂之歐公柳。公詞所謂「手種堂前楊柳，別來幾度春風」者。薛嗣昌作守，相對亦種一株，自榜曰薛公柳，人莫不嗤之。嗣昌既去，爲人伐之，不度德有如此者。

蘇舜欽

舜欽字子美，其先梓州人，家開封，易簡孫。景祐中進士，累遷集賢校理、監進奏院。坐用故紙錢除名，居蘇州，作滄浪亭以自適。

水調歌頭　滄浪亭

瀟灑太湖岸，淡泞洞庭山。魚龍隱處，烟霧深鎖渺瀰間。方念陶朱張翰，忽有扁舟急槳，撇浪載鱸還。落日暴風雨，歸路繞汀灣。　丈夫志，當景盛，恥疎閒。壯年何事憔悴，華髮改朱顔？擬借寒潭垂釣，又恐鷗鳥相猜，不肯傍青綸。刺棹穿蘆荻，無語看波瀾。

《東軒筆録》卷之十五：蘇子美謫居吴中，欲游丹陽，潘師旦深不欲其來，宣言於人，欲拒之。子美作《水調歌頭》有「擬借寒潭垂釣，又恐鷗鳥相猜，不肯傍青綸」之句，蓋謂是也。

案：全詞見《唐宋諸賢絶妙詞選》卷三。

韓　琦

琦字稚圭，安陽人。天聖五年進士。嘉祐初，歷同中書門下平章事、昭文館大學士，異封魏國公。

安陽好

安陽好，形勢魏西州。曼衍山河環故國，昇平鼓吹沸高樓。和氣鎮飛浮。　籠畫陌，喬木幾春秋。花外軒窗排遠岫，竹間門巷帶長流。風物更清幽。

又

安陽好，戟户使君宫。白晝錦衣清宴處，鉄楹丹榭畫圖中。壁記舊三公。　　堂訟悄，池館北園通。夏夜泉聲來枕簟，春來花氣透簾櫳。行樂興何窮。

《能改齋漫録》卷十七：韓魏公皇祐初鎮揚州，《本事集》載公親撰《維揚好》詞四章，所謂「二十四橋千步柳，春風十里上珠簾」者是也。其後熙寧初，公罷相，出鎮安陽，公復作《安陽好》詞十章。其一、其二云：詞如上略。餘八章不記。

點絳脣

病起懨懨，畫堂花樹添憔悴。亂紅飄砌。滴盡胭脂泪。　　惆悵前春，誰向花前醉？愁無際。武陵回睇。人遠波空翠。

《青箱雜記》卷八：韓魏公晚年鎮北州，一日病起，作《點絳脣》小詞。詞如上略。

沈唐

唐字公述，韓琦之客，嘗官大名府簽判。

霜葉飛

霜林凋晚，危樓迥，登樓無限秋思。望中閒想，洞庭波面，亂紅初墜。更蕭索、風吹渭水。長安飛舞千門裏。變景催芳謝，唯有蘭衰暮叢，菊殘餘蕊。　回念花滿華堂，美人一去，鎮掩香閨經歲。又覩珠露，碎點蒼苔，敗梧飄砌。漫贏得相思淚眼，東君早作歸來計。便莫惜丹青手，重與芳菲，萬紅千翠。

《碧鷄漫志》卷二：沈公述爲韓魏公之客，魏公在中山，門人多有賜環之望。沈秋日作《霜葉飛》詞云：「漫贏得相思甚了，東君早作歸來計。便莫惜丹青手，重與芳菲，萬紅千翠。」爲魏公發也。

案：此首全詞見《樂府雅詞拾遺》上。

《畫墁録》卷一：沈唐善詞曲，始爲楚州職官，胡知州楷差打蝗蟲，唐方少年負氣，不堪其苦，作《蝗蟲三疊》，且曰：「不是這下輩無禮，都緣是我自家遭逢。」楷大怒，科其帶禁軍隨行，坐贓三十年。至熙寧，魏公劄子特旨改官，辟充大名府簽判，作《霜葉飛》云願「早作歸來計」之語。介甫大怒，矢言曰：「誰教你！」及河大決曹村。凡豫事者皆獲免，其惟唐衝替久之。王廣淵以鄉閭之素，辟渭州簽判，作《雨中花》云：「有誰念我，如今霜鬢，遠赴邊堠。」廣淵聞之，亦怒責歌者。唐鬱不自安，竟卒於官。先自曲初成，識者曰：「唐不歸矣。」以其有「身在碧雲西畔，情隨渭水東流」之語，已而果然。

劉几

几字伯壽，洛陽人。神宗朝，官秘書監。

花發狀元紅慢

三春向暮，萬卉成陰，有嘉艷方拆。嬌姿嫩質冠群品，共賞傾城傾國。上苑晴晝暄，千素萬紅猶奇特。綺筵開，會詠歌才子，壓倒元白。　别有芳幽苞小，步帳華絲，綺軒油壁。與紫鴛鴦，素蛺蝶。自清旦、往往連夕。巧鶯喧脆管，嬌燕語雕梁留客。武陵人，念夢役意濃，堪遺情溺。

《花草粹編》卷十一：劉几在神宗時與范蜀公重定大樂。洛陽花品曰狀元紅，爲一時之冠，樂工花日新能爲新聲，汴妓郜懿以色著，祕監致仕劉伯壽尤精音律。熙寧中，几擶花日新，就郜懿歡詠，仍撰此曲，填詞以贈之，人有謂爲高達者。郜懿第六，即蔡奴之母也。李定之父與郜六游，生定而郜六死，定不之知也。及王荆公爲宰相，擢用李定，言官交攻，以爲母死不持服爲此。蔡奴亦以色著云。

盧氏

盧氏，天聖中人。父爲漢川縣令。

鳳棲梧

蜀道青天烟靄翳。帝里繁華，迢遞何時至？回望錦川揮粉泪。鳳釵斜嚲烏雲膩。　鈿帶雙垂金縷細。玉珮玎璫，露滴寒如水。從此鸞妝添遠意。畫眉學得遥山翠。

《墨客揮犀》卷四：蜀路泥溪驛，天聖中，有女郎盧氏者，隨父往漢川作縣令，替歸，題於驛舍之壁。其序略云：登山臨水，不廢於謳吟；易羽移商，聊舒於羈思。因成《鳳棲梧》曲子一闋，聊書於壁，後之君子覽之者，毋以婦人竊弄翰墨爲罪。

劉　述

述字孝叔，湖州人。景祐元年進士，爲御史臺主簿。神宗立，召爲侍御史，與劉琦、錢顗共上疏劾安石，出知江州。踰年，提舉崇禧觀卒。

家山好

掛冠歸去舊烟蘿。閒身健，養天和。功名富貴非由我，莫貪他。這岐路，足風波。

水晶宫裏家山好，物外勝游多。晴溪短棹，時時醉唱《裏梭羅》。天公奈我何！

《湘山野録》卷中：劉孝叔吏部公述，深味道腴，東吴端清之士也。方強仕之際，已恬於進，撰一闋以見志曰：詞如上略。後將引年，方得請爲三茅宫僚，始有養天和之漸，夫何已先朝露。歌此闋幾州年，信乎一林泉與軒冕，難爲必期。

李師中

師中字誠之，楚丘人。舉進士，累官中允、提點廣西刑獄。後爲吕惠卿所排，貶和州團練使卒。

菩薩蠻

子規啼破城樓月。畫船曉載笙歌發。兩岸荔支紅。萬家烟雨中。　佳人相對泣，泪下羅衣溼。從此信音稀。嶺南無雁飛。

《過庭録》：李師中誠之，帥桂罷歸，一詞題別云：詞如上略。荔支烟雨，蓋桂實景也。

蔡挺

挺字子政，宋城人。舉進士。神宗朝，歷樞密副使、判南京留司御史臺卒。

喜遷鶯

霜天清曉。望紫塞古壘，寒雲衰草。汗馬嘶風，邊鴻飜月，壟上鐵衣寒早。劍歌騎曲悲壯，盡道君恩難報。塞垣樂，盡雙鞬錦帶，山西年少。　談笑。刁斗靜，烽火一把，常送平安耗。聖主憂邊，威靈遐布，驕虜且寬天討。歲華向晚愁思，誰念玉關人老？太平也，且歡娛，不惜金尊頻倒。

《揮塵餘話》卷之一：熙寧中，蔡敏肅挺以樞密直學士帥平涼，初冬置酒郡齋，偶成《喜遷鶯》

一闋。詞成閒步後園，以示其子朦。朦寘之袖中，偶遺墜，爲應門老卒得之。老卒不識字，持令筆吏辨之。適郡之娼魁，素與筆吏洽，因授之。會賜衣襖中使至，敏肅開燕，娼尊前執板歌此。敏肅怒，送獄根治。娼之儕類，祈哀於中使，爲援於敏肅。敏肅舍之，復令謳焉。中使得其本以歸，達於禁中，宫女輩但見「太平也」三字，爭相傳授。歌聲遍掖庭，遂徹於宸聽，詰其從來，乃知敏肅所製。裕陵即索紙批出云：「玉關人老，朕甚念之，樞管有闕，留以待汝。」以賜敏肅。未幾，遂拜樞密副使。御筆見藏其孫積家。史言「敏肅交結内侍，進詞柄用」，又不同也。

韓縝

縝字玉汝，靈壽人，絳、維之弟。第進士。英宗朝，歷淮南轉運使。神宗朝，累知樞密院事。哲宗朝，拜尚書右僕射兼中書侍郎，出知潁昌府。以太子太保致仕卒。

鳳簫吟

鎖離愁，連綿無際，來時陌上初熏。繡幃人念遠，暗垂珠露，泣送征輪。長行長在眼，更重重遠水孤村。但望極樓高，盡日目斷王孫。　消魂。池塘從別後，曾行處，緑妒輕裙。恁時攜素手，亂花飛絮裏，緩步香茵。朱顏空自改，向年年，芳意長新。遍緑野，嬉游醉眼，莫負青春。

《石林詩話》卷上：元豐初，虜人來議地界。韓丞相名縝，自樞密院都承旨出分畫。玉汝有愛妾劉氏，將行，劇飲通夕，且作樂府詞留别。翼日，神宗已密知，忽中批步軍司遣兵馬搬家追送之。玉汝初莫測所因，久之方知其自樂府發也。蓋上以恩澤待下，雖閨門之私，亦恤之如此。故中外士大夫，無不樂盡其力。劉貢父玉汝姻黨，即作小詩寄之以戲云：「嫖姚不復顧家爲。誰謂東山久不歸？卷耳幸容攜婉孌，皇華何啻有光輝。」玉汝之詞，由此亦遂盛傳於天下。

沈雄《古今詞話》卷一引《樂府紀聞》：「縝有愛姬能詞，韓奉使時，姬作《蝶戀花》送之云：『香作風光濃著露，正恁雙棲，又遣分飛去。密訴東君應不許。淚波一灑奴衷素。』神宗知之，遣使送行。劉貢父贈以詩：『卷耳幸容留婉孌，皇華何啻有光輝。』玉汝莫測中旨何自而出，後乃知姬人别曲傳入内庭也。韓亦有詞云，詞如上略。此《鳳簫吟》詠芳草以留别，與《蘭陵王》詠柳以叙别同意。後人竟以芳草爲調名，則失《鳳簫吟》原唱意矣。」

裴　湘

湘字楚老，仁宗時内官。

浪淘沙　詠并門

雁塞説并門。郡枕西汾。山形高下遠相吞。古寺樓臺依碧嶂，烟景遥分。　晋廟鎖溪雲。簫鼓仍存。牛羊斜日自歸村。惟有故城禾黍地，前事銷魂。

又　詠汴州

萬國仰神京。禮樂縱橫。葱葱佳氣鎖龍城。日御明堂天子聖，朝會簪纓。　九陌六街平。萬物充盈。青樓絃管酒如澠。別有隋堤烟柳暮，千古含情。

《青箱雜記》卷十：裴湘字楚老，善爲小詞，嘗在河東路走馬承受，有詠并門《浪淘沙》小詞，復有詠汴州《浪淘沙》小詞，仁宗命録進，亦嘉之。

王安石

安石字介甫，臨川人。慶曆二年進士。神宗朝，累除知制誥翰林學士，拜同中書門下平章事，加尚書左僕射兼門下侍郎，封荊國公。晚居金陵，自號半山老人。

桂枝香　金陵懷古

登臨縱目。正故國晚秋，天氣初肅。千里澄江似練，翠峰如簇。歸帆去棹殘陽裏，背西風、酒旗斜矗。綵舟雲淡，星河鷺起，畫圖難足。　念往昔豪華競逐。嘆門外樓頭，悲恨相續。千古憑高，對此謾嗟榮辱。六朝舊事隨流水，但寒烟芳草凝緑。至今商女，時時猶唱，《後庭》遺曲。

《草堂詩餘》後集上引《古今詞話》：「金陵懷古，諸公寄詞於《桂枝香》，凡三十餘首，獨介甫最爲絶唱。東坡見之，不覺嘆息曰：『此老乃野狐精也。』」

漁家傲

平岸小橋千嶂抱。揉藍一水縈花草。茅屋數間窗窈窕。塵不到。時時自有清風掃。　午枕覺來聞語鳥。欹眠似聽朝鷄早。忽憶故人今總老。貪夢好。茫茫忘了邯鄲道。

《觀林詩話》：半山嘗於江上人家壁間見一絶云：「一江春水碧揉藍。船趁歸潮未上帆。渡口酒家賒不得，問人何處典春衫。」深味其首句，爲躊躇久之而去。已而作小詞，有「平漲小橋千嶂抱。揉藍一水縈花草」之句，蓋追用其語。

生查子

雨打江南樹。一夜花開無數。緑葉漸成陰，下有游人歸路。與君相逢處。不道春將暮。把酒祝東風，且莫恁匆匆去。

謁金門

春又老。南陌酒香梅小。偏地落花渾不掃。夢回情意悄。紅箋寄與添煩惱。細寫相思多少。醉後幾行書帶草。泪痕都揾了。

《能改齋漫録》卷十六：王江寧元豐間，嘗得樂章兩闋於夢中云：詞如上略。

菩薩蠻

數間茅屋閒臨水。窄衫短帽垂楊裏。花似去年紅。吹開一夜風。柳梢新月偃。午醉醒來晚。何物最關情？黄鸝三兩聲。

《能改齋漫録》卷十七：王荆公築草堂於半山，引八功德水，作小港其上，疊石作橋，爲集句填

《菩薩蠻》云：詞如上略。其後豫章戲效其體云：「半烟半雨溪橋畔。漁翁醉著無人唤。疎懶意何長。春風花草香。江山如有待。此意陶潛解。問我去何之。君行即自知。」

沈　注

踏莎行

竹閣雲深，巢虚人閲。幾年湖上音塵寂。風流今有使君家，月明夜夜聞雙笛。原闕。

《泊宅篇》卷第七：楊蟠宅在錢塘湖上，晚罷永嘉郡而歸，浩然有掛冠之興。每從親朋乘月泛舟，使二笛婢侑樽，悠然忘返。沈注贈一闋，有「竹閣雲深」云云，人咨其清逸。

陳汝義

汝義晉江人，皇祐五年進士，官職方員外郎。

減字木蘭花

纖纖素手。盤裏酥花新點就。對葉雙心。別有東風意思深。　瓊霑粉綴。消得玉堂留客醉。試嗅清芳。别有紅蕤巧袖香。

《歲時廣記》卷八引《復雅歌詞》:「熙寧八年乙卯,楊繪在翰林,十二月立春日,肆筵設滴酥花,陳汝羲即席賦《減字木蘭花》云:詞如上略。」

張才翁

才翁嘗仕臨邛秋官。

雨中花

萬縷青青,初眠官柳,向人猶未成陰。據雕鞍馬上,擁鼻微吟。遠宦情懷誰問,空嗟壯志銷沈。正好花時節,山城留滯,忍負歸心。　别離萬里,飄蓬無定,誰念會合難憑。相聚裏,休辭金盞,酒淺還深。欲把春愁抖擻,春愁轉更難禁。亂山高處,憑欄袖,聊寄登臨。

《能改齋漫録》卷十六:張才翁風韻不羈,初任臨邛秋官,郡守張公庠待之不厚。會有白鶴之游,郡守率屬官同往,才翁不預,乃語官妓楊皎曰:「老子到彼,必有詩詞,可速寄來。」公庠既到白鶴,便留題曰:「初眠官柳未成陰。馬上聊爲擁鼻吟。遠宦情懷銷壯志,好花時節負歸心。别離長恨人南北，會合休辭酒淺深。欲把春愁閒抖擻，亂山高處一登臨」。皎録寄才翁，才翁增減作《雨中花》詞寄皎。公庠再坐，皎歌於側。公庠問之，皎前稟曰：「張司理恰寄來，命皎歌之，以獻台座。」公庠遂青顧才翁尤厚。

案：此事又見《歲時廣記》卷九引《古今詞話》。

俞紫芝

紫芝字秀老，金華人，流寓揚州，游王安石之門。

阮郎歸

釣魚船上謝三郎。雙鬢已蒼蒼。蓑衣未必清貴，不肯換金章。　汀草畔，浦花旁。靜鳴榔。自來好箇，漁父家風，一片瀟湘。

《苕溪漁隱叢話》後集卷三：山谷云：詞如上略。金華俞秀老作此篇，道人多傳之，非道意岑寂，其語不能如是。苕溪漁隱曰：《傳燈録》云：元沙，福州閩縣人，姓謝氏，幼好垂釣，泛小船於南臺江，狎諸漁者。年甫三十，忽慕出塵，乃棄釣艇，投芙蓉山訓禪師落髮，秀老用其事也。

方資

資婺州人。嘉祐八年進士，曾任南陽教授。

黄鶴引

生逢垂拱。不識干戈免田隴。士林書圃終年，庸非天寵。才初闒茸。老去支離何用。浩然歸弄。似黄鶴、秋風相送。　塵事塞翁心，浮世莊生夢。漾舟遥指烟波，群山森動。神閒意聳。回首利韁名鞚。此情誰共。問幾許、淋浪春甕。

《泊宅篇》卷上：先子晚官鄧州，一日，秋風起，思吴中山水，嘗信筆作長短句，名《黄鶴引》，遂致仕。其序曰：「余生浙東，世業農。總角失所天，稍從里閈儒者游。年十八，婺以充貢，凡八至禮部，始得一青衫。間關二十年，仕不過縣令，擢才南陽教授。紹聖改元，實六十五歲矣。秋風忽起，亟告老於有司，適所願也。謂同志曰：『仕無補於上下，而退號朝士。婚姻既畢，公私無虞。將買舟放浪江湖中，浮家泛宅，誓以此生，非太平之幸民而何？』因閱阮田曹所製《黄鶴引》，愛其詞調清高，寄爲一闋，命稚子歌之以侑尊焉。」

孫洙

洙字巨源，廣陵人。舉進士。元豐中，官翰林學士。

菩薩蠻

樓頭尚有三通鼓。何須抵死催人去？上馬苦匆匆。琵琶曲未終。　回頭凝望處。那更廉纖雨。漫道玉爲堂。玉堂今夜長。

《夷堅甲志》卷第四：孫公在時，嘗一日鎖院，宣召者至其家，則已出，數十輩蹤跡之，得於李端愿太尉家。時李新納妾，能琵琶，孫飲不肯去，而迫於宣命，不敢留，遂入院。草三制罷，復作長短句，寄恨恨之意，遲明遣示李。或以爲孫將亡時所作，非也。

王安國

安國字平甫，臨川人，安石弟。熙寧初，以材行召試及第，除西京國子教授，後改祕閣校理。

點絳脣

秋氣微涼，夢回明月穿簾幕。井梧蕭索。正遶南枝鵲。　寶瑟塵生，金雁空零落。

情無託。鬢雲慵掠。不似君恩薄。

《苕溪漁隱叢話》前集卷第三十六引《倦游雜録》云：「平甫熙寧中判官告院，忽於秋日作宫詞《點絳脣》一解以示魏泰。泰曰：『斷章有流離之思，何也？』明年果得罪，廢歸金陵。」

李清臣

清臣字邦直，魏人。舉進士，中才識兼茂科。神宗召爲兩朝國史編修官。徽宗立，爲門下侍郎，出知大名府卒。

失調名

楊花落。燕子横飛高閣。長恨春醪如水薄。春愁無處著。　往年曾宿王陵舖，鼓角悲風。今日遼東。舊日樓臺一半空。

《麈史》卷中《神授》：王樂道幼子銍，少而博學，善持論。嘗爲予説李邦直作門下侍郎日，忽夢一石室有石牀，李披髮坐於上，旁有人曰：「此王陵舍也。」夢中因爲一詞。既覺書之，因示韓治循之。其詞曰：詞如上略。後李出北都，逾年而卒。「王陵舍」，乃近北都地名也。

《獨醒雜志》卷三：秦少游、賀方回相繼以歌詞知名。少游有詞云：「醉卧古藤陰下，了不知南北。」其後遷謫，卒於藤州光華亭上。方回亦有詞云：「當年曾到王陵舖，鼓角悲風。千歲遼東。回首人間萬事空。」後卒於北門，門外有王陵舖，人皆以爲詞讖云。

《侯鯖録》卷七：李邦直黄門在政府時，夜夢作春詞云：「楊花落。燕子横穿朱閣。苦恨春醪如水薄，閑愁無處著。緑野帶江山絡角。桃葉參差殘萼。歷歷危檣沙外泊。東風晚來惡。」

《過庭録》：李清臣邦直平生罕作詞，惟晚年赴大名道中作一詞云：「去年曾宿黄陵浦，鼓角秋風。海鶴遼東。回首紅塵一夢中。」竟死不返，亦爲詩讖也。

《艇齋詩話》：李邦直小詞有云：「楊花落。燕子飛高閣。長恨春醪如水薄。春愁無處著。往年曾宿王陵舖，鼓角悲風。今日遼東。舊日樓臺一半空。」亦佳作也。

案：《陽春白雪》載：方回《謁金門》云：「楊花落。燕子横穿朱閣。常恨春醪如水薄，閑愁無處著。緑野帶江山絡角。桃葉參差前約。歷歷短檣沙外泊。東風晚來惡。」並有自序云：「李黄門夢得一曲，前遍二十言，後遍二十二言，而無其聲。余采其前遍，潤一『横』字，已續二十五字寫之云。」據此可知楊花落原作，確爲李黄門之詞。曾氏《獨醒雜志》誤傳其事，知不足齋刻《侯鯖録》，據曾文補闕，並闕《塵史》之非，實亦誤也。

晏幾道

幾道字叔原，號小山，殊幼子。監潁昌許田鎮。

鷓鴣天

碧藕花開水殿涼。萬年枝上轉紅陽。昇平歌管隨天仗，祥瑞封章滿御牀。金掌露，玉爐香。歲華方共聖恩長。皇州又奏圜扉靜，十樣宫眉捧壽觴。

《唐宋諸賢絶妙詞選》卷三：慶曆中，開封府與棘寺同日奏獄空，仁宗於宫中宴集，宣晏叔原作此，大稱上意。

又

九日悲秋不到心。鳳城歌管有新音。風彫碧柳愁眉淡，露染黄花笑靨深。初過雁，已聞砧。綺羅叢裏勝登臨。須教月户纖纖玉，細捧霞觴灧灧金。

又

曉日迎長歲歲同。太平簫鼓閒歌鐘。雲高未有前村雪，梅小初開昨夜風。羅幕翠，錦筵紅。釵頭羅勝寫宜冬。從今屈指春期近，莫使金罇對月空。

《碧鷄漫志》卷二：叔原年未至乞身，退居京城賜第，不踐諸貴之門。蔡京重九冬至日遣客求長短句，欣然兩爲作《鷓鴣天》，詞如上略。竟無一語及蔡者。

張舜民

舜民字芸叟，邠州人。治平四年進士。元祐初，除監察御史。徽宗朝，爲吏部侍郎。以龍圖閣待制知同州，坐元祐黨，貶商州卒。

賣花聲

木葉下君山。空水漫漫。十分斟酒斂芳顔。不是渭城西去客，休唱《陽關》。　醉袖撫危欄。天淡雲閒。何人此路得生還？回首夕陽紅盡處，應是長安。

又

樓上久踟躕。地遠身孤。擬將憔悴弔三閭。自是長安日下影，流落江湖。　爛醉且消除。不醉何如？又看暝色滿平蕪。試問寒沙新到雁，應有來書。

《清波雜志》卷第四：張芸叟元豐間從高遵裕辟，環慶出師失律，且爲轉運使李察訐其詩語，謫監郴州酒，舟行，以二小詞題岳陽樓。詞如上略。亦豈無去國流離之思，殊覺婉而不傷也。

王觀

觀字通叟，如皋人。嘉祐二年進士，累遷大理丞，知江都縣。

清平樂

黄金殿裏。燭影雙龍戲。勸得官家真箇醉。進酒猶呼萬歲。　折旋舞徹《伊州》。君恩與整搔頭。一夜御前宣住，六宫多少人愁。

《能改齋漫録》卷十七：王觀學士嘗應制撰《清平樂》詞，詞如上略。高太后以爲媟瀆神宗，翌日罷職，世遂有「逐客」之號。今集本乃以爲擬李太白應制，非也。

案：《耆舊續聞》卷九，以此爲王仲甫作。

卜算子

水是眼波横，山是眉峰聚。欲問行人去那邊，眉眼盈盈處。　纔始送春歸，又送君歸去。若到江東趕上春，千萬和春住。

《能改齋漫録》卷十六：王逐客送鮑浩然游浙東，作長短句云：詞如上略。韓子蒼在海陵送葛亞卿詩斷章云：「今日一盃愁送春。明日一盃愁送君。君應萬里隨春去。若到桃源問歸路。」詩詞意同。

曾布

布字子宣，南豐人。嘉祐二年進士。熙寧初，除崇政殿説書。元豐初，累户部尚書。哲宗朝，擢同知樞密院事。徽宗朝，拜尚書右僕射。

望江南

江南客，家有寧馨兒。三世文章稱大手，一門兄弟獨良眉。籍甚衆多推。　千里足，來自渥洼池。莫倚善題《鸚鵡賦》，青山須待健時歸。不似傲當時。

《揮麈餘話》卷之一：曾文肅十子，最鍾愛外祖空青公，有壽詞云：詞如上略。其後外祖果以詞翰名世，可謂父子爲知己也。

水調歌頭

排遍第一

魏豪有馮燕，年少客幽并。擊球鬬鷄爲戲，游俠久知名。因避仇、來東郡。元戎留屬中軍。直氣凌貔虎，須臾叱咤風雲。凛凛坐中生。偶乘佳興。輕裘錦帶，東風躍馬，往來尋訪幽勝。游冶出東城。堤上鶯花撩亂，香車寶馬縱横。草軟平沙穩。高樓兩岸春風。笑語隔簾聲。

排遍第二

袖籠鞭敲鐙，無語獨閒行。緑楊下，人初静，烟澹夕陽明。窈窕佳人，獨立瑶階，擲果潘郎，瞥見紅顔，横波盼，不勝嬌軟倚銀屏。曳紅裳，頻推朱户，半開還掩，似欲倚，咿啞聲裏，細説深情。因遣林間青鳥，爲言彼此心期，的的深相許，竊香解佩，綢繆相顧不勝情。

排遍第三

説良人滑將張嬰。從來嗜酒，還家鎮長酩酊狂酲。屋上鳴鳩空鬭，梁間客燕相驚。誰與花爲主，蘭房從此，朝雲夕雨兩牽縈。似游絲飄蕩，隨風無定。奈何歲華荏苒，歡計苦難憑。惟見新恩繾綣，連枝並翼，香閨日日爲郎，誰知松蘿託蔓，一比一毫輕。

排遍第四

一夕還家醉，開户起相迎。爲郎引裾相庇，低首略潛形。情深無隱。欲郎乘間起佳兵。授青萍。茫然撫嘆，不忍欺心。爾能負心於彼，於我必無情。熟視花鈿不足，剛腸終不能平。假手迎天意，一揮霜刃，窗間粉頸斷瑶瓊。

排遍第五

鳳凰釵，寶玉彫零。慘然悵，嬌魂怨，飲泣吞聲。還被凌波呼唤，相將金谷同游，想見逢迎處，揶揄羞面，妝臉淚盈盈。醉眠人、醒來晨起，血凝螓首，但驚喧，白鄰里，駭我卒難明。思敗幽囚推究，覆盆無計哀鳴。丹筆終誣服，圜門驅擁，銜冤垂首欲臨刑。

排遍第六　帶花遍

向紅塵裏，有喧呼攘臂，轉聲辟衆，莫遣人寃濫，殺張室，忍偷生。僚吏驚呼呵叱，狂辭不變如初，投身屬吏，慷慨吐丹誠。彷彿縲紲，自疑夢中，聞者皆驚嘆，爲不平。割愛無心，泣對虞姬，手戮傾城寵，翻然起死，不教仇怨負寃聲。

排遍第七　攧花十八

義城元靖賢相國，嘉慕英雄士，賜金繒。聞斯事，頻嘆賞，封章歸印。請贖馮燕罪，日邊紫泥封詔，闔境赦深刑。　萬古三河風義在，青簡上，衆知名。河東注，任流水滔滔，水涸名難泯。至今樂府歌詠，流入管絃聲。

《玉照新志》卷第二：《馮燕傳》見之《麗情集》，唐賈耽守太原時事也。元祐中，曾文肅帥并門，感嘆其義風，自製《水調歌頭》以亞大曲。然世失其傳，近閱故書得其本，恐久而湮没，盡録於後，詞如上略。

蘇　軾

軾字子瞻，眉山人。洵長子。嘉祐二年進士。累除中書舍人、翰林學士、歷端明殿學士、禮部尚書。紹聖初，坐訕謗，安置惠州，徙昌化。徽宗立，赦還，提舉玉局觀。建中靖國元年，卒於常州。

滿江紅

東武城南，新堤就，漣漪初溢。隱隱遍，長林高阜，原誤作「遍長林翠阜外」，兹據東坡詞改。卧紅堆官裏事，何時畢？風雨外，無多日。相將泛曲水，滿城爭出。君不見蘭亭修禊事，當時座上皆豪逸。到如今，修竹滿山陰，空陳跡。

三之一。碧。枝上殘花吹盡也，與君試向江頭覓。問向前、猶有幾多春？

《歲時廣記》卷十八引《古今詞話》：「東坡自禁城出守東武，適值霖潦經月，黄河決流，漂溺鉅野，及於彭城。東坡命力士持畚鍤，具薪芻，萬人紛紛，增塞城之敗壞者。至暮水勢益洶，東坡登城野宿，愈加督責，人意乃定，城不没者一板。不然，則東武之人盡爲魚鼈矣。坡復用僧應言之策，鑿清泠口積水入於古廢河，又東北入於海。水既退，坡具利害屢請於朝，築長堤十餘里以拒水勢，復建黄樓以厭之。堤成，水循故道，分流城中。上巳日，命從事樂成之。有一妓前曰：『自古上巳舊詞多矣，未有樂新堤而奏雅曲者，願得一闋歌公之前。』坡寫《滿江紅》曰：詞如上略。俾妓歌之，坐席歡甚。

滿庭芳

三十三年，漂流江海，萬里烟浪雲帆。故人驚怪，憔悴老青衫。我自疎狂異趣，君何事、奔走塵凡。流年盡，窮途坐守，船尾凍相銜。　巉巉。淮浦外，層樓翠壁，古寺空巖。步攜手林間，笑挽攕攕。莫上孤峰盡處，縈望眼、雲海相攙。家何在，因君問我，歸夢遶松杉。

趙萬里據毛斧季校本《東坡詞》上引楊元素《本事曲集》：「子瞻始與劉仲達往來於眉山，後相逢於泗上，久留郡中，游南山話舊而作。」

滿江紅

憂喜相尋，風雨過，一江春緑。巫峽夢，至今空有，亂山屏簇。何似伯鸞攜德耀，簞瓢未足清歡足。漸粲然，光彩照階庭，生蘭玉。　幽夢裏，傳心曲。腸斷處，憑他續。文君壻知否？笑君卑辱。君不見周南歌漢廣，天教夫子休喬木。便相將，左手抱琴書，雲間宿。

趙萬里據毛斧季校本《東坡詞》上引《本事曲集》：「董毅夫名鉞，自梓漕得罪歸鄱陽，遇東坡於齊安，怪其豐暇自得。曰：『吾再娶柳氏，三日而去官，吾固不戚戚，而憂柳氏不能忘懷於進退也。已而欣然同憂患如處富貴，吾是以益安焉。』乃令家僮歌其所作《滿江紅》，東坡嗟嘆之，次其韻。詞如上略。」

虞美人

湖山信是東南美。一望彌千里。使君能得幾回來。便使尊前醉倒且徘徊。　沙河塘裏燈初上。水調誰家唱。夜闌風靜欲歸時。惟有一江明月碧琉璃。

趙萬里據毛斧季校本《東坡詞》引《本事曲集》：「陳述古守杭，已及瓜代，未交前數日，宴僚佐於有美堂，因請貳車蘇子瞻賦詞。子瞻即席而就，寄《攤破虞美人》。詞如上略。」

減字木蘭花

雙龍對起。白甲蒼髯烟雨裏。疎影微香。下有幽人晝夢長。　湖風清軟。雙鵲飛來爭噪晚。翠颭紅輕。時下凌霄百尺英。

趙萬里據毛斧季校本《東坡詞》下引《本事曲集》：「錢塘西湖有詩僧清順居其上，自名藏春塢。門前有二古松，各有凌霄花絡其上。順常晝臥其下。時子瞻爲郡，一日，屏騎從過之，松風騷然，順指落花覓句，爲賦此詞。」

永遇樂

明月如霜，好風如水，清景無限。曲港跳魚，圓荷瀉露，寂寞無人見。紞如三鼓，鏗然一葉，黯黯夢雲驚斷。夜茫茫、重尋無處，覺來小園行偏。　天涯倦客，山中歸路，望斷故園心眼。燕子樓空，佳人何在？空鎖樓中燕。古今如夢，何曾夢覺，但有舊歡新怨。

異時對、南樓夜景，爲余浩嘆。

《獨醒雜志》卷三：東坡守徐州，作燕子樓樂章，方具藁，人未知之。一日，忽鬨傳於城中，東坡訝焉，詰其所從來，乃謂發端於邏卒。東坡召而問之。對曰：「某稍知音律，嘗夜宿張建封廟，聞有歌聲，細聽乃此詞也，記而傳之，初不知何謂。」東坡笑而遣之。

戚氏

玉龜山，東皇靈媲統群仙。絳闕岧嶢，翠房深迥，倚霏烟。幽閒。志蕭然，金城千里鎖嬋娟。當時穆滿巡狩，翠華曾到海西邊。風露明霽，鯨波極目，勢浮輿蓋方圓。正迢迢麗日，元圃清寂，瓊草芊綿。　爭解繡勒香韉。鸞輅駐蹕，八馬戲芝田。瑶池近，畫樓隱隱，翠鳥翩翩。肆華筵，間作脆管鳴絃。宛若帝所鈞天。稚顏皓齒，緑髮方瞳，圓極恬淡高妍。　盡倒瓊壺酒，獻金鼎藥，固大椿年。縹渺飛瓊妙舞，命雙成、奏曲醉留連。雲璈韻響瀉寒泉。浩歌暢飲，斜月低河漢。漸漸綺霞，天際紅深淺。動歸思，迴首塵寰。爛漫游，玉輦東還。杏花風，數里響鳴鞭。望長安路，依稀柳色，翠點春妍。

《梁谿漫志》卷九：程子山敦厚舍人跋東坡《滿庭芳》詞云：「予聞之蘇仲虎云：一日，有傳此詞以爲先生作。東坡笑曰：吾文章肯以藻繪一香篆槃乎？然觀其間，如畫堂別是風光及十指露之語，誠非先生肯云。」子山之說，固人所共曉。予嘗怪李端叔謂東坡在中山，歌者欲試東坡倉卒之才，於其側歌《戚氏》，坡笑而頷之。邂逅方論穆天子事，頗摘其虛誕，遂資以應之，隨聲隨寫，歌竟篇，纔點定五六字。坐中隨聲擊節，終席不問他辭，亦不容別進一語。臨分曰：足以爲中山一時盛事。然予觀其詞，有曰玉龜山，東皇靈媲統群僊。又云爭解繡勒香韉。又云鑾輅駐蹕。又云肆華筵，間作脆管鳴絃。宛若帝所鈞天。又云盡倒瓊壺酒，獻金鼎藥，固大椿年。又云浩歌暢飲，回首塵寰。爛漫游，玉輦東還。東坡御風騎氣，下筆真神仙語。此等鄙俚猥俗之詞，殆是教坊倡優所爲，雖東坡竈下老婢，亦不作此語。而顧稱譽若此，豈果端叔之言耶？恐貽誤後人，不可以不辨。

《老學庵筆記》卷九：東坡先生在中山作《戚氏》樂府詞，最得意。幕客李端叔跋三百四十餘字，叙述甚備，欲刻石傳後。爲定武盛事，會謫去，不果。今乃不載集中，至有立論排詆，以爲非公作者，識真之難如此哉！

蝶戀花

花褪殘紅青杏小。燕子飛時，緑水人家遶。枝上柳綿吹又少。天涯何處無芳草！

牆裏秋千牆外道。牆外行人，牆裏佳人笑。笑漸不聞聲漸杳。多情卻被無情惱。

《琅嬛記》卷中引《林下詞談》：「子瞻在惠州，與朝雲閒坐，時青女初至，落木蕭蕭，悽然有悲秋之意。命朝雲把大白，唱『花褪殘紅』，朝雲歌喉將轉，泪滿衣襟。子瞻詰其故，答曰：『奴所不能歌，是枝上柳綿吹又少，天涯何處無芳草也。』子瞻翻然大笑曰：『是吾政悲秋，而汝又傷春矣。』遂罷。朝雲不久抱疾而亡，子瞻終身不復聽此詞。」

又

别酒送君君一醉。清潤潘郎，更是何郎壻。記取釵頭新利市。莫將分付東鄰子。　回首長安佳麗地。三十年前，我是風流帥。爲向青樓尋舊事。花枝缺處餘名字。

《侯鯖録》卷一：東坡在徐州，送鄭彦能還都下，問其所游，因作詞云：「十五年前，我是風流帥。花枝缺處留名字。」記坐中人語，嘗題於壁。後秦少游薄游京師，見此詞，遂和之，其中有「我曾從事風流府」，公聞而笑之。

《能改齋漫録》卷十六：右《蝶戀花》詞，東坡在黄時送潘邠老赴省試作。今集不載。

醉翁操

琅然。清圓。誰彈？響空山，無言，惟翁醉中知其天。月明風露娟娟。人未眠。荷簀過山前。曰有心也哉此賢。　醉翁嘯詠，聲和流泉。醉翁去後，空有朝吟夜怨。山有時而童巔。水有時而回川。思翁無歲年。翁今爲飛仙。此意在人間，試聽徽外三兩絃。

《澠水燕談録》卷第七：慶曆中，歐陽文忠公謫守滁州，有琅琊幽谷，山川奇麗，鳴泉飛瀑，聲若環佩，公臨聽忘歸。僧智仙作亭其上，公刻石爲記，以遺州人。既去十年，太常博士沈遵，好奇之士，聞而往游，其山水秀絶，以琴寫其聲爲《醉翁吟》，蓋宫聲三疊。後會公河朔，遵援琴作之，公歌以遺遵，并爲《醉翁引》以叙其事，然調不主聲，爲知琴者所惜。後三十餘年，公薨，遵亦殁。其後廬山道人崔閑，遵客也，妙於琴理，常恨此曲無詞，乃譜其聲，請於東坡居士子瞻，以補其闕。然後聲詞皆備，遂爲琴中絶妙，好事者争傳。方其補詞，閑爲弦其聲，居士倚爲詞，頃刻而就，無所點竄。遵之子爲比丘，號本覺真禪師，居士書以與之云：「二水同器，有不相入；二琴同手，有不相應。沈君信手彈琴而與泉合，居士縱筆作詞而與琴會，此必有真同者矣。」

南柯子　溪女方

師唱誰家曲，宗風嗣阿誰？借君拍板與門槌。我也逢場作戲、莫相疑。

偷眼，山僧莫皺眉。卻嫌彌勒下生遲。不見阿婆三五、少年時。

《苕溪漁隱叢話》前集卷第五十七引《冷齋夜話》云：「東坡鎮錢塘，無日不在西湖。嘗攜妓謁大通禪師，師愠形於色。東坡作長短句，令妓歌之曰：詞如上略。時有僧仲殊在蘇州，聞而和之曰：『解舞《清平樂》，如今説向誰？紅爐片雪上鉗鎚。打就金毛獅子、也堪疑。木女明開眼，泥人暗皺眉。蟠桃已是著花遲。不向春風一笑、待何時？』」

虞美人

波聲拍枕長淮曉。隙月窺人小。無情汴水自東流。只載一船離恨向西州。竹陰花圃曾同醉。酒味多於泪。誰教風鑑在塵埃。醖造一場煩惱送人來。

《苕溪漁隱叢話》前集卷第五十引《冷齋夜話》云：「東坡初未識少游，少游知其將復過維揚，作坡筆語，題壁於一山寺中，東坡果不能辨，大驚。及見孫莘老，出少游詩詞數十篇讀之，乃嘆曰：『向書壁者，定此郎也。』後與少游維揚飲別，作《虞美人》詞曰：詞如上略。世傳此詞是賀方回所作。雖山谷亦云。大觀中，於金陵見其親筆，醉墨超放，氣壓王子敬，蓋東坡詞也。」

漁家傲

千古龍蟠并虎踞。從公一弔興亡處。渺渺斜風吹細雨。芳草路。江南父老留公住。公駕飛軿淩紫霧。紅鸞驂乘青鸞馭。卻訝此洲名白鷺。非吾侶。翩然欲下還飛去。

《侯鯖録》卷八：東坡自黄移汝，過金陵，見舒王。適陳和叔作守，多同飲會。一日，游蔣山，和叔被召將行，舒王顧江山曰：「子瞻可作歌。」坡醉中書云：詞如上略。和叔到任，數日而去。舒王笑曰：「白鷺者得無意乎？」

案：東坡詞題作《金陵賞心亭送王勝之龍圖》，與此不同。

減字木蘭花

春庭月午。影落春醪光欲舞。步轉回廊。半落梅花婉娩香。輕風薄霧。都是少年行樂處。不似秋光。只共離人照斷腸。

《侯鯖録》卷四：元祐七年正月，東坡先生在汝陰，州堂前梅花大開，月色鮮霽。先生王夫人曰：「春月色勝如秋月色，秋月色令人悽慘，春月色令人和悦，何如召趙德麟輩來飲此花下。」先生大喜曰：「吾不知子能詩邪！此真詩家語耳。」遂相召與二客飲，用是語作《減字木蘭花》詞。

臨江仙

夜飲東坡醒復醉，歸來髣髴三更。家童鼻息已雷鳴。敲門都不應，倚杖聽江聲。

長恨此身非我有，何時忘卻營營。夜闌風靜縠紋平。小舟從此逝，江海寄餘生。

《避暑録話》卷上：子瞻在黄州病赤眼，踰月不出，或疑有他疾，過客遂傳以爲死矣。有語范景仁於許昌者，景仁絶不置疑，即舉袂大慟，召子弟具金帛，遣人賙其家。子弟徐言：「此傳聞未審，當先書以問其安否，得實，弔恤之未晚。」乃走僕以往。子瞻發書大笑。故後量移汝州，謝表有云：「疾病連年，人皆相傳爲已死。」未幾，復與數客飲江上，夜歸，江面際天，風露浩然，有當其意，乃作歌辭所謂「夜闌風靜縠紋平。小舟從此逝，江海寄餘生」者，與客大歌數過而散。翌日，喧傳子瞻夜作此辭，掛冠服江邊，拏舟長嘯去矣。郡守徐君猷聞之，驚且懼，以爲州失罪人，急命駕往謁，則子瞻鼻鼾如雷，猶未興也。然此語卒傳至京師，雖裕陵亦聞而疑之。

減字木蘭花

鄭莊好客。容我尊前時墮幘。落筆生風。籍甚聲名獨我公。　　高山白早。瑩雪肌膚那解老。從此南徐。良夜清風月滿湖。

《捫蝨新話》下集卷九：東坡集中有《減字木蘭花》詞云：詞如上略。人多不曉其意。或云：坡昔過京口，官妓鄭容、高瑩二人嘗侍宴，坡喜之。二妓間請於坡，欲爲脱籍，坡許之而終不爲言。及臨别，二妓復之船所懇之，坡曰：「爾當持我之詞以往，太守一見，便知其意。」蓋是「鄭容落籍，高瑩從良」八字也。此老真爾狡獪耶！

瑶池燕

飛花成陣春心困。寸寸。别腸多少愁悶！無人問。偷啼自揾殘妝粉。抱瑶琴尋出新韻。玉纖趁。南風來解幽愠。低雲鬟，眉峰斂暈。嬌和恨。

《侯鯖録》卷三：東坡云：琴曲有《瑶池燕》，其詞不協，而聲亦怨咽。變其詞作《閨怨》，寄陳季常去，此曲奇妙，勿妄與人云。

江城子

玉人家在鳳凰山。水雲間。掩門關。門外行人，立馬看弓彎。十里春風誰指似，斜日映，繡簾斑。　多情好事與君還。憫新鰥。拭餘潸。明月空江，香霧著雲鬟。陌上花開看盡也，聞舊曲，破朱顏。

《青泥蓮花記》卷七：陳直方之妾，本錢塘妓人也，丐新詞於蘇子瞻。子瞻因直方新喪正室，而錢塘人好唱陌上花緩緩曲，乃引其事以戲之，其詞則《江神子》也。

水調歌頭　丙辰中秋，歡飲達旦，大醉作此篇，兼懷子由。

明月幾時有？把酒問青天。不知天上宫闕，今夕是何年？我欲乘風歸去，又恐瓊樓玉宇，高處不勝寒。起舞弄清影，何似在人間？　轉朱閣，低綺户，照無眠。不應有恨，何事長向別時圓？人有悲歡離合，月有陰晴圓缺，此事古難全。但願人長久，千里共嬋娟。

《歲時廣記》卷三十一引《復雅歌詞》：詞如上略。「是詞乃東坡居士以丙辰中秋歡飲達旦，大醉，作《水調歌頭》兼懷子由，時丙辰熙寧九年也。元豐七年，都下傳唱此詞。神宗問内侍外面新行小詞，内侍録此進呈。讀至『又恐瓊樓玉宇，高處不勝寒』，上曰：『蘇軾終是愛君。』乃命量移汝州。」

《鐵圍山叢談》卷第三：歌者袁綯，乃天寶之李龜年也。宣和間供奉九重，嘗爲吾言：東坡公昔與客游金山，適中秋夕，天宇四垂，一碧無際，加江流傾湧，俄月色如晝，遂共登金山山頂之妙高臺，命綯歌其《水調歌頭》曰：「明月幾時有，把酒問青天。」歌罷，坡爲起舞，而顧問曰：「此便是神仙矣。」吾謂文章人物，誠千載一時，後世安所得乎？

念奴嬌　赤壁懷古

大江東去，浪淘盡、千古風流人物。故壘西邊人道是，三國周郎赤壁。亂石穿空，驚濤拍岸，卷起千堆雪。江山如畫，一時多少豪傑。　遥想公瑾當年，小喬初嫁了，雄姿英發。羽扇綸巾談笑間，强虜灰飛烟滅。故國神游，多情應是，笑我生華髮。人間如夢，一尊還酹江月。

《説郛》卷二十四引《吹劍續録》：「東坡在玉堂，有幕士善謳，因問『我詞比柳詞何如』，對曰：『柳郎中詞只好十七八女孩兒，執紅牙拍板唱楊柳岸曉風殘月。學士詞須關西大漢，執鐵板唱大江東去。』公爲之絶倒。」

全詞引自《全宋詞》。

哨遍

睡起畫堂，銀蒜押簾，珠幕雲垂地。初雨歇，洗出碧羅天，正溶溶養花天氣。一霎暖風迴芳草，榮光浮動，卷皺銀塘水。方杏靨匀酥，花鬚吐繡，園林紅翠排比。見乳燕捎蝶過繁枝。忽一綫爐香惹游絲。晝永人閒，獨立斜陽，晚來情味。　便攜將佳麗，乘興深入芳菲裏。撥胡琴語，輕攏慢撚總伶俐。看緊約羅裙，急趨檀板，《霓裳》入破驚鴻起。顰月臨眉，醉霞横臉，歌聲悠揚雲際。任滿頭紅雨落花飛，漸鳷鵲樓西玉蟾低，尚徘徊未盡歡意。君看今古悠悠，浮幻人間世。這些百歲光陰幾日？三萬六千而已。醉鄉路穩不妨行，但人生要適情耳。

《侯鯖録》卷七：東坡老人在昌化，嘗負大瓢行歌於田間。有老婦年七十，謂坡云：「内翰昔日富貴，一場春夢。」坡然之。里人呼此婦爲「春夢婆」。

西江月

玉質那愁瘴霧，冰姿自有仙風。海仙時遣探芳叢。倒掛緑毛么鳳。素面常嫌粉涴，洗妝不褪脣紅。高情已逐曉雲空。不與梨花同夢。

《冷齋夜話》卷之十：嶺外梅花與中國異，其花幾類桃花之色，而脣紅香著。東坡詞曰：詞如上略。

玉樓春　次馬中玉韻

知君仙骨無寒暑。千載相逢猶旦暮。故將别語惱佳人，要看梨花枝上雨。落花已逐迴風去。花本無心鶯自訴。明朝歸路下塘西，不見鶯啼花落處。

《玉照新志》卷第一：東坡先生知杭州，馬中玉成爲浙漕。東坡被召赴闕，中玉席間作詞曰：「來時吳會猶殘暑，去日武林春已暮。欲知遺愛感人深，灑淚多於江上雨。歡情未舉眉先聚，別酒多斟君莫訴。從今寧忍看西湖，擡眼盡成腸斷處。」東坡和之，所謂「明朝歸路下塘西，不見鶯啼花落處」是也。中玉，忠肅亮之子，仲甫猶子也。

定風波

常羨人間琢玉郎。天教分付點酥娘。自作清歌傳皓齒。風起。雪飛炎海變清涼。萬里歸來年愈少。微笑。笑時猶帶嶺梅香。試問嶺南應不好。卻道。此心安處是吾鄉。

《苕溪漁隱叢話》後集卷第四十引《東皋雜録》云：「王定國嶺外歸，出歌者勸東坡酒，坡作《定風波》，序云：『王定國歌兒曰柔奴，姓宇文氏，眉目娟麗，善應對，家世在京師。定國南遷歸，余問柔，廣南風土應是不好，柔對曰：此心安處，便是吾鄉。因爲綴此詞云。』詞如上略。」

行香子

綺席纔終。歡意猶濃。酒闌時，高興無窮。共誇君賜，初拆臣封。看分香餅，黃金縷，密雲龍。鬬贏一水，功敵千鍾。覺涼生，兩腋清風。暫留紅袖，少卻紗籠。放笙歌散，庭館靜，略從容。

汲古閣《東坡詞·行香子》注云：密雲籠，茶名，極爲甘馨。宋時秦、黄、張、晁爲蘇門四學士，東坡待之厚，每來必令侍妾朝雲取密雲籠，家人以此知之。廖正一，字明略，晚登東坡之門，公大奇之。一日，又命取密雲籠，家人謂是四學士，窺之，乃廖明略也。坡爲賦《行香子》一闋。詞如上略。

洞仙歌

冰肌玉骨，自清涼無汗。水殿風來暗香滿。繡簾開，一點明月窺人，人未寢，倚枕釵横鬢亂。　起來攜素手，庭户無聲，時見疎星度河漢。試問夜如何，夜已三更，金波淡，玉繩低轉。但屈指西風幾時來，又不道、流年暗中偷换。

《墨莊漫録》卷九：東坡作長短句《洞仙歌》，所謂「冰肌玉骨，自清涼無汗」者。公自叙云：「予幼時，見一老人，年九十餘，能言孟蜀主時事，云蜀主嘗與花蘂夫人夜起納涼於摩訶池上，作《洞仙歌》令。老人能歌之。予今但記其首兩句，力爲足之。」近見李公彦季成詩話，乃云楊元素作本事記，《洞仙歌》「冰肌玉骨，自清涼無汗」。錢唐有老尼能誦後主詩首章兩句，後人爲足其意，以填此詞。其説不同。予友陳興祖德昭云，頃見一詩話，亦題云李季成作，乃全載孟蜀主一詩：「冰肌玉骨清無汗。水殿風來暗香滿。簾間明月獨窺人，倚枕釵横雲鬢亂。三更庭院悄無聲，時見疎星度河漢。屈指西風幾時來，只恐流年暗中换。」云東坡少年，遇美人，喜《洞仙歌》，又邂逅處景色暗相似，故檃括稍協律以贈之也。予以謂此説近之，據此乃詩耳。而東坡自叙，乃云是《洞仙歌》令，蓋公以此叙自晦耳。《洞仙歌》腔出近世，五代及國初未之有也。

浣溪沙

山下蘭芽短浸溪。松間沙路淨無泥。蕭蕭暮雨子規啼。　誰道人生無再少？門前流水尚能西。休將白髮唱黄鷄。

《東坡志林》卷一：黄州東南三十里爲沙湖，亦曰螺師店，予買田其間。因往相田得疾，聞麻橋人龐安常善醫而聾，遂往求療。安常雖聾，而穎悟絶人，以紙畫字，書不數字，輒深了人意。予戲之曰：「予以手爲口，君以眼爲耳，皆一時異人也。」疾愈，與之同游清泉寺，寺在蘄水郭門外二里許，有王逸少洗筆泉，水極甘，下臨蘭溪，溪水西流，予作歌云：詞如上略。是日劇飲而歸。

賀新郎

乳燕飛華屋。悄無人、桐陰轉午，晚凉新浴。手弄生綃白團扇，扇手一時似玉。漸困倚、孤眠清熟。門外誰來推繡户？枉教人、夢斷瑶臺曲。又卻是，風敲竹。石榴半吐紅巾蹙。待浮花浪蕊都盡，伴君幽獨。濃艷一枝細看取，芳心千重似束。又恐被、西風驚緑。若待得君來，向此花前，對酒不忍觸。共粉泪，兩簌簌。

《苕溪漁隱叢話》後集卷第三十九引《古今詞話》云：「蘇子瞻守錢塘，有官妓秀蘭天性黠慧，善於應對。湖中有宴會，群妓畢至，惟秀蘭不來。遣人督之，須臾方至。子瞻問其故，具以『髮結沐浴，不覺困睡，忽有人叩門聲，急起而問之，乃樂營將催督之，非敢怠忽，謹以實告』。子瞻亦恕之。坐中倅車屬意於蘭，見其晚來，恚恨未已，責之曰：『必有他事，以此晚至。』秀蘭力辯，不能止倅之怒。是時榴花盛開，秀蘭以一枝藉手告倅，其怒愈甚。秀蘭收淚無言。子瞻作《賀新涼》以解之，其怒始息。子瞻之作，皆紀目前事，蓋取其沐浴新涼，曲名《賀新涼》也。後人不知之，誤爲《賀新郎》，蓋不得子瞻之意也。子瞻真所謂風流太守也，豈可與俗吏同日語哉！」苕溪漁隱曰：「野哉楊湜之言，真可入《笑林》。東坡此詞，冠絶古今，託意高遠，寧爲一娼而發邪？『簾外誰來推繡户？枉教人夢斷瑶台曲。又卻是，風敲竹。』用古詩『捲簾風動竹，疑是故人來』之意，今乃云『忽有人叩門聲，急起而問之，乃樂營將催督』，此可笑者一也。『石榴半吐紅巾蹙。待浮花浪蕊都盡，伴君幽獨。濃豔一枝細看取，芳心千重似束』，蓋初夏之時，千花事退，榴花獨芳，因以中寫幽閨之情，今乃云『是時榴花盛開，秀蘭以一枝藉手告倅，其怒愈甚』，此可笑者二也。此詞腔調寄《賀新郎》，乃古曲名也，今乃云『取其沐浴新涼，曲名《賀新涼》，後人不知之，誤爲《賀新郎》』，此可笑者三也。《詞話》中可笑者甚衆，姑舉其尤者。第東坡此詞，深爲不幸，横遭點汙，吾不可無一言雪其恥。宋子京云：『江左有文拙而好刻石者，謂之詅嗤符。』今楊湜之言俚甚，而鋟板行世，殆類是也。」

《項氏家説》卷八：蘇公「乳燕飛華屋」之詞，興寄最深，有《離騷經》之遺法，蓋以興君臣遇合之難，一篇之中，殆不止三致意焉。瑶臺之夢，主恩之難常也。幽獨之情，臣心之不變也。恐西風之驚緑，憂讒之深也。冀君來而共泣，忠愛之至也。其首尾布置，全類《邶·柏舟》。或者不察其意，多疑末章專賦石榴，似與上章不屬，而不知此篇意最融貫也。余又謂「枝上柳綿吹漸少，天涯何處無芳草」，此意亦深切。余在會稽，嘗作《送春》詩曰：「墮紅一片已堪疑。吹到楊花事可知。借問春歸誰與伴，泪痕都付石榴枝。」蓋兼用兩詞之意，書生此念，千載一轍也。

《耆舊續聞》卷二：陸辰州子逸，左丞農師之孫，太傅公之玄孫也。晚以疾廢，卜築於秀野，越之佳山水也，公放傲其間，不復有榮念，對客則終日清談不倦，尤好語及前輩事，纚纚傾人聽。余嘗登門，出近作《贈别》長短句以示公，其末句云：「莫待柳吹綿。吹綿聞杜鵑。」公賞誦久之。是後從游頗密，公嘗謂余曰：「曾看東坡《賀新郎》詞否？」余對以世所共歌者。公云：「東坡此詞，人皆知其爲佳，但後攧用榴花事，人少知其意。某嘗於晁以道家見東坡真蹟，晁氏云：『東坡有妾名曰朝雲、榴花，朝雲死於嶺外，東坡嘗作《西江月》一闋，寓意於梅，所謂高情已逐曉雲空是也。惟榴花獨存，故其詞多及之。觀浮花浪蕊都盡，伴君幽獨，可見其意矣。』」

《耆舊續聞》卷第二：曩見陸辰州，語余以《賀新郎》詞用榴花事，乃妾名也。退即書其語，今十年矣，亦未嘗深考。近觀顧景藩續注，因悟東坡詞中用白團扇、瑶臺曲，皆侍妾故事。按晋中書令王珉，好執白團扇，婢作《白團扇》歌以贈珉。又《唐逸史》，許檀暴卒復悟，作詩云：「曉入瑶臺露氣清。座中惟見許飛瓊。塵心未盡俗緣重，千里下山空月明。」復寢，驚起，改第二句，云昨日夢到瑶池，飛瓊令改之，云不欲世間知有我也。按《漢武帝内傳》所載董雙成、許飛瓊，皆西王母侍兒，東坡用此事，迺知陸辰州得榴花之事於晁氏爲不妄也。《本事詞》載榴花事極鄙俚，誠爲妄誕。

《艇齋詩話》：東坡《賀新郎》在杭州萬頃寺作。寺有榴花樹，故詞中云「石榴」。又是日有歌者晝寢，故詞中云「漸困倚孤眠清熟」。其真本云「乳燕棲華屋」，今本作「飛」字，非是。

西江月

世事一場大夢，人生幾度新涼。夜來風葉已鳴廊。看取眉頭鬢上。酒賤常愁客少，月明多被雲妨。中秋誰與共孤光。把盞淒涼北望。

《苕溪漁隱叢話》後集卷第三十九引《古今詞話》云：「東坡在黄州，中秋夜對月獨酌作《西江月》詞。坡以讒言謫居黄州，鬱鬱不得志，凡賦詩綴詞必寫其所懷，然一日不負朝廷，其懷君之心，末句可見矣。」苕溪漁隱曰：「《聚蘭集》載此詞，注曰『寄子由』，故後句云『中秋誰與共孤光，把酒淒涼北望』，則兄弟之情見於句意之間矣。疑是在錢塘作，時子由爲睢陽幕客，若《詞話》所云，則非也。」

定風波

月滿苕溪照夜堂。五星一老鬬光芒。十五年間真夢裏。何事？長庚對月獨淒涼。　緑鬢蒼顔同一醉。還是。六人吟笑水雲鄉。賓主談鋒誰得似？看取。曹劉今對兩蘇張。

《苕溪漁隱叢話》後集卷第三十九：東坡云：「吾昔自杭移高密，與楊元素同舟，而陳令舉、張子野皆從。余過李公擇於湖，遂與劉孝叔俱至松江。夜半月出，置酒垂虹亭上。子野年八十五，以歌詞聞於天下，作《定風波》令，其略云：『見説賢人聚吴分。試問。也應旁有老人星。』坐客歡甚，有醉倒者。此樂未嘗忘也。今七年耳，子野、孝叔、令舉皆爲異物，而松江橋亭，今歲七月九日，海風駕潮，平地丈餘，蕩盡無復孑遺矣。追思曩時，真一夢耳。」苕溪漁隱曰：吴興郡圃，今有六客亭，即公擇、子瞻、元素、子野、令舉、孝叔。時公擇守吴興也。東坡有云：「余昔與張子野、劉孝叔、李公擇、陳令舉、楊元素會於吴興，時子野作六客詞，其卒章云：『盡道賢人聚吴分。試問。也應旁有老人星。』凡十五年，再過吴興，而五人皆已之矣。時張仲謀與曹子方、劉景文、蘇伯固、張秉道爲坐客，仲謀請作後六客詞。詞如上略。」

行香子

北望平川。野水荒灣。共尋春，飛步孱顔。和風弄袖，香霧縈鬟。正酒酣時，人語笑，白雲間。　飛鴻落燕，相將歸去，淡娟娟，玉宇清閒。何人無事，燕坐空山。望長橋上，燈火鬧，使君還。

《揮麈後録》卷七引張唐佐云：「東坡先生自黄州移汝州，中道起守文登，舟次泗上，偶作詞云：『何人無事，燕坐空山。望長橋上，燈火鬧，使君還。』太守劉士彦本出法家，山東木強人也，聞之，亟謁東坡云：『知有新詞，學士名滿天下，京師便傳，在法泗州夜過長橋者，徒二年，況知州邪？切告收起，勿以示人。』東坡笑曰：『軾一生罪過，開口常是，不在徒二年以下。』」

踏莎行

這個秃奴，修行忒煞。雲山頂上持齋戒。一從迷戀玉樓人，鶉衣百結渾無奈。

毒手傷人，花容粉碎。空空色色今何在？臂間刺道苦相思，這回還了相思債。

《事林廣記》癸集卷之十三：靈隱寺有僧名了然，不遵戒行，常宿娼妓李秀奴家，往來日久，衣鉢爲之一空。秀奴絶之，僧迷戀不已，乘醉往秀奴家，不納，因擊秀奴，隨手而斃。縣官得實，具申州司，時内翰蘇子瞻治郡，一見大駡曰：「秃奴，有此横爲，送獄院推勘。」則見僧臂上刺字云「但願同生極樂國，免教今世苦相思」之句。及見款狀招伏，即行結斷，舉筆判成一詞，名《踏莎行》。詞如上略。判訖，押赴市曹處斬。

江神子

鳳凰山下雨初晴。水風清。晚霞明。一朵芙蓉，開過尚盈盈。何處飛來雙白鷺，如有意，慕娉婷。　忽聞筵上弄哀箏。苦含情。遣誰聽？烟斂雲收，依約是湘靈。擬待曲終尋問取，人不見，數峰青。

《甕牖閒評》卷五：東坡倅錢塘日，忽劉貢父相訪，因拉與同遊西湖。時二劉方在服制中，至湖心，有小舟翩然至前，一婦人甚佳。見東坡自叙：「少年景慕高名，以在室無由得見，今已嫁爲民妻，聞公遊湖，不避罪而來。善彈箏，願獻一曲，輒求一小詞，以爲終身之榮可乎？」東坡不能卻，援筆而成，與之。其詞云：詞如上略。

卜算子

缺月掛疎桐，漏斷人初靜。時見幽人獨往來，縹緲孤鴻影。　驚起卻回頭，有恨無人省。揀盡寒枝不肯棲，寂寞沙洲冷。

《能改齋漫録》卷十六：東坡先生謫居黄州，作《卜算子》詞云：詞如上略。其屬意蓋爲王氏女子也，讀者不能解。張右史文潛繼貶黄州，訪潘邠老，嘗得其詳，題詩以誌之云：「空江月明魚龍眠。月中孤鴻影翩翩。有人清吟立江邊。葛巾藜杖眼窺天。夜冷月墮幽蟲泣。鴻影翹沙衣露溼。仙人采詩作步虚。玉皇飲之碧琳腴。」

《女紅餘志》：惠州温氏女超超，年及笄，不肯字人。聞東坡至，喜曰：「我壻也。」日徘徊窗外，聽公吟詠，覺則亟去。東坡知之，乃曰：「吾將呼王郎與子爲婣。」東坡渡海歸，超超已卒，葬於沙際。公因作《卜算子》，有「揀盡寒枝不肯棲」之句。

水龍吟

楚山修竹如雲，異材秀出千林表。龍鬚半剪，鳳膺微漲，玉肌勻繞。木落淮南，雨晴雲夢，月明風裊。自中郎不見，桓伊去後，知辜負，秋多少。　聞道嶺南太守，後堂深，緑珠嬌小。綺窗學弄，《梁州》初遍，《霓裳》未了。嚼徵含宫，泛商流羽，一聲雲杪。爲使君，洗盡蠻風瘴雨，作霜天曉。

《唐宋諸賢絶妙詞選》卷二：太守閭丘公顯致仕，居姑蘇，公飲其家，出後房佐酒。有懿卿者，善吹笛，公因賦此以贈。詞如上略。

許將

將字沖元，福州人。嘉祐八年進士第一。神宗時，累拜翰林學士、兵部侍郎。徽宗時，知河南府。

臨江仙

聖主臨軒親策試，集英佳氣葱葱。鳴鞘聲震未央宫。卷簾龍影動，揮翰御烟濃。

上第歸來何事好，迎人花面爭紅。藍袍香散六街風。一鞭春色裏，驕損玉花驄。

《歲時廣記》卷三十一引《古今詞話》：嘉祐間，京師殿試，有一南商，控細鞍驄馬於右掖門，俟狀元獻之。日未曛，唱名第一人，乃許將也，姿狀奇秀，觀者若堵。自綴《臨江仙》曰：詞如上略。

鄭無黨

無黨，西州士人。

臨江仙

不比尋常三五夜，萬家齊望清輝。爛銀盤透碧玻璃。莫辭終夕看，動是隔年期。試問嫦娥還記否，玉人曾折高枝？明年此夜再圓時。閤開東府宴，身在鳳凰池。

《歲時廣記》卷三十一引《古今詞話》：「許將後帥成都，值中秋府會，官妓獻詞送酒，仍別歌《臨江仙》曰：詞如上略。許問誰作詞，妓白以西州人鄭無黨詞。後召相見，欲薦其才於廊廟，無黨辭以無意進取，惟投牒理逋欠數千緡。無黨爲人不羈，長於詞，蓋知許公《臨江仙》最喜歌者，投其所好也。」

蘇轍

轍字子由，眉山人。年十九，與兄軾同登進士。坐軾詩禍，謫監筠州鹽酒税。哲宗朝，使契丹，還爲御史中丞。以直諫屢遭貶謫。

漁家傲

七十餘年真一夢。朝來壽斝兒孫奉。憂患已空無復痛。心不動。此間自有千鈞重。蚤歲文章供世用。中年禪味疑天縱。石塔成時無一縫。誰與共。人間天上隨他送。

《欒城先生遺言》：公悟悅禪定，門人有以《漁家傲》祝生日及濟川者，以非其志也，乃賡和之。

李嬰

嬰，元豐中，蘄水令。

滿江紅

荆楚風烟，寂寞近、中秋時候。露下冷，蘭英將謝，葦花初秀。歸燕殷勤辭巷陌，鳴蛩淒楚來窗牖。又誰念，江邊有神仙，飄零久。　横琴膝，攜筇手。曠望眼，閑吟口。任紛紛萬事，到頭何有。君不見凌烟冠劍客，何人氣貌長依舊？《歸去來》，一曲爲君吟，爲君壽。

《苕溪漁隱叢話》前集卷第五十九：苕溪漁隱曰：「元豐間，都人李嬰調蘄水縣令，作《滿江紅》一曲，往黄州上東坡，東坡甚喜之。」

王齊叟

齊叟字彦齡，懷州人。太原掾官。

望江南

居下位，只恐被人讒。昨日只吟《青玉案》，幾時曾做《望江南》？試問馬都監。

《碧鷄漫志》卷二：王齊叟彦齡，元祐副樞巖叟之弟，任俊得聲。初官太原，作《望江南》數十曲，嘲府縣同僚，遂併及帥。帥怒甚，因衆入謁，面責彦齡：「何敢爾！豈恃兄貴，謂吾不能劾治耶？」彦齡執手板頓首帥前，曰：詞如上略。帥不覺失笑，衆亦匿笑去。今別素質曲，「此事憑誰知證，有樓前明月，窗外花影」者，彦齡作也。娶舒氏，亦有詞翰。婦翁武選，彦齡事之素不謹，因醉酒謾罵，翁不能堪，取女歸，竟至離絶。舒在父家，一日行池上，懷其夫，作《點絳脣》曲云：「獨自臨流，興來時把闌干憑。舊愁新恨。耗卻來時興。鷺散魚潛，烟斂風初定。波心静。照人如鏡。少個年時影。」

案：此事又見《夷堅三志》壬卷第七。

琴操

琴操，杭妓，後爲尼。

滿庭芳

山抹微雲，天連衰草，畫角聲斷斜陽。暫停征轡，聊共引離觴。多少蓬萊舊侶，頻回首、烟靄茫茫。孤村裏，寒鴉萬點，流水遶低牆。　魂傷。當此際，輕分羅帶，暗解香囊。漫贏得青樓，薄倖名狂。此去何時見也，襟袖上、空有餘香。傷心處，長城望斷，燈火已昏黄。

《能改齋漫録》卷十六：杭之西湖，有一倅閒唱少游《滿庭芳》，偶然誤舉一韻云：「畫角聲斷斜陽。」妓琴操在側云：「『畫角聲斷譙門』，非斜陽也。」倅因戲之曰：「爾可改韻否？」琴即改作陽字韻云：詞如上略。東坡聞而稱賞之。後因東坡在西湖，戲琴曰：「我作長老，爾試來問。」琴云：「何謂湖中景？」東坡答云：「秋水共長天一色，落霞與孤鶩齊飛。」琴又云：「何謂景中人？」東坡云：「裙拖六幅瀟湘水，鬢軃巫山一段雲。」琴又云：「何謂人中意？」東坡云：「惜他楊學士，憋殺鮑參軍。」琴又云：「如此究竟如何？」東坡云：「門前冷落車馬稀，老大嫁作商人婦。」琴大悟，即削髮爲尼。

陳睦

睦字子雍，莆田人。嘉祐六年進士。元豐間，使高麗，歸直龍圖閣，知潭州卒。

沁園春

小雪初晴，畫舫明月，強飲未眠。念翠鬟雙聳，舞衣半捲，琵琶催拍，促管危絃。密意雖具，歡期難偶，遣我離情愁緒牽。追思處，奈溪橋道窄，無計留連。　天天！莫是前緣？自別後，深誠誰爲傳牋？玉篦偷付，珠囊暗解，兩心長在，須合金鈿。淺淡精神，温柔情性，記我疎狂應痛憐。空腸斷，奈衾寒漏永，終夜如年。

清平樂

鬢雲斜墜。蓮步彎彎細。笑臉雙娥生多媚，百步蘭麝香噴。　從前萬種愁煩。枕邊未可明言。好是藍橋再渡，玉篦還勝金鈿。

《緑窗新話》卷下引《古今詞話》：陳子雍奉使浙江，沈可勳正叔留飲，出家妓侑觴。有翠鬟者，與子雍目色相授，以玉篦密贈子雍。未幾，辭沈而去，徑往子雍之宅。子雍未得翠鬟，有《沁園春》以念之曰：詞如上略。子雍既見翠鬟，又作《清平樂》曰：詞如上略。

太尉夫人

仁宗時宗室夫人。

極相思

柳烟霽色方晴。花露逼金莖。秋千院落，海棠漸老，纔過清明。　嫩玉腕托香脂臉，相傳粉、更與誰情。秋波綻處，相思泪迸，天阻深誠。

《墨客揮犀》卷八：仁廟朝，皇族中太尉夫人，一日，入内再拜告帝曰：「臣妾有夫，不幸爲婢妾所惑。」帝怒，流婢於千里，夫人亦得罪，居於瑶華宫，太尉罰俸而不得朝。經歲方春暮，夫人爲詞曲，名《極相思》令云：詞如上略。

張商英

商英字天覺，號無盡居士，蜀之新津人。登治平二年進士第，爲章惇所薦。大觀中，歷尚書右僕射、中書侍郎。貶衡州，復官。宣和三年卒。

南鄉子

向晚出京關。細雨微風拂面寒。楊柳堤邊青草岸。堪觀。只在人心咫尺間。酒飲盞須乾。莫道浮生似等閒。用則逆理天下事，何難？不用雲中別有山。

又

瓦鉢與磁甌。閒伴白雲醉後休。得失事常貧也樂，無憂。運去英雄不自由。彭越與韓侯。蓋世功名一土丘。名利有餌魚吞餌，輪收。得脱那能更上鈎？

《宣和遺事》亨集：次日，御筆除張天覺授勝州太守，即日遣中官管押之任。張天覺朝辭之任，乃作詞一首寄《南鄉子》。詞如上略。吟罷，行數十里，忽值路邊老牛臥地，天覺長吁一聲，依前韻又作一首寄《南鄉子》。詞如上略。中使録其詞，歸呈徽宗。徽宗看罷，心知天覺爲異人，悔之無及。

王　雱

雱字元澤，安石子。未冠舉進士，調旌德尉。歷官龍圖閣學士，早卒。

倦尋芳慢

露晞向曉，簾幕風輕，小院閒晝。翠逕鶯來，驚下亂紅鋪繡。倚危牆，望高榭，海棠經雨胭脂透。算韶華，又因循過了，清明時候。倦游宴，風光滿目，好景良辰，誰共攜手？恨被榆錢，買斷兩眉長皺。憶高陽，人散後。落花流水仍依舊。這情懷，對東風，盡成消瘦。

《捫蝨新話》下集卷四：世傳王元澤一生不作小詞，或者笑之，元澤遂作《倦尋芳慢》一首，時服其工。其詞曰：詞如上略。此詞甚佳，今人多能誦之，然元澤自此亦不復作。

黄大臨

大臨字元明，黄庭堅之兄。紹聖中，官萍鄉令。

七娘子

畫堂銀燭明如晝。見林宗、巾墊羞蓬首。針插花枝，綫賒羅袖。須臾兩帶還依舊。

勸君倒戴休令後。也不須、更漉淵明酒。寶篋深藏，濃香薰透。爲經十指如葱手。

《能改齋漫録》卷十七：豫章先生兄黄元明，宰廬陵縣，赴郡會，坐上巾帶偶脱，太守喻妓令綴之。既畢，且俾元明撰詞，云：詞如上略。蓋《七娘子》也。

青玉案

千峰百嶂宜州路。天黯淡、知人去。曉別吾家黄叔度。弟兄華髪，遠山修水，異日同歸處。長亭飲散尊罍暮。別語纏綿不成句。已斷離腸能幾許？水村山郭，夜闌無寐，聽盡空階雨。

《能改齋漫録》卷十六：賀方回爲《青玉案》詞，山谷尤愛之，故作小詩以紀其事。及謫宜州，山谷兄元明和以送之云：詞如上略。山谷和云：「烟中一綫來時路。極目送幽人去。第四陽關雲不度。山胡聲轉，子規言語，正是人愁處。別恨朝朝連暮暮。憶我當年醉時句。渡水穿雲心已許。晚年光景，小軒南浦，簾捲西山雨。」洪覺範亦嘗和云：「緑槐烟柳長亭路。恨取次分離去。日永如年愁難度。高城回首，暮雲遮盡，目斷人何處？解鞍旅舍天將暮。暗憶丁寧千萬句。一寸危腸情幾許？薄衾孤枕，夢回人靜，徹曉瀟瀟雨。」

黄庭堅

庭堅字魯直，洪州分寧人。治平四年舉進士，爲葉縣尉，歷祕書丞。紹聖初，坐修《神宗實録》失實，貶涪州别駕，黔州安置。建中靖國初，召還，知太平州，復除名編管宜州卒。

浣溪沙

腳上鞋兒四寸羅。脣邊朱麝一櫻多。見人無語但回波。　料得有心憐宋玉，祇應無奈楚襄何。今生有分向伊麼？

驀山溪

朝來春日，陡覺春衫便。官柳艷明眉，戲鞦韆、誰家倩盼？烟滋露灑，草色媚横塘，平沙輭。雕輪轉。行樂聞絃管。　追思年少，曾約尋芳伴。一醉幾纏頭，過揚州朱簾盡捲。而今老矣，花似霧中看。歡喜淺。天涯遠。信馬歸來晚。

《緑窗新話》卷上引《古今詞話》：「涪翁過瀘南，瀘帥留府。會有官妓盼盼性頗聰慧，帥嘗寵之。涪翁贈《浣溪沙》曰：詞如上略。盼盼拜謝。涪翁令唱詞侑觴，盼盼唱《惜花容》曰：『少年看花雙鬟緑。走馬章臺管絃逐。而今老更惜花深，終日看花看不足。座中美女顔如玉，爲我一歌《金縷曲》。歸時壓得帽簷欹，頭上春風紅簌簌。』涪翁大喜。翌日出城游山寺，盼盼乞詞，涪翁作《驀山溪》以見意。」

滿庭芳

北苑研膏，方圭圓璧，萬里名動天關。碎身粉骨，功合在凌烟。尊俎風流戰勝，降春夢，開拓愁邊。纖纖捧、香泉濺乳，金縷鷓鴣斑。　相如雖病渴，一觴一咏，賓有群賢。便扶起燈前，醉玉頽山。搜攪胸中萬卷，還傾動、三峽詞源。歸來晚，文君未寢，相對小妝殘。

《能改齋漫録》卷十七：豫章先生少時，嘗爲茶詞，寄《滿庭芳》云：「北苑龍團，江南鷹爪，萬里名動京關。碾深羅細，瓊蕊冷生烟。一種風流氣味，如甘露，不染塵煩。纖纖捧，冰甆弄影，金縷鷓鴣斑。　相如方病酒，銀瓶蟹眼，驚鷺濤翻。爲扶起尊前，醉玉頽山。飲罷風生兩袖，醒魂到、明月輪邊。歸來晚，文君未寢，相對小窗前。」其後增損其詞，止詠建茶云：詞如上略。詞意益工也。後山陳無己同韻和之云：「北苑先春，琅函寶韞，帝所分落人間。綺窗纖手，一縷破雙團。雲裏游龍舞鳳，香霧靄，飛入瑚盤。華堂靜，松風雲竹，金鼎沸潺湲。門闌車馬動，浮黄嫩白，小袖高鬟。便胸臆輪囷，肺腑生寒。喚起謫仙醉倒，飜湖海、傾瀉濤瀾。笙歌散，風簾月幕，禪榻鬢絲斑。」

好事近

一弄醒心絃，情在南山斜疊。彈到古人愁處，有真珠承睫。　使君來去本無心，休淚界紅頰。自恨老人怕酒，負十分金葉。

《能改齋漫録》卷十七：豫章先生在當塗，又贈小妓楊姝彈琴送酒，寄《好事近》云：詞如上略。故集中有贈彈琴妓楊姝絶句云：「千古人心指下傳。楊姝閒處更嬋娟。不知心向誰邊切，彈作南風欲斷絃。」

又

歌罷酒闌時，瀟灑座中風色。主禮到君須盡，奈賓朋南北。　暫時分散總尋常，難堪久離拆。不似建溪春草，解留連佳客。

《誠齋詩話》：東坡談笑善謔，過潤州，太守高會以餉之。飲散，諸妓歌魯直《茶詞》云：「惟有建溪春草，解留連佳客。」坡正色曰：「卻留我喫草。」諸妓立東坡後，憑東坡胡牀者大笑絶倒，胡牀遂折，東坡墮地，賓客一笑而散。見蜀人李珪説。

南鄉子

諸將説封侯。短笛長吹獨倚樓。萬事總成風雨去，休休。戲馬臺南金絡頭。　催酒莫遲留。酒似今秋勝去秋。花向老人頭上笑，羞羞。人不羞花花自羞。

《道山清話》：山谷之在宜也，其年乙酉，即崇寧四年也。重九日，登郡城之樓，聽邊人相語，今歲當鏖戰，取封侯，因作小詞云：詞如上略。倚闌高歌，若不能堪者。是月三十日果不起。范寥自言親見之。

木蘭花令

凌歊臺上青青麥。姑孰堂前餘翰墨。暫分一印管江山，稍爲諸公分皂白。　江山依舊雲空碧。昨日主人今日客。誰分賓主強惺惺，問取磯頭新婦石。

《能改齋漫録》卷十七：豫章守當塗，既解印，後一日，郡中置酒，郭功甫在坐，豫章爲《木蘭花令》一闋示之。其後復竄易前詞云：「翰林本是神仙謫。落帽風流傾坐席。座中還有賞音人，能岸烏紗傾大白。江山依舊雲横碧。昨日主人今日客。誰分賓主強惺惺，問取磯頭新婦石。」

吴城小龍女

清平樂令　調名據《唐宋諸賢絶妙詞選》卷十補。

簾卷曲闌獨倚。江展暮天無際。泪眼不曾晴，家在吴頭楚尾。　數點雪花亂委。撲鹿沙鷗驚起，詩句恰成時，没入蒼烟叢裏。

《苕溪漁隱叢話》前集卷第五十八引《冷齋夜話》云：「魯直自黔安出峽，登荆州江亭，柱間有詞曰：詞如上略。」

《詞綜》卷二十五引《冷齋夜話》，謂魯直見此詞驚悟曰：「此必吴城小龍女也。」

晁端禮

端禮字次膺，其先澶州清豐人，徙家彭門。熙寧六年進士，兩爲縣令，忤上官坐廢。晚以承事郎爲大晟府協律郎，不克受而卒。

並蒂芙蓉

太液波澄，向鑑中照影，芙蓉同蒂。千柄緑荷深，並丹臉爭媚。天心眷臨聖日，殿宇分明敞嘉瑞，弄香嗅蕊。願君王，壽與南山齊比。　池邊屢回翠輦，擁群仙醉賞，憑欄凝思。萼緑攬飛瓊，共波上游戲。西風又看露下，更結雙雙新蓮子。鬬妝競美。問鴛鴦向誰留意。

《能改齋漫録》卷十六：政和癸巳，大晟樂成。嘉瑞既至，蔡元長以晁端禮次膺薦於徽宗。詔乘驛赴闕。次膺至都，會禁中嘉蓮生。分苞合趺，夐出天造，人意有不能形容者。次膺效樂府體屬詞以進，名《並蒂芙蓉》。上覽之稱善，除大晟府協律郎，不克受而卒。

黄河清慢

晴景初升風細細。雲疎天淡如洗。檻外鳳凰雙闕，葱葱佳氣。朝罷香烟滿袖，近臣報、天顔有喜。夜來連得封章，奏大河、徹底清泚。　君王壽與天齊，馨香動上穹，頻降嘉瑞。大晟奏功，六樂初調角徵。合殿春風乍轉，萬花覆、千官盡醉。内家傳敕，重開宴、未央宫裏。

《鐵圍山叢談》卷第二：又有晁次膺者，先在韓師朴丞相中秋坐上作聽琵琶詞，爲世所重。又有一曲曰：「深院鎖春風，悄無人桃李自笑。」亦歌之，遂入大晟，亦爲製撰。時燕樂初成，八音告備，因作徵招、角招，有曲名《黄河清》、《壽星明》，二者音調極韶美，次膺作一詞曰：詞如上略。時天下無問邇遐小大，雖偉男髫女，皆爭唱之。

蔡京

京字元長，興化軍仙游人。熙寧三年進士，歷尚書左僕射，轉司空，累封魯國公，加太師。徽宗朝，凡四入相。靖康中，貶死於潭州。

西江月

八十一年住世，四千里外無家。如今流落向天涯。夢到瑶池闕下。　玉殿五回命相，彤庭幾度宣麻。止因貪戀此榮華。便有如今事也。

《揮麈後録》卷八引馮于容云：「蔡元長既南遷，中路有旨，取所寵姬慕容、邢、武者三人，以金人指名來索也。元長作詩以别云：『爲愛桃花三樹紅。年年歲歲惹東風。如今去逐它人手，誰復尊前念老翁？』初，元長之竄也，道中市食飲之類，問知蔡氏，皆不肯售，至於詬罵，無所不道，州縣吏爲驅逐之，稍息。元長轎中獨嘆曰：『京失人心，一至於此！』至潭州，作詞曰：詞如上略。後數日卒。門人吕川卞老醵錢葬之，爲作墓誌，乃曰『天寶之末，姚宋何罪』云。」

曾　肇

肇字子開，南豐人，鞏之弟。治平四年進士。元祐中，歷中書舍人、吏部侍郎。徽宗即位，累遷翰林學士。

好事近

歲晚鳳山陰，看盡楚天冰雪。不待牡丹時候，又使人輕別。　如今歸去老江南，扁舟載風月。不似畫梁雙燕，有重來時節。

《過庭録》：曾肇子開守亳秩滿，丐祠歸江南，一詞別諸僚舊云：詞如上略。

蘇　瓊

瓊，蘇州官妓。

清平樂

韓愈文章蓋世，謝安情性風流。良辰美景在西樓。敢勸一卮芳酒。　記得南宮高選，弟兄爭占鼇頭。金爐玉殿瑞烟浮。高占甲科第九。

《能改齋漫録》卷十六：姑蘇官妓姓蘇名瓊，行第九。蔡元長道過蘇州，太守召飲。元長聞瓊之能詞，因命即席爲之。乞韻，以「九」字。詞云：詞如上略。蓋元長奏名第九也。

案：此首别作尹詞客詞，見《歲時廣記》卷三十五。

李元膺

元膺，東平人。南京教官。

茶瓶兒

去年相逢深院宇。海棠下曾歌《金縷》。歌罷花如雨。翠羅衫上，點點紅無數。今歲重尋攜手處。空物是人非春暮。回首青門路。亂紅飛絮，相逐東風去。

《冷齋夜話》卷之三：許彦周曰：「李元膺作南京教官，喪妻，作長短句曰：詞如上略。李元膺尋亦卒。」

趙頊

頊，即宋神宗，英宗長子，在位十八年卒。

瑤臺第一層

西母池邊宴罷，贈南枝，步玉霄。緒風和扇，冰華秀發，雪質孤高。漢波呈練影，問是誰，獨立江皋。便凝望，認壺中圭璧，天上瓊瑤。清標。曾陪勝賞，坐忘愁、解使塵銷。況雙成與乳丹點染，都付香梢。壽妝酥冷，郢韻珮舉，霧卷雲消。樂逍遥，鳳凰臺畔，取次憶吹簫。

《後山詩話》：武才人出慶壽宫，色最後庭，裕陵得之。會教坊獻新聲，爲作詞，號《瑤臺第一層》。

《能改齋漫録》卷十七：武才人以色最後庭，教坊詞名《瑤臺第一層》，託意以美云：詞如上略。

朱服

服字行中，烏程人。熙寧六年進士。哲宗朝，歷中書舍人、禮部侍郎。徽宗朝，加集賢殿修撰，知廣州、袁州，再貶蘄州安置。

漁家傲　東陽郡齋作

小雨纖纖風細細。萬家楊柳青烟裏。戀樹溼花飛不起。愁無比。和春付與東流水。九十光陰能有幾？金龜解盡留無計。寄語東陽沽酒市。拚一醉。而今樂事他年淚。

《泊宅篇》卷之上：朱行中自右史帶假龍出典數郡，是時年尚少，風采才藻皆秀整。守東陽日，嘗作春詞云：詞如上略。予以門下士每或從公，公往往乘醉大言：「你曾見我『而今樂事他年淚』否？」蓋公自謂好句，故誇之也。予嘗心惡之而不敢言。行中後歷中書舍人，帥番禺，遂得罪，安置興國軍以死。流落之兆，已見於此詞。

劉弇

弇字偉明，江西安福人。元豐二年進士，復中詞科，歷官知峨嵋縣，改太學博士。徽宗立，授著作佐郎、實録院檢討。

清平樂

東風依舊。著意隋堤柳。搓得鵝兒黄欲就。天氣清明廝勾。去年紫陌朱門。今朝雨魄雲魂。斷送一生憔悴，知他幾個黄昏？

《苕溪漁隱叢話》後集卷第四十引《復齋漫録》云：「劉偉明既喪愛妾而不能忘，爲《清平樂》

詞云：詞如上略。與唐阿灰之詞有間矣。」

案：此首又作趙令時詞，見《樂府雅詞》卷中。

啞女

啞女，與周鍔同時。鍔，元豐二年進士。

失調名

風波未息。虛名浮利終無益。不如早去披蓑笠。高臥烟霞，千古企難及。今君既已壯行色。定應雁塔題名籍。他年若到南雄驛。玉石休分，徒累卞和泣。

《寧波府志》卷四十一：啞女者，莫詳其氏族，亦不知何許人。熙寧中，見於鄞之戒香寺，婉孌丱角，年若及笄，瘖不能言。惟日持帚，垂臂跣足，晨粥午飯，每拾菜滓餲餘啖，人以爲顛騃。歷人家，預知吉凶，以爲欣戚。里士周鍔學舉子業，女屢至其家，鍔知其非常，至則必延以蔬飯。一日，未及食，忽起書偈於壁曰：「三界火宅，衆苦俱備，汝諸人求早出離。」後又造鍔，值鍔趣裝將應舉，女笑不止。鍔疑焉，再三叩之，遂索筆作長短句云：詞如上略。鍔襲而藏之。一日，露臥鎮明嶺下，或訶以不檢，遽起歸寺，長吁坐逝，時三月三日也。鍔爲具棺櫬，瘞之柳亭。後鍔見女於京師，追問之，不就。歸發其瘗，則空棺也。

秦觀

觀字少游，一字太虛，高郵人。舉進士。元祐初，除祕書省正字，兼國史院編修官。紹聖初，坐黨籍削秩，監處州酒税，徙郴州、横州，又徙雷州，放還至藤州卒。

南歌子

靄靄迷春態，溶溶媚曉光。不應容易下巫陽，祇恐翰林前世、是襄王。　暫爲清歌住，還因暮雨忙。瞥然歸去斷人腸。空使蘭臺公子、賦《高唐》。

《苕溪漁隱叢話》後集卷第二十九引《藝苑雌黄》云：「朝雲者，東坡侍妾也，嘗令就秦少游乞詞，少游作《南歌子》贈之云：詞如上略。何其婉媚也。《復齋漫録》云：『《洛陽伽藍記》言：河間王有婢名曰朝雲，善吹篪。諸羌叛，王令朝雲假爲老嫗吹篪，羌人無不流涕，復降。語曰：快馬健兒，不如老嫗吹篪。』然則名婢曰朝雲，不始於東坡也。」

雨中花

指點虛無征路，醉乘斑虬，遠訪西極。正天風吹露，滿空寒白。玉女明星迎笑，何苦自淹塵域。正火輪飛上，霧卷烟開，洞觀金碧。　重重觀閣，橫枕鼇峰，水面倒銜蒼石。隨處有奇香幽火，窅然難測。好是蟠桃熟後，阿鬟偷報消息。在青天碧海，一枝難遇，占取春色。

《苕溪漁隱叢話》前集卷第五十引《冷齋夜話》云：「少游元豐初夢中作長短句曰：詞如上略。既覺，使侍兒歌之，蓋《雨中花》也。」

虞美人

碧桃天上栽和露。不是凡花數。亂山深處水縈迴。借問一枝如玉爲誰開？　輕寒細雨情何限。不道春難管。爲君沈醉又何妨。只怕酒醒時候斷人腸。

《綠窗新話》卷上：秦少游寓京師，有貴官延飲，出寵姬碧桃侑觴，勸酒惓惓。少游領其意，復舉觴勸碧桃。貴官云：「碧桃素不善飲。」意不欲少游強之。碧桃曰：「今日爲學士拚了一醉。」引巨觴長飲。少游即席贈《虞美人》詞曰：詞如上略。闔座悉恨。貴官云：「今後永不令此姬出來。」滿座大笑。

御街行

銀燭生花如紅豆。這好事、而今有。夜闌人靜曲屏深，借寶瑟、輕輕招手。可憐一陣白蘋風，故滅燭、教相就。花帶雨、冰肌香透。恨啼鳥、轆轤聲曉，岸柳微風吹殘酒，斷腸時、至今依舊。鏡中消瘦。那人知後，怕你來僝僽。

《綠窗新話》卷上引《古今詞話》：「秦少游在揚州，劉太尉家出姬侑觴，中有一姝善擘箜篌。此樂既古，近時罕有其傳，以爲絶藝。姝又傾慕少游之才名，偏屬意。少游借箜篌觀之。既而主人入宅更衣，適值狂風滅燭，姝來且相親，有倉卒之歡。且云：『今日爲學士瘦了一半。』少游因作《御街行》以道一時之景。」

臨江仙

千里瀟湘挼藍浦，蘭橈往日曾經。月高風定露華清。微波澄不動，冷浸一天星。獨倚危檣情悄悄，遥聞妃瑟泠泠。新聲含盡古今情。曲終人不見，江上數峰青。

《能改齋漫録》卷十六：唐錢起《湘靈鼓瑟》詩末句「曲終人不見，江上數峰青」，秦少游嘗用以填詞云：詞如上略。滕子京亦嘗在巴陵，以前兩句填詞云：「湖水連天天連水，秋來分外澄清。君山自是小蓬瀛。氣蒸雲夢澤，波撼岳陽城。帝子有靈能鼓瑟，淒然依舊傷情。微聞蘭芷動芳馨。曲終人不見，江上數峰青。」

《五總志》：潭守宴客合江亭，時張才叔在坐，令官妓悉歌《臨江仙》。有一妓獨唱兩句云：

「微波渾不動，冷浸一天星。」才叔稱嘆，索其全篇，妓以實語告之：「賤妾夜居商人船中，鄰舟一男子，遇月色明朗，即倚檣而歌，聲極淒怨，但以苦乏性靈，不能盡記，願助以一二同列，共往記之。」太守許焉。至夕，乃與同列飲酒以待，果一男子三嘆而歌。有趙瓊者，傾耳墮淚曰：「此秦七聲度也。」趙善謳，少游南遷經從，一見而悦之。商人乃遣人問訊，即少游靈舟也。其詞曰：詞如上略。崇寧乙酉，張才叔過荆州，以語先子，乃相與嘆息曰：「少游了了，必不致沈滯，戀此壞身，似有物爲之。然詞語超妙，非少游不能作，抑又可疑也。」

南柯子　贈陶心兒

玉漏迢迢盡，銀潢淡淡横。夢回宿酒未全醒。已被鄰鷄催起，怕天明。　臂上妝猶在，襟間淚尚盈。水邊燈火漸人行。天外一鈎殘月，帶三星。

《苕溪漁隱叢話》前集卷第五十引《高齋詩話》云：「少游在蔡州，與營妓婁婉字東玉者甚密，贈之詞云『小樓連苑横空』，又云『玉珮丁東别後』者是也。又贈陶心兒詞云『天外一鈎殘月，帶三星』，謂『心』字也。」

案：原詞見《淮海詞》。

千秋歲

水邊沙外。城郭春寒退。花影亂，鶯聲碎。飄零疎酒盞，離别寬衣帶。人不見，碧雲暮合空相對。　憶昔西池會。鵷鷺同飛蓋。攜手處，今誰在？日邊清夢斷，鏡裏朱顔改。春去也，飛紅萬點愁如海。

《獨醒雜志》卷五：秦少游謫古藤，意忽忽不樂。過衡陽，孔毅甫爲守，與之厚，延留待遇有加。一日飲於郡齋，少游作《千秋歲》詞，毅甫覽至「鏡裏朱顔改」之句，遽驚曰：「少游盛年，何爲言語悲愴如此！」遂賡其韻以解之。居數日别去，毅甫送之於郊，復相語終日。歸謂所親曰：「秦少游氣貌大不類平時，殆不久於世矣。」未幾果卒。

《能改齋漫録》卷十六：山谷守當塗日，郭功父嘗寓焉。一日，過山谷論文，山谷誦少游《千秋歲》詞，嘆其句意之善，欲和之而「海」字難押。功父連舉數海字，若孔北海之類，山谷頗厭，而未有以卻之者。次日，又過山谷問焉，山谷答曰：「昨晚偶得一海字韻。」功父問其所以，山谷云：「羞殺人也爺娘海。」自是功父不復論文於山谷矣。蓋山谷用俚語以卻之也。

《後村先生大全集》卷一百七十七：秦少游嘗謫處州，後人摘「柳邊沙外」詞中語爲鶯花亭題詠甚多。

滿庭芳

山抹微雲，天黏衰草，畫角聲斷譙門。暫停征棹，聊共引離尊。多少蓬萊舊事，空回首、烟靄紛紛。斜陽外，寒鴉數點，流水遶孤村。　消魂。當此際，香囊暗解，羅帶輕分。謾贏得秦樓，薄倖名存。此去何時見也？襟袖上、空染啼痕。傷情處，高城望斷，燈火已黄昏。

《苕溪漁隱叢話》後集卷第三十三引《藝苑雌黄》云：「程公闢守會稽，少游客焉，館之蓬萊閣。一日，席上有所悦，自爾眷眷，不能忘情，因賦長短句，所謂『多少蓬萊舊事，空回首、烟靄紛紛』是也。其詞極爲東坡所稱道，取其首句，呼之爲『山抹微雲君』。中間有『寒鴉萬點，流水遶孤村』之句，人皆以爲少游自造此語，殊不知亦有所本。予在臨安見平江梅知録云：隋煬帝詩云：『寒鴉千萬點，流水遶孤村。』少游用此語也。」

《鐵圍山叢談》卷第四：范内翰祖禹作《唐鑑》，名重天下。坐黨錮事久之。其幼子温，字元實，與吾善。政和初，得爲其盡力，而朝廷因還其恩數，遂官温焉。温實奇士也。一日，游大相國寺，而諸貴璫蓋不辨有祖禹，獨知有《唐鑑》而已。見温輒指目，方自相謂曰：「此唐鑑兒也。」又，温嘗預貴人家會，貴人有侍兒善歌秦少游長短句，坐間略不顧温，温亦謹不敢吐一語。及酒酣歡洽，侍兒者始問：「此郎何人耶？」温遽起，叉手而對曰：「某乃『山抹微雲』女壻也。」聞者多絶倒。

青門飲

風起雲間，雁横天末，嚴城畫角，梅花三奏。塞草西風，凍雲籠月，窗外曉寒輕透。人去香猶在，孤衾長閒餘繡。恨與宵長，一夜熏爐，添盡香獸。　前事空勞回首。雖夢斷春歸，相思依舊。湘瑟聲沈，庾梅信斷，誰念畫眉人瘦。一句難忘處，怎忍辜、耳邊輕呪。任人攀折，可憐又學，章臺楊柳。

《青泥蓮花記》卷一下引《古今詞話》云：「秦少游嘗惓一姝，臨别誓闔户相待，後有毁之者，少游作詞寄曰：詞如上略。姝見『任攀折』之句，遂削髮爲尼。」

好事近

山路雨添花，花動一山春色。行到小溪深處，有黄鸝千百。　飛雲當面化龍蛇，夭矯轉空碧。醉臥古藤陰下，杳不知南北。

《詩話總龜》卷四十引《冷齋夜話》云：「秦少游在處州，夢中作長短句曰：詞如上略。後南遷北歸，逗留藤州，終於光華亭。時方醉起，以玉盂汲泉欲飲，笑視而化。」

踏莎行　郴州旅舍

霧失樓台，月迷津渡。桃源望斷無尋處。可堪孤館閉春寒，杜鵑聲裏斜陽暮。驛寄梅花，魚傳尺素。砌成此恨無重數。郴江幸自繞郴山，爲誰流下瀟湘去？

《清波雜志》卷第九：秦少游發郴州，反顧有所屬，其詞曰：詞如上略。山谷云：「語意極似劉夢得楚、蜀間語。」

《苕溪漁隱叢話》前集卷第五十引《冷齋夜話》云：「東坡絶愛其尾兩句，自書於扇，曰：『少游已矣，雖萬人何贖！』」

水龍吟　寄營妓婁婉，婉字東玉。

小樓連苑横空，下窺繡轂雕鞍驟。疎簾半捲，單衣初試，清明時候。破暖輕風，弄晴微雨，欲無還有。賣花聲過盡，垂楊院落，紅成陣，飛鴛甃。　玉珮丁東別後，悵佳期、參差難又。名韁利鎖，天還知道，和天也瘦。花下重門，柳邊深巷，不堪回首。念多情，但有當時皓月，照人依舊。

《唐宋諸賢絶妙詞選》卷二：後秦少游自會稽入京見東坡，坡云：「久別當作文甚勝，都下盛唱公『山抹微雲』之詞。」秦遜謝。坡遽云：「不意别後公卻學柳七作詞。」秦答：「某雖無識，亦不至是。先生之言，無乃過乎。」坡云：「『銷魂。當此際。』非柳詞句法乎？」秦慚服，然已流傳，不復可改矣。又問别作何詞。秦舉「小樓連苑横空，下窺繡轂雕鞍驟」。坡云：「十三箇字，只説得一箇人騎馬樓前過。」秦問先生近著，坡云：「亦有一詞説樓上事。」乃舉「燕子樓空，佳人何在，空鎖樓中燕」。晁無咎在座云：「三句説盡張建封燕子樓一段事，奇哉！」

醉鄉春

唤起一聲人悄。衾暖夢寒窗曉。瘴雨過，海棠晴，春色又添多少！　社甕釀成微笑。半破瘿瓢共舀。覺顛倒，急投牀，醉鄉廣大人間小。

《苕溪漁隱叢話》前集卷第五十引《冷齋夜話》云：「少游在黄州，飲於海棠橋，橋南北多海棠，有老書生家於海棠叢間，少游醉宿於此，明日題其柱云：詞如上略。東坡愛其句，恨不得其腔，當有知者。」

賀鑄

鑄字方回，衛州人。孝惠皇后族孫，娶宗女，授右班殿直。元祐中，通判泗州，又倅太平州。居吴下，自號慶湖遺老。

石州引

薄雨初寒，斜照弄晴，春意空闊。長亭柳色纔黄，遠客一枝先折。烟横水際，映帶幾點歸鴻，東風銷盡龍沙雪。還記出關來，恰而今時節。　將發。畫樓芳酒，紅淚清歌，頓成輕别。已是經年，杳杳音塵都絶。欲知方寸，共有幾許清愁，芭蕉不展丁香結。望斷一天涯，兩厭厭風月。

《能改齋漫録》卷十六：賀方回眷一妓，别久，妓寄詩云：「獨倚危欄淚滿襟。小園春色嬾追尋。深思縱似丁香結，難展芭蕉一寸心。」賀得詩，初叙分别之景色，後用所寄詩，成《石州引》云：

詞如上略。

鴈後歸

巧剪合歡羅勝子，釵頭春意翩翩。豔歌淺笑拜嫣然。願郎宜此酒，行樂駐華年。　未至文園多病客，幽襟凄斷堪憐。舊游夢挂碧雲邊。人歸落鴈後，思發在花前。

《苕溪漁隱叢話》後集卷第二十五引《復齋漫録》云：「山谷守當塗，方回過焉，人日席上作也。

腔本《臨江仙》，山谷以方回用薛道衡詩，故易以《鴈後歸》云。」

青玉案

凌波不過横塘路。但目送、芳塵去。錦瑟年華誰與度？月橋花院，綺窗朱户。唯有春知處。　碧雲冉冉蘅臯暮。綵筆新題斷腸句。試問閑愁都幾許？一川烟草，滿城風絮。梅子黄時雨。

《中吴紀聞》卷第三：鑄有小築在姑蘇盤門之南十餘里，地名横塘。方回往來其間，嘗作《青玉案》詞。詞如上略。後山谷有詩云：「解道江南斷腸句，只今唯有賀方回。」其爲前輩推重如此。

《竹坡詩話》：賀方回嘗作《青玉案》詞，有「梅子黄時雨」之句，人皆服其工。士大夫謂之「賀梅子」。郭功父有《示耿天隲》一詩，王荆公嘗爲書之。其尾云：「廟前古木藏訓狐，豪氣英風亦何有。」方回晚倅姑孰，與功父游甚歡。方回寡髮，功父指其髻謂曰：「此真賀梅子也。」方回乃捋其鬚曰：「君可謂郭訓狐矣。」功父白髯而鬍，故有是語。

趙仲御

仲御，商王元份曾孫。哲宗初，累遷鎮寧、保寧、昭信、武安節度使，封汝南、華原郡王。

瑶臺第一層

嶰管聲催，人報道：嫦娥步月來。鳳燈鸞炬，寒輕簾箔，光泛樓臺。萬里正春未老，更帝鄉、日月蓬萊。從仙仗，看星河銀界，錦繡天街。　歡陪。千官萬騎，九霄人在五雲堆。赭袍光裏，星毬宛轉，花影徘徊。未央宫漏永，散異香、龍闕崔嵬。翠輿回。奏仙韶歌吹，寶殿樽罍。

《墨莊漫録》卷十：元祐以後，宗室以詞章知名者，如士暕、士宇、叔益、令畤、和之，皆有篇什聞於時。然近屬環衛中，能翰墨尤多，如嗣濮王仲御喜作長短句。嘗見十許篇於王之孫□□，皆可儷作者，不能盡載。如上元扈蹕作《瑶臺第一層》云：詞如上略。使人歌此曲，則太平熙熙之象，恍然在夢寐間也。

仲殊

仲殊字師利，俗姓張氏，名揮，安州進士。後爲杭州寶月寺僧，東坡與之游。

踏莎行

濃潤侵衣，暗香飄砌。雨中花色添憔悴。鳳鞵溼透立多時，不言不語懨懨地。

眉上新愁，手中文字。因何不倩鱗鴻寄？想伊只訴薄情人，官中誰管閑公事。

《中吴紀聞》卷第四：一日，造郡中，接坐之間，見庭下一婦人投牒立於雨中。守命殊詠之，口就一詞云：詞如上略。後殊自經於枇杷樹下，輕薄子更之曰：「枇杷樹下立多時，不言不語懨懨地。」

南柯子

金甃蟠龍尾，蓮開舞鳳頭。涼生宫殿不因秋。門外莫尋塵世，捲地江流。　霽色澄千里，潮聲帶兩州。月華清汎浪花浮。今夜蓬萊歸夢，十二瓊樓。

《西湖游覽志》卷二十四：開化寺即塔院也。宋隆興二年建，嘉靖十二年與塔俱火。傍有金魚池、噴月泉、持正泉、秀江亭，鐵井欄刻八卦以鎮水怪。僧仲殊登秀江亭《南柯子》詞。詞如上略。

案：咸淳《臨安志》卷八十二，載此詞作仲殊《題六和塔》。

晁補之

補之字无咎，鉅野人。年十七，從父端友宰杭州之新城，著《錢塘七述》，受知蘇軾。舉進士，試開封及禮部別院皆第一。元祐中，爲著作郎。紹聖末，謫監信州酒税，起知泗州卒。

下水船

上客驪駒繫。驚喚銀瓶睡起。困倚妝臺，盈盈正解羅髻。鳳釵墜。繚繞金盤玉指，巫山一段雲委。　半窺鏡，向我横秋水。斜領花枝交鏡裏。淡拂鉛華，悤悤自整羅綺。斂眉翠。雖有愔愔密意，空作江邊解佩。

《能改齋漫録》卷十六：元豐己未，廖明略、晁无咎同登科。明略所游田氏者，麗姝也。一日，明略邀无咎晨過田氏。田氏遽起，對鑑理髮，且盼且語，草草妝掠，以與客對。无咎以明略故，有意而莫傳也，因爲《下水船》一闋。

青幕子婦

減字木蘭花　斷句

清詞麗句。永叔子瞻曾獨步。似恁文章。寫得出來當甚强。

《後山詩話》：往時青幕之子婦，妓也。善爲詩詞。同府以詞挑之，妓答曰：詞如上略。

張耒

耒字文潛，楚州淮陰人。第進士。元祐初，仕至起居舍人。紹聖中，謫監黄州酒税。徽宗初，召爲太常少卿。坐元祐黨，復貶房州別駕、黄州安置。尋得自便居陳州，主管崇福宫卒。

少年游

含羞倚醉不成歌。纖手掩香羅。偎花映燭，偷傳深意，酒思入横波。　看朱成碧心迷亂，翻脈脈，斂雙蛾。相見時稀隔別多。又春盡，奈愁何！

《能改齋漫録》卷十七：右史張文潛，初官許州，喜官妓劉淑奴。張作《少年游》令云：詞如上略。其後去任，又爲《秋蕊香》寓意云：「簾幕疎疎風透，一綫香飄金獸。朱欄倚遍黄昏後，廊上月華如晝。別離滋味濃如酒，著人瘦。此情不及牆東柳，春色年年如舊。」元祐諸公皆有樂府，唯張僅見此二詞。味其句意，不在諸公下矣。

侯蒙

蒙字元功，高密人。登進士第。徽宗時，官户部尚書。

臨江仙

未遇行藏誰肯信，如今方表名蹤。無端良匠畫形容。當風輕借力，一舉入高空。纔得吹噓身漸穩，只疑遠赴蟾宮。雨餘時候夕陽紅。幾人平地上，看我碧霄中。

《夷堅甲志》卷第四：侯中書元功蒙，密州人。自少游場屋，年三十有一，始得鄉貢。人以其年長貌寢，不加敬。有輕薄子畫其形於紙鳶上，引綫放之。蒙見而大笑，作《臨江仙》詞題其上。詞如上略。蒙一舉登第，年五十餘，遂爲執政。

周邦彦

邦彦字美成，錢塘人。元豐中，獻《汴都賦》，召爲太學正。徽宗朝，仕徽猷閣待制，提舉大晟府。出知順昌府，徙知處州。秩滿，提舉南京鴻慶宫卒。

風流子

新緑小池塘。風簾動，碎影舞斜陽。羨金屋去來，舊時巢燕，土花繚繞，前度莓牆。繡閣裏，鳳幃深幾許，聽得理絲簧。欲説又休，慮乖芳信，未歌先咽，愁轉清商。暗想新妝了，開朱户，應自待月西廂。最苦夢魂，今宵不到伊行。問甚時卻與，佳音密耗，擬將秦鏡，偷换韓香。天便教人，霎時廝見何妨。

《揮麈餘話》卷之二：周美成爲江寧府溧水令，主簿之室，有色而慧，美成每款洽於尊席之間。世所傳《風流子》詞，蓋所寓意焉。新緑、待月，皆簿廳亭軒之名也。

點絳脣

遼鶴西歸，故鄉多少傷心事！短書不寄。魚浪空千里。　憑仗桃根，説與相思意。愁何際。舊時衣袂。猶有東風淚。

《碧鷄漫志》卷二：周美成初在姑蘇，與營妓岳七楚雲者游甚久。後歸自京師，首訪之，則已從人矣。明日飲於太守蔡巒子高坐中，見其妹，作《點絳脣》曲寄之。

案：此事又見《夷堅三志》壬卷第七。

少年游

并刀如水，吴鹽勝雪，纖手破新橙。錦幄初温，獸香不斷，相對坐調笙。　低聲問向誰行宿，城上已三更。馬滑霜濃，不如休去，直是少人行。

蘭陵王

柳陰直。烟裹絲絲弄碧。隋堤上，曾見幾番，拂水飄綿送行色。登臨望故國。誰識。京華倦客。長亭路，年去歲來，應折柔條過千尺。　閒尋舊蹤跡。又酒趁哀絃，燈照離席。梨花榆火催寒食。愁一箭風快，半篙波暖，回頭迢遞便數驛，望人在天北。　悽惻。恨堆積。漸别浦縈迴，津堠岑寂，斜陽冉冉春無極。念月榭攜手，露橋聞笛。沈思前事，似夢裏，淚暗滴。

《貴耳集》卷下：道君幸李師師家，偶周邦彦先在焉，知道君至，遂匿於牀下。道君自攜新橙一顆，云「江南初進來」，遂與師師謔語。邦彦悉聞之，隱括成《少年游》云：詞如上略。師師因歌此詞，道君問誰作，師師奏云周邦彦詞。道君大怒，坐朝，宣諭蔡京云：「開封府有監稅周邦彦者，聞課額不登，如何京尹不按發來。」蔡京罔知所以，奏云：「容臣退朝，呼京尹叩問，續得復奏。」京尹至，蔡以御前聖旨諭之。京尹云：「惟周邦彦課額增羨。」蔡云：「上意如此，只得遷就。」將上，得旨：「周邦彦職事廢弛，可日下押出國門。」隔一二日，道君復幸李師師家，不見李師師，問其家，知送周監稅。道君方以邦彦出國門爲喜，既至不遇，坐久，至更初李始歸，愁眉淚睫，憔悴可掬。道君大怒云：「爾往那裏去？」李奏：「臣妾萬死，知周邦彦得罪，押出國門，略致一杯相别，不知官家來。」道君問：「曾有詞否？」李奏云：「有《蘭陵王》詞。」（即「柳陰直」者是也）道君云：「唱一遍看。」李奏云：「容臣妾奉一杯，歌此詞爲官家壽。」曲終，道君大喜，復召爲大晟樂正。後官至大晟樂樂府待制。

案：王國維《清真先生遺事》謂《貴耳録》此條所載失實。政和元年，先生已五十六歲，官至列卿，應無冶游之事。所爲大晟樂正與大晟樂樂府待制，宋時亦無此官。

江南好

歌席上，無賴是横波。寶髻玲瓏欹玉燕，繡巾柔膩掩香羅。何況會婆娑！　無箇事，因甚斂雙蛾。淺淡梳妝疑是畫，惺鬆言語勝聞歌。好處是情多。

《浩然齋雅談》卷下：宣和中，李師師以能歌舞稱，時周邦彦爲太學生，每游其家。一夕，值祐陵臨幸，倉卒隱去。既而賦小詞，所謂「并刀如水，吴鹽勝雪」者，蓋紀此夕事也。未幾，李被宣唤，遂歌於上前。問誰所爲，則以邦彦對，於是遂與解褐，自此通顯。既而朝廷賜酺，師師又歌《大酺》、《六醜》二解，上顧教坊使袁綯問，綯曰：「此起居舍人新知潞州周邦彦作也。」問《六醜》之義，莫能對，急召邦彦問之。對曰：「此犯六調，皆聲之美者，然絶難歌。昔高陽氏有子六人，才而醜，故以比之。」上喜，意將留行，且以近者祥瑞沓至，將使播之樂府，命蔡元長微叩之。邦彦云：

「某老矣，頗悔少作。」會起居郎張果與之不咸，廉知邦彦嘗於親王席上作小詞贈舞鬟云：詞如上略。爲蔡道其事，上知之，由是得罪。師師後入中，封瀛國夫人。朱希真有詩云：「解唱《陽關》別調聲，前朝惟有李夫人。」即其人也。

案：王國維《清真先生遺事》謂此條亦失實，師師未嘗入宫，見《三朝北盟會編》。

瑞鶴仙

悄郊原帶郭。行路永，客去車塵漠漠。斜陽映山落。斂餘紅，猶戀孤城欄角。凌波步弱。過短亭、何用素約。有流鶯勸我，重解繡鞍，緩引春酌。　不記歸時早暮，上馬誰扶，醉眠朱閣。驚飇動幕。扶殘醉，遶紅藥。嘆西園，已是花深無地，東風何事又惡？任流光過卻。猶喜洞天自樂。

《玉照新志》卷第二：明清《揮麈餘話》記周美成《瑞鶴仙》事，近於故篋中，得先人所叙，特爲詳備，今具載之：美成以待制提舉南京鴻慶宫，自杭徙居睦州，夢中作長短句《瑞鶴仙》一闋，既覺猶能全記，了不詳其所謂也。未幾，青溪賊方臘起，逮其鴟張，方還杭州舊居，而道路兵戈已滿，僅得脱死。始入錢塘門，但見杭人倉皇奔避，如蜂屯蟻沸，視落日半在鼓角樓簷間，即詞中所謂「斜陽映山落。斂餘紅，猶戀孤城欄角」者應矣。當是時，天下承平日久，吴越享安閒之樂，而狂寇嘯聚，徑自睦州直擣蘇杭，聲言遂踞二浙。浙人傳聞，内外響應，求死不暇。美成舊居既不可往，是日無處得食，飢甚，忽於稠人中有呼「待制何往」者，視之，鄉人之侍兒素所識者也。且曰：「日昃未必食，能捨車過酒家乎？」美成從之。驚遽間，連引數盃。散去，腹枵頓解。乃詞中所謂「凌波步弱。過短亭、何用素約。有流鶯勸我，重解繡鞍，緩引春酌」之句驗矣。飲罷，覺微醉，便耳目惶惑，不敢少留，徑出城。北江漲橋諸寺，士女已盈滿，不能駐足。獨一小寺經閣偶無人，遂宿其上。即詞中所謂「上馬誰扶，醉眠朱閣」又應矣。既見兩浙處處奔避，遂絶江居揚州。未及息肩，而傳聞方賊已盡據二浙，將涉江之淮泗，因自計方領南京鴻慶宫，有齋廳可居，乃挈家往焉。則詞中所謂「念西園已是花深無路，東風又惡」之語應矣。至鴻慶，未幾，以疾卒。則「任流光過了，歸來洞天自樂」又應於身後矣。美成平生好作樂府，將死之際，夢中得句，而字字俱應，卒章又驗於身後，豈偶然哉！美成之守潁上，與僕相知，其至南京，又以此詞見寄，尚不知此詞之言，待其死，乃盡驗如此。

燭影摇紅

芳臉勻紅，黛眉巧畫宫妝淺。風流天付與精神，全在嬌波眼。早是縈心可慣。向尊前，頻頻顧盼。幾回相見，見了還休，爭如不見。燭影摇紅，夜闌飲散春宵短。當時誰爲唱《陽關》，離恨天涯遠。爭奈雲收雨散，憑欄杆，東風淚滿。海棠開後，燕子來時，黄昏深院。

《能改齋漫録》卷十七：王都尉有憶故人詞云：「燭影摇紅，向夜闌，乍酒醒，心情嬾。尊前誰爲唱《陽關》，離恨天涯遠。無奈雲沈雨散，憑欄杆，東風淚眼。海棠開後，燕子來時，黄昏庭院。」徽宗喜其詞意，猶以不豐容宛轉爲恨，遂令大晟府别撰腔。周美成增損其詞，而以首句爲名，謂之《燭影摇紅》。

《後村先生大全集》卷一百七十六：嘉定更化，收召故老，一名公拜參與，雖好士而力不能援，謂客曰：「執贄而來者，吾皆倒屣，未嘗敢失一士，外議如何？」客素滑稽，答曰：「公大用，外間盛唱《燭影摇紅》之詞。」參與問何故，客舉卒章曰：「幾回見了，見了還休，爭如不見。」賓主相視一笑。

陳師道

師道字無己，一字履常，彭城人。元祐中，授徐州教授。紹聖初，歷祕書省正字。扈從南郊，不屑服趙挺之衣，以寒疾卒。

減字木蘭花

娉娉裊裊。芍藥梢頭紅樣小。舞袖低垂。心倒郎邊客已知。　金尊玉酒。勸我花前千萬壽。莫莫休休。白髮簪花各自羞。

《苕溪漁隱叢話》後集卷第三十三引《復齋漫録》云：「晁无咎貶玉山，過彭門，而無己廢居里中。无咎出小鬟舞《梁州》佐酒，無己作《木蘭花》云：詞如上略。无咎云：『人疑宋開府鐵心石腸，及爲《梅花賦》，清艷艷發，殆不類其爲人。無己清適，雖鐵石心腸不至於開府，而此詞清艷艷發，過於《梅花賦》矣。』」

浣溪沙

暮葉朝花種種陳。三秋作意問詩人。安排雲雨要新清。　隨意且須追去馬，輕衫從使著行塵。晚窗誰念一愁新。

《碧鷄漫志》卷二：陳無己作《浣溪沙》曲云：詞如上略。以末後句「新」字韻，遂倒作「新清」。世言無己喜作莊語，其弊生硬，是也。詞中暗帶陳三、念一兩名，亦有時不莊語乎？

陳　瓘

瓘字瑩中，號了翁，沙縣人。元豐二年進士。徽宗朝，歷右司諫，權給事中。崇寧中，以黨籍除名，編隸台州，移楚州卒。

蝶戀花

有個胡兒模樣別。滿頷髭髯，生得渾如漆。見説近來頭也白。髭鬚那得長長黑。（逸忘一句）籋子鑷來，須有千堆雪。莫向細君容易説。恐他嫌你將伊摘。

《苕溪漁隱叢話》後集卷第三十九引《復齋漫録》云：「鄒志全徙昭，陳瑩中貶廉，間以長短句相諧樂，詞如上略。此瑩中語，謂志全之長髭也。『有箇頭陀修苦行，頭上頭髮髮毵毵。身披一副醪裙衫。緊纏雙腳，苦苦要游南。聞説度牒朝夕到，並除頷下髭髯。鉢中無粥住無菴。摩登伽處，只恐卻重參。』此志全語，謂瑩中之多慾也。廣陵馬推官往來二公間，亦嘗以詩詞贈之：『有才何事老青衫。十載低徊北斗南。肯伴雪髯千日醉，此心真與古人參。』『今見故人今幾年。年來風物尚依然。遥知閑望登臨處，極目江山萬里天。』志全語也。『一樽薄酒。滿酌勸君君舉手。不是親朋。誰肯相從寂寞濱。人生如夢。夢裏惺惺何處用。盞到休辭。醉後全勝未醉時。』瑩中語也。

初，志全自元符間貶新州，徽宗即位，以爲中書舍人。乃未幾謫零陵別駕，龍水安置，未幾徙昭焉。」

滿庭芳

槁木形骸，浮雲身世，一年兩到京華。又還乘興，閒看洛陽花。聞道姚黃魏紫，春歸後、終委泥沙。忘言處，花開花謝，不似我生涯。　年華。留不住，饑餐困寢，觸處爲家。這一輪明月，本自無瑕。隨分冬裘夏葛，都不會、赤水黃沙。誰知我，春風一拐，談笑有丹砂。

《冷齋夜話》卷之八：劉跛子者，青州人也。拄一拐，每歲必一至洛中看花，館范家園，春盡即還京師。爲人談噱有味，范家子弟多狎戲之。有大范者見之，即與二十四金，曰：「跛子喫半角。」小范者即與一金，喫椀羹。於是以詩謝伯仲曰：「大范見時二十四，小范見時喫椀羹。人生四海皆兄弟，酒肉林中過一生。」初，張丞相召自荆湖，跛子與客飲市橋，客聞車馬過甚都，起觀之。跛子挽其衣，使且飲，作詩曰：「遷客湖湘召赴京，車蹄迎迓一何榮。爭如與子市橋飲，且免人間寵辱驚。」陳瑩中甚愛之，作長短句贈之。詞前半如上略。

案：此首全詞見《樂府雅詞》中。

李廌

廌字方叔，華州人。少以文爲蘇軾所知，中年絶意進取。

品令

唱歌須是，玉人檀口，皓齒冰膚。意傳心事，語嬌聲顫，字如貫珠。老翁雖是解歌，無奈雪鬢霜鬚。大家且道，是伊模樣，怎如念奴。

《碧鷄漫志》卷一：政和間，李方叔在陽翟，有攜善謳老翁過之者，方叔戲作《品令》云：詞如上略。方叔固是沈於習俗，而「語嬌聲顫」，那得「字如貫珠」，不思甚矣。

曾誕

誕字敷文。崇寧間，守衡陽。

失調名 斷句

草草山陵職事，厭厭罷相情懷。

《揮麈後録》卷二：元符末，章子厚爲永泰山陵使。子厚專權之久，人情鬱陶。有曾誕敷文者，作詞略云：「草草山陵職事，厭厭罷相情懷。」謂故事也。

阮閲

閲字閎休，舒城人。元豐八年進士。宣和中，知郴州。建炎初，知袁州。

洞仙歌

趙家姊妹，合在昭陽殿。因甚人間有飛燕？見伊底，盡道獨步江南，便江北、也何曾慣見？　惜伊情性好，不解嗔人，長帶桃花笑時臉。向尊前酒底，得見些時，似恁地、能得幾回細看？待不眨眼兒、覷著伊，將眨眼底工夫，剩看幾遍。

《能改齋漫録》卷十七：龍舒人阮閲，字閎休，能爲長短句，見稱於世。政和間，官於宜春。官妓有趙佛奴，籍中之錚錚也。嘗爲《洞仙歌》贈之。阮官至中大夫，累仕監司郡守。他詞皆類此。

眼兒媚

樓上黄昏杏花寒。斜月小闌干。一雙燕子，兩行歸雁，畫角聲殘。　綺窗人在東風裏，無語對春閑。也應似舊，盈盈秋水，淡淡春山。

《苕溪漁隱叢話》前集卷第十一：苕溪漁隱曰：「世所傳《眼兒媚》詞，亦閎休所作也。閎休嘗爲錢唐幕官，眷一營妓，罷官去後，作此詞寄之。」

趙企

企字循道，南陵人。大觀間，宰績溪。

感皇恩

騎馬踏紅塵，長安重到。人面依然似花好。舊歡纔展，又被新愁分了。未成雲雨夢，巫山曉。　千里斷腸，關山古道。回首高城似天杳。滿懷離恨，付與落花啼鳥。故人何處也，青春老。

《鐵圍山叢談》卷第二：大觀中，有趙企循道者，以長短句顯。如曰：「滿懷離恨，付與落花啼鳥。」人多稱道之，遂用爲顯官，俾以應朝會。

謝逸

逸字無逸，臨川人。屢舉不第，以詩文自娱。

江城子

杏花村裏酒旗風。烟重重。水溶溶。野渡舟横，楊柳緑陰濃。望斷江南山色遠，人不見，草連空。　夕陽樓外晚烟籠。粉香融。淡眉峰。記得年年，相見畫屏中。只有關山今夜月，千里外，素光同。

《苕溪漁隱叢話》後集卷第三十三引《復齋漫録》云：無逸嘗於黄州關山杏花村館驛題《江城子》詞，過者必索筆於館卒，卒頗以爲苦，因以泥塗之。

案：《詞林紀事》卷八誤引謝逸《江城子》「一江春水碧灣灣」一首。

夏倪

倪字均父，蘄州人。夏竦之孫。宣和中，自府曹左官祁陽監酒。

減字木蘭花

江涵曉日。蕩漾波光摇槳入。笑指浯溪。漫叟雄文鎖翠微。　休嗟不偶。歸到中州何處有？獨立風烟。湘水浯臺總接天。

《能改齋漫録》卷十七：夏倪均父，宣和庚子，自府曹左遷祁陽酒官。過浯溪，登浯臺，愛其山水奇秀，自謂非中州所有，不減淵明斜川之游。且作長短句，以《減字木蘭花》歌之。

晁冲之

冲之字叔用，晁補之從弟。

漢宫春

瀟洒江梅，向竹梢疎處，横兩三枝。東風也不愛惜，雪壓霜欺。無情燕子，怕春寒、輕失花期。惟是有，南來塞雁，年年長見開時。　清淺小溪如練，問玉堂何似，茅舍疎籬？傷心故人去後，冷落新詩。微雲淡月，對孤芳、分付他誰？空自倚，清香未減，風流不在人知。

《玉照新志》卷第四：李漢老邴，少年日作《漢宫春》詞，膾炙人口，所謂「問玉堂何似茅舍疎籬」者是也。政和間，自書省丁憂歸山東，服終造朝，舉國無與立談者。方悵悵無計。時王黼爲首相，忽遣人招至東閣，開宴延之上坐，出其家姬十數人，皆絶色也。漢老惘然莫曉。酒半，群唱是詞以侑觴。漢老私竊自欣，大醉而歸。又數日，有館閣之命。不數年，遂入翰苑。

《苕溪漁隱叢話》前集卷第五十九：又端伯所編《樂府雅詞》中，有《漢宫春·梅》詞，云是李漢老作，非也。乃晁冲之叔用作。政和間，作此詞獻蔡攸。是時朝廷方興大晟府，蔡攸攜此詞呈其父云：「今日於樂府中得一人。」京覽其詞喜之，即除大晟府丞。今載其詞曰：詞如上略。此詞中用玉堂事，乃唐人詩云：「白玉堂前一樹梅。今朝忽見數枝開。兒家門户重重閉，春色因何得入來？」或云，玉堂乃翰苑之玉堂，非也。

《耆舊續聞》卷第九引陸務觀云：「《梅》詞《漢宫春》，人皆以爲李漢老作，非也。乃晁叔用贈王逐客之作。王仲甫爲翰林，權直内宿，有宫娥新得幸，仲甫應制賦詞云：『黄金殿裏。燭影雙龍戲。勸得官家真個醉。進酒猶呼萬歲。錦裀舞徹《涼州》。君恩與整搔頭。一夜御前宣唤，六宫多少人愁。』翌旦，宣仁太后聞之，語宰相曰：『豈有館閣儒臣，應制作狎詞邪？』既而彈章罷，然館中同僚相約祖餞，及期，無一至者，獨叔用一人而已。因作《梅》詞贈别云：『無情燕子，怕春寒輕失花期。』正謂此爾。又云：『問玉堂何似，茅舍疎籬。』指翰苑之玉堂。《苕溪漁隱叢話》卻引唐人詩『白玉堂前一樹梅，今朝忽見數枝開』，謂人間之玉堂，蓋未知此作也。又『傷心故人去後，零落清詩』，今之歌者類云『冷落』，不知用杜子美酬高適詩：『自從蜀中人日作，不意清詩久零落。』蓋『零』字與『泠』字同音，人但見『泠』字去一點爲『冷』字，遂云『冷落』，不知出此耳。王仲甫字明之，自號爲逐客，有《冠柳集》行於世。」

上林春慢

帽落宫花，衣惹御香，鳳輦晚來初過。鶴降詔飛，龍擎燭戲，端門萬枝燈火。滿城車馬，對明月、有誰閒坐？任狂游、更許傍禁街，不扃金鎖。　玉樓人、暗中擲果。珍簾下、笑著春衫裊娜。素蛾遶釵，輕蟬撲鬢，垂垂柳絲梅朵。夜闌飲散，但贏得、翠翹雙嚲。醉歸來，又重向、曉窗梳裹。

《續骫骳説》：都下元宵觀游之盛，前人或於歌詞中道之，而故族大家，宗藩戚里，宴賞往來，車馬駢闐，五晝夜不止。每出，必窮日盡夜漏，乃始還家，往往不及小憩，雖含酲溢疲恧，亦不暇寐，皆相呼理殘妝，而速客者已在門矣。又婦女首飾至此一新，髻鬟篸插，如蛾蟬蜂蝶雪柳玉梅燈毬，裊裊滿頭。其名件甚多，不知起何時，而詞客未有及之者。晁叔用作《上林春慢》云：詞如上略。此詞雖非絶唱，然句句皆是實事，亦前人所未嘗道者，良可喜也。

趙　軏

軏字信可，許人。

雨中花

今夜陰雲初霽。畫簾外，月華如水。露靄晴空，風吹高樹，滿院中秋意。皎皎蟾光當此際。怎奈何，不成況味。莫近簷間，休來窗上，且放離人睡。

《過庭録》：趙軌信可，許人也，以才稱鄉里。爲陝曹屬，潦倒選調，先子與之鄉舊，既在太原，趙泌檄相謁，因館於書室。是夕八月十四日夜，先子具酒飲食，宣使張永錫召先子會酌，趙獨處寂寥，就枕即作一詞達先子云：詞如上略。永叔見之大喜，贈上尊數壺。先子爲求薦章，僅改秩而終。

張閣

閣字臺卿，河陽人。第進士，歷中書舍人、給事中，出知杭州。政和二年，累遷兵部尚書、翰林學士。三年卒。

鳳凰臺上憶吹簫

長天霞散，遠浦潮平，危欄駐目江皋。長記年年榮遇，同是今朝。金鑾兩回命相，對清光、頻許揮毫。雍容久，正茶杯初賜，香袖時飄。歸去玉堂深夜，泥封罷，金蓮一寸纔燒。帝語丁寧，曾被華衮親褒。如今漫勞夢想，嘆塵蹤、杳隔仙鼇。無聊意，强當歌、對酒怎消。

《夷堅丁志》卷第十：國朝故事，翰林學士草宰相制，或次補執政，謂之帶入。大觀三年六月八日，何清源執中登庸，四年六月八日，張無盡商英登庸，皆張臺卿閣草麻，竟無遷寵。時蔡京責太子少保，張當制，詆之甚切，爲搢紳所傳誦。京銜之，會復相，即出張知杭州。明年六月八日，宴客中和堂，忽思前兩歲宿直命相，正與是日同，乃作長短句紀其事。詞如上略。觀者美其詞而訝其卒章失意。未幾以故物召還，遽卒於官，壽止四十。臺卿河陽人。吴傳朋説。

郭 詎

詎，元祐初，承議郎。

河 傳

大官無悶。剛被傍人，競來相問。又難爲□□敷陳，且祇將、甘草論。　朴消大戟並銀粉。疏風緊，甘草閒相混。及至下來，轉殺他人，爾甘草、有一分。

《畫墁録》卷一：郭詎性善謔，工詞曲，以選人入市易務，不數年至中行。元祐初，釐校市易，復以爲承議郎。親知每見之，必詰問所因，郭口喫不能答，作《河傳·甘草》以見意云。詞如上略。

毛滂

滂字澤民，衢州人。爲杭州法曹，受知東坡。政和中，守嘉禾。

惜分飛　題富陽僧舍，作別語贈妓瓊芳。

泪溼闌干花著露。愁到眉峰碧聚。此恨平分取。更無言語空相覷。　斷雨殘雲無意緒。寂寞朝朝暮暮。今夜山深處。斷魂分付潮回去。

《清波雜志》卷第九：毛澤民元祐間罷杭州法曹，至富陽所作贈別也。因是受知東坡。語盡而情不盡，何酷似少游也。乾道間，舅氏張仁仲宰武康，輝往，見留三日，徧覽東堂之勝，蓋澤民嘗宰是邑，於彼老士人家，見別語墨跡。

范致虚

致虚字謙叔，建陽人。元祐三年進士。徽宗時，累官尚書左丞。高宗幸建康，召知鼎州，行至巴陵卒。

滿庭芳

紫禁寒輕，瑶津冰泮，麗月光射千門。萬年枝上，甘露惹祥氛。北闕華燈預賞，嬉游盛、絲管紛紛。東風峭，雪殘梅瘦，烟鎖鳳城春。風光何處好？綵山萬仞，寶炬凌雲。盡歡陪舜樂，喜贊堯仁。天子千秋萬歲，徵招宴、宰府師臣。君恩重，年年此夜，長祝奉嘉辰。

《歲時廣記》卷十引《歲時雜記》：宣和間，上元賜觀燈御筵，范左丞致虚進《滿庭芳慢》一闋云：詞如上略。

司馬槱

槱字才仲，陜人。制舉中第，調關中第一幕官，後易杭州幕官。

黄金縷

妾本錢塘江上住。花落花開，不管流年度。燕子銜將春色去。紗窗幾陣黄梅雨。斜插犀梳雲半吐。檀板輕籠，唱徹《黄金縷》。夢斷彩雲無覓處。夜涼明月生春渚。

《柯山集》四十四：司馬槱，陜人，太師文正之姪也，制舉中第，調關中第一幕官。行次里中，一日晝寐，恍惚間見一美婦人，衣裳甚古，入幌中執板歌曰：「家在錢塘江上住。花落花開，不管年華度。燕子又將春色去，紗窗一陣黄昏雨。」歌闋而去。槱因續成一曲：「斜插犀梳雲半吐。檀板清歌，唱徹《黄金縷》。望斷行雲無去處。夢回明月生春浦。」後易杭州幕官，或云其官舍下乃蘇小墓，而槱竟卒於官。

《春渚紀聞》卷第七：司馬才仲初在洛下，晝寢，夢一美姝牽帷而歌曰：詞如上半闋，略。才仲愛其詞，因詢曲名，云是《黄金縷》，且曰：「後日相見於錢塘江上。」及才仲以東坡先生薦，應制舉中等，遂爲錢塘幕官。其廨舍後，唐蘇小墓在焉。時秦少章爲錢塘尉，爲續其詞後云：詞如下半闋，略。不踰年而才仲得疾，所乘畫水輿，艤泊河塘，柁工遽見才仲攜一麗人登舟，即前聲喏，繼而火起舟尾，狼忙走報，家已慟哭矣。

河　傳

銀河漾漾。正桐飛露井，寒生斗帳。芳草夢驚，人憶高唐惆悵。感離愁，甚情況。

春風二月桃花浪。扁舟征棹，又過吴江上。人去雁回，千里風雲相望。倚江樓，倍悽愴。

《雲齋廣録》卷七：司馬槱赴闕調官，得餘杭幕客，挐舟東下。及過錢塘，因憶曩昔夢中美人，自謂「妾本錢塘江上住」，今至於此，何所問耗。君意悽惻，乃爲詞以思之，調寄《河傳》。詞如上略。君謳之數四，意頗不懌。

某兩地

一落索

爲愛金陵佳麗。迺分符來此。擁麾忽又向淮東，便咫尺，人千里。　畫鼓一聲催起。邦內人齊跪。江山有興我重來，斟別酒，休辭醉。

《揮塵餘話》卷之二：宣政中，有兩地，早從王荆公學，以經術自任，全乏文采，自建業移帥維揚，臨發，作長短句，題於賞心亭云：詞如上略。官中以碧紗籠之。後有輕薄子過其下，刮去「有」字，改作「没」字，「我」字易作「你」字。往來觀之，莫不啟齒。

韓嘉彦

嘉彦，琦子。元祐四年，選尚神宗女曹國長公主，拜左衛將軍、駙馬都尉。

玉漏遲

杏香消散盡，須知自昔，都門春早。燕子來時，繡陌亂鋪芳草。蕙圃妖桃過雨，弄笑臉，紅篩碧沼。深院悄。綠楊巷陌，鶯聲爭巧。　蚤是賦得多情，更遇酒臨花，鎮辜歡笑。數曲闌干，故國漫勞凝眺。漢外微雲盡處，亂峰鎖、一竿修竹，間琅玕，東風淚零多少。

《花草粹編》卷九：韓魏公子都尉嘉彥，才質清秀，頗有豪氣。因言語間與公主參商，安置鄧州。洎春來感懷，作此詞，都下盛傳。因教池開，公主出游教池，李師師獻此詞以侑觴，聲韻悽惋。公主問辭之所由，師師具道其意，公主因緣感疾。帝乃遣使，速召嘉彥還都。

沈蔚

蔚字會宗，吴興人。

天仙子

景物因人成勝槩。滿目更無塵可礙。等閒簾幕小闌干，衣未解。心先快。明月清風如有待。誰信門前車馬隘。別是人間閒世界。坐中無物不清涼，山一帶。水一派。流水白雲長自在。

《苕溪漁隱叢話》前集卷第五十九：苕溪漁隱曰：「賈耘老舊有水閣在苕溪之上，景物清曠，東坡作守時屢過之，題詩畫竹於壁間。沈會宗又爲賦小詞云：詞如上略。其後水閣屢易主，今已摧毁久矣，遺址正與余水閣相近，同在一岸，景物悉如會宗之詞，故余嘗有鄙句云：『三間小閣賈耘老，一首佳詞沈會宗。無限當時好風月，如今總屬績溪翁。』蓋謂此也。」

惠洪

惠洪字覺範，筠州人。俗姓彭。大觀中，游丞相張商英之門。

浪淘沙

城裏久偷閒。塵涴雲衫。此身已是再眠蠶。隔岸有山歸去好，萬壑千巖。霜曉更憑闌。滅盡晴嵐。微雲生處是茅庵。試問此生誰作伴？彌勒同龕。

《苕溪漁隱叢話》後集卷第三十七引《冷齋夜話》：「予留南昌，久而忘歸，獨行無侶，意緒蕭然。偶登秋屏閣，望西山，於是浩然有歸志，作長短句寄意。其詞曰：詞如上略。」

清平樂

十指嫩抽春筍，纖纖玉輭紅柔。人前欲展強嬌羞。微露雲衣霓袖。　最好洞天春晚，黄庭卷罷清幽。凡心無計奈閒愁。試撚花枝頻嗅。

《苕溪漁隱叢話》後集卷第三十七引《復齋漫録》：「臨川距城南一里有觀曰魏壇，蓋魏夫人經游之地，具諸顔魯公之碑，以故諸女真嗣續不絶，然而守戒者鮮矣。陳虚中崇寧間守臨川，爲詩曰：『夫人在兮若冰雪，夫人去兮仙蹤滅。可惜如今學道人，羅裙帶上同心結。』洪覺範嘗作長短句贈一女真云：詞如上略。」

西江月

大廈吞風吐月，小舟坐水眠空。霧窗春曉翠如葱。睡起雲濤正湧。　往事回頭笑處，此生彈指聲中。玉牋佳句敏驚鴻。聞道衡陽價重。

《苕溪漁隱叢話》前集卷第四十八引《冷齋夜話》：「山谷南遷，與余會於長沙，留碧湘門一月，李子光以官舟借之，爲憎疾者腹誹，因攜十六口買小舟，余以舟迫窄爲言，山谷笑曰：『烟波萬頃，水宿小舟，與大廈千楹，醉眠一榻何所異，道人謬矣。』即解綷去。聞留衡陽作詩寫字，因作長短句寄之曰：詞如上略。時余方還江南，山谷和其詞曰：『月仄金盆墮水，雁回醉墨書空。君詩秀絶雨園葱。相見衲衣寒擁。　蟻穴夢魂人世，楊花蹤跡風中。莫將社燕笑秋鴻。處處春山翠重。』」

鷓鴣天

密燭花光清夜闌。粉衣香翅遶團團。人猶認假爲真實，蛾豈將燈作火看。　方嘆息，爲遮欄。也知愛處實難拚。忽然性命隨烟焰，始覺從前被眼瞞。

《詩話總龜》後集卷四十四引《冷齋夜話》：「余至瓊州，劉蒙叟方飲於張守之席，三鼓矣，遣急足來覓長短句，欲問叙何事，蒙叟視燭有蛾，撲之不去，曰：『爲賦此。』急足反走持紙曰：『急爲之，不然獲譴也。』余口授吏書之曰：詞如上略。蒙叟醉笑，首肯之。既北渡，夜發海津，又贈行，爲之詞曰：『一段文章種性，更謫仙風韻。畫戟叢中，清香凝宴寢。落日清寒勒花信，愁似海洗光詞錦。後夜歸舟，雲濤喧醉枕。』」

蝶戀花

碧瓦籠晴香霧繞。水殿西偏，小駐聞啼鳥。風度女牆吹語笑。南枝破臘應開了。

道骨不凡江瘴曉。春色通靈，醫得花多少。抱甕釀寒香杳杳。譙門畫角催殘照。

西江月

入骨風流國色，透塵種性真香。爲誰風鬢涴啼妝。半樹水村春暗。雪壓低枝籬落，月高影動池塘。高情數筆寄微茫。小寢初開霧帳。

《詩話總龜》後集卷四十六引《冷齋夜話》：「衡州花光仁老以墨爲梅花，魯直觀之，嘆曰：『如嫩寒春曉行孤山籬落間，但欠香耳。』余因爲賦長短句曰：詞如上略。」

青玉案

凝祥宴罷聞歌吠。畫轂走，香塵起。冠壓花枝馳萬騎。馬行燈鬧，鳳樓簾捲，陸海鼇山對。　當年曾看天顏醉。御杯舉，歡聲沸。時節雖同悲樂異。海風吹夢，嶺猿啼月，一枕思歸泪。

《苕溪漁隱叢話》前集卷第五十六引《冷齋夜話》：「予謫海外，上元，椰子林中，漁火三四而已，中夜聞猿聲淒動，作詞曰：詞如上略。」

謝克家

克家字任伯，上蔡人。紹聖四年中第，建炎四年，參知政事。

憶君王

依依宫柳拂宫牆。樓殿無人春晝長。燕子歸來依舊忙。憶君王。月照黄昏人斷腸。

《鼠璞》卷下：舊傳靖康淵聖狩虜營，有人作《憶君王》詞云：詞如上略。語意悲悽，讀之令人淚墮，真愛君憂國之語也。

案：《避戎夜話》卷下，謂謝元及作此詞。

宋媛

媛，女狐。

蝶戀花

雲破蟾光穿曉户。攲枕淒涼，多少傷心處。惟有相思情最苦。檀郎咫尺千山阻。

莫學飛花兼落絮。摇蕩春風，迤邐拋人去。結盡寸腸千萬縷。如今認得先辜負。

阮郎歸

東風成陣送春歸。庭花高下飛。柔條繚繞入簾幃。斑斑裝舞衣。雲鬟亂，坐偷啼。郎來何負期。人生恰似這芳菲。芳菲能幾時？

《雲齋廣録》卷五：宣德郎李褒字聖與，於紹聖間調眉州丹稜縣令。其子達道爲女子宋媛所惑，媛實狐也。一日，生乘間獨步後圃，於山徑得花牋一幅，生覽之，乃媛所作之詞也，調寄《蝶戀花》。詞如上略。他時生有幹入眉州，媛思之至切，因成《落花辭》一闋，用以見意，調寄《阮郎歸》。詞如上略。以上文字，乃就原文大意櫽括。

范周

周字無外，范仲淹姪孫，純古之子。

木蘭花慢

美蘭堂晝永，晏清暑，晚迎涼。控水檻風簾，千花競擁，一朵偏雙。銀塘。盡傾醉眼，訝湘娥、倦倚兩霓裳。依約凝情鑑裏，竝頭宫面高妝。　蓮房。露臉盈盈，無語處，恨何長。有翡翠憐紅，鴛鴦妒影，俱斷柔腸。淒涼。芰荷暮雨，褪嬌紅、换紫結秋房。堪把丹青對寫，鳳池歸去攜將。

《中吳紀聞》卷第五：雙蓮堂在木蘭堂東，舊芙蓉堂是也。至和初，光禄吕大卿濟叔以雙蓮花開，故易此名。楊備郎中有詩云：「雙蓮倒影面波光。翠蓋風摇紅粉香。中有畫船鳴鼓吹，瞥然驚起兩鴛鴦。」政和中，盛密學季文作守，亦産雙蓮，范無外賦《木蘭花慢》云：詞如上略。

寶鼎現

夕陽西下，暮靄紅溢，香風羅綺。乘夜景，華燈爭放，燄燄燒空連錦砌。覩皓月，浸嚴城如畫，花影寒籠絳蕊。漸掩映，芙蓉萬頃，迤邐齊開秋水。　太守無限行歌意。擁麾幢，光動珠翠。傾萬井，歌臺舞榭，瞻望朱輪駢鼓吹。控寶馬，耀貔貅千騎。銀燭交光數里。似亂簇寒星萬點，擁入蓬壺影裏。　來伴宴閣多才，環艷粉瑶簪珠履。空看看，丹詔歸春，宸游燕侍。便趁早，占通宵醉，莫放笙歌起。任畫角、吹徹寒梅，月落西樓十二。

《中吳紀聞》卷第五：盛季文作守時，頗嫚士，嘗於元宵作《寶鼎現》詞投之，極蒙嘉獎，因遺酒五百壺。其詞播於天下，每遇燈夕，諸郡皆歌之。

徐俯

俯字師川，洪州分寧人。以父禧死事，授通直郎。紹興初，賜進士出身，累官端明殿學士、簽書樞密院事、權參知政事。罷，提舉洞霄宫。

浣溪沙

西塞山前白鷺飛。桃花流水鱖魚肥。一波纔動萬波隨。　黄帽豈如青篛笠，羊裘何似緑簑衣。斜風細雨不須歸。

又

新婦磯邊秋月明。女兒浦口晚潮平。沙頭鷺宿戲魚驚。　青篛笠前明此事，緑簑衣裏度平生。斜風細雨小船輕。

鷓鴣天

西塞山前白鷺飛。桃花流水鱖魚肥。朝廷若覓玄真子，恒在長江理釣絲。　青篛笠，緑簑衣。斜風細雨不須歸。浮雲萬里烟波客，惟有滄浪孺子知。

又

七澤三湘翠草連。洞庭江漢水如天。朝廷若覓玄真子，不在江邊即酒邊。　　明月棹，夕陽船。鱸魚恰似鏡中懸。絲綸釣餌都收卻，八字山前聽雨眠。

《能改齋漫録》卷十六：徐師川云：「張志和《漁父詞》云：『西塞山邊白鷺飛，桃花流水鱖魚肥。青箬笠，緑簑衣，斜風細雨不須歸。』顧況《漁父詞》：『新婦磯邊月明，女兒浦口潮平，沙頭鷺宿魚驚。』東坡云：『玄真語極清麗，恨其曲度不傳。』加數語以《浣溪沙》歌之云：『西塞山邊白鷺飛，散花洲外片帆微，桃花流水鱖魚肥。自庇一身青箬笠，相隨到處緑簑衣，斜風細雨不須歸。』山谷見之，擊節稱賞，且云：『惜乎散花與桃花字重疊，又漁舟少有使帆者。』乃取張、顧二詞合爲《浣溪沙》云：『新婦磯邊眉黛愁，女兒浦口眼波秋，驚魚錯認月沈鈎。青箬笠前無限事，緑簑衣底一時休，斜風細雨轉船頭。』東坡云：『魯直此詞，清新婉麗，問其最得意處，以山光水色替卻玉肌花貌，真得漁父家風也。然纔出新婦磯，便入女兒浦，此漁父無乃太瀾浪乎？』山谷晚年，亦悔前作之未工。因表弟李如篪言『《漁父詞》以《鷓鴣天》歌之，甚協律，恨語少聲多耳』，因以憲宗畫像求玄真子文章，及玄真之兄松齡勸歸之意，足前後數句云：『西塞山前白鷺飛，桃花流水鱖魚肥。朝廷尚覓玄真子，何處而今更有詩？青箬笠，緑簑衣，斜風細雨不須歸。人間欲避風波險，一日風波十二時。』東坡笑曰：『魯直乃欲平地起風波耶？』』徐師川乃作《浣溪沙》《鷓鴣天》各二闋，蓋因坡、谷異同而作。

王安中

安中字履道，陽曲人。元符三年進士。政和中，自大名主簿累擢中書舍人、御史中丞、翰林學士承旨。出鎮燕山府，召除檢校太保、大名府尹，兼北京留守司公事。靖康初，貶象州。紹興初，復左中大夫。

點絳脣

峴首亭空，勸君休墮羊碑淚。宦游如寄。且伴山翁醉。説與鮫人，莫解江皐珮。將歸思。暈紅縈翠。細織回文字。

《苕溪漁隱叢話》後集卷第四十：「王初寮有《點絳脣》一詞，送韓濟之歸襄陽。初寮用前事，以其漢上故事，然於送人之詞，似難用也。」

失調名

笑裏眼迷情意貼，行時鞋露繡旁相。

《可書》：王安中從梁子美辟置大名幕中，時有妓籍一小鬟，名冠河朔。子美因令安中作小詞以贈，末句有云：詞如上略。安中曰：「此乃『盃深不覺琉璃滑，貪看六幺花十八』無異也。」時人稱之。

葉夢得

夢得字少蘊，烏程人，清臣曾孫。紹聖四年進士，累官龍圖閣直學士，帥杭州。高宗朝，除尚書左丞、江東安撫使，兼知建康府行宮留守，移知福州，提舉洞霄宫。居吴興弁山，自號石林居士。

賀新郎

睡起聞鶯語。點蒼苔、簾櫳晝掩，亂紅無數。吹盡殘花無人見，唯有垂楊自舞。漸暖靄、初回輕暑。寶扇重尋明月影，暗塵侵，尚有乘鸞女。驚舊恨，鎮如許。江南夢斷横江渚。浪黏天、蒲桃漲緑，半空烟雨。無限樓前滄波意，誰采蘋花寄取？但悵望蘭舟容與。萬里雲帆何時到？送孤鴻、目斷千山阻。重爲我，唱《金縷》。

《夷堅丁志》卷第十二：葉少藴左丞初登第，調潤州丹徒尉，郡守器重之，俾檢察征税之出入。務亭在西津上，葉嘗以休日往，與監官並闌干立，望江中有彩舫，傣亭而南，滿載皆婦女，嬉笑自若，謂爲貴富家人，方趍避之，舫已泊岸。十許輩袨服而登，徑詣亭上，問小史曰：「葉學士安在？幸爲入白。」葉不得已，出見之，皆再拜致詞曰：「學士僬聲滿江表，妾輩乃真州妓也，常願一侍尊俎，慨平生心，而身隸樂籍。儀真過客如雲，無時不開宴，望頃刻之適不可得。今日太守私忌，郡官皆不會集，故相約絶江，此來殆天與其幸也。」葉慰謝，命之坐。同官謀取酒與飲，則又起言：「不度鄙賤，輒草具殽醖自隨，敢以一杯爲公壽，願得公妙語持歸，夸示淮人，爲無窮光榮，志願足矣。」顧從奴挈榼而上，饌品皆精潔。迭起歌舞。酒數行，其魁捧花牋以請。葉命筆立成，不加點竄，即今所傳《賀新郎》詞，卒章蓋紀實也。此詞膾炙人口，配坡公「乳燕華屋」之作。而葉公自以爲非其絶唱，人亦罕知其事云。葉晦叔説。

《行都紀事》：楊誠齋名萬里，字廷秀，爲監司時，循歷至一郡，郡守盛禮以宴之，而適初夏。有官妓歌葉少藴《賀新郎》以送酒，其中有「萬里雲帆何時到」，誠齋遽云：「萬里昨日到。」太守大慚，即監繫官妓。

江 衍

衍，建中靖國時士人。

錦纏絆

屈曲新堤，占斷滿村佳氣。畫簷兩行連雲際。亂山疊翠水回還，岸邊樓閣，金碧遥相倚。　柳陰低，艷映花光美好，昇平爲誰初起？大都風物只由人，舊時荒壘，今日香煙地。

《異聞總録》卷之二：邵武惠應廟神初封祐民公，建中靖國元年，建陽江屯里亦立祠事之。士人江衍謁祠下，夜夢往溪南之神宇，聞歌聲，閽者止之，曰：「公與夫人方坐白雲障下，調按新詞，汝勿遽進。」少選，神命呼衍，問曰：「汝得此詞否？」衍恐懼，謝曰：「世間那復可聞。」神曰：「此黄鐘宫《錦纏絆》也。」乃誦其詞曰：詞如上略。衍驚覺，即録而傳之，然無有能歌者。

美　奴

美奴，陸藻侍兒。藻字敦禮，侯官人。崇寧二年進士，大觀中，爲給事中。

卜算子

送我出東門，乍别長安道。兩岸垂楊鎖暮烟，正是秋光老。　一曲古《陽關》，莫惜金尊倒。君向瀟湘我向秦，魚雁何時到！

如夢令

日暮馬嘶人去。船逐清波東注。後夜最高樓，還肯思量人否？無緒。無緒。生怕黄昏疎雨。

《苕溪漁隱叢話》後集卷第四十：苕溪漁隱曰：「陸敦禮藻有侍兒，名美奴，善綴詞。出侑樽俎，每丐韻於坐客，頃刻成章。」

崔木

木字子高，兗州人。元符間，游太學。

最高樓

蹇驢緩跨，迢遞至京城。當此際，正芳春。芹泥融暖飛雛燕，柳條摇曳韻鸝庚。更那堪，遲日暖，曉風輕。　算費盡、主人歌與酒，更費盡、青樓篆與箏。多少事，絆牽情。愧我品題無雅句，喜君歌詠有新聲。願從今，魚比目，鳳和鳴。

虞美人

春來秋往何時了？心事知多少。深深庭院悄無人。獨自行來獨坐若爲情。雙旌聲勢雖云貴。終是誰存濟？今宵已幸得人言。擬待勞煩神女下巫山。

《醉翁談録》壬集卷二略云：王上舍勉仲，邀崔木游春出郊，特呼角妓張賽賽侑尊。王上舍並令賽賽請崔木賦詞，崔木即賦《最高樓》。詞畢，賽賽歌之，聲音嘹亮，腔調不失。王上舍大喜，賞賽賽甚厚。後賽賽薦崔木於黄太守女舜英，舜英要崔木作一詩或詞，崔木即以紅羅一幅，寫詞一首，以付賽賽。詞名《虞美人》。舜英即以黄絹和詞云：「一從骨肉相拋了，受了多多少！溪山風月屬何人？到此思量因甚不關情。而今雖道王孫貴，有事憑誰濟？自從今夜得媒言，相見佳期無謂隔關山。」崔木見詞，即令術者擇日，往黄舜英之家就親。

歐陽珣

珣字全美，廬陵人。崇寧五年進士。知鹽官縣。後使金，被焚死。

踏莎行

雁字成行，角聲悲送，無端又作長安夢。青衫小帽這回來，安仁兩鬢秋霜重。孤館燈殘，小樓鐘動，馬蹄踏破前村凍。平生牽繫爲浮名，名垂萬古知何用。

《獨醒雜志》卷八：歐陽全美名珣，廬陵人，登崇寧進士第。靖康初，全美調官京師。時金人欲求三鎮，全美行次關山，以樂府寄其内曰：詞如上略。全美至京，有詔許上封事，論禦戎之策。全美應詔陳利害。時有九人同召對，全美奏曰：「割地敵亦來，不割亦來，特遲速有間，今日之策，惟有戰耳。」時宰執有主棄地之議者，不悦，即除將作監丞，使金竟不復還。朝廷録其節而官其壻，乃從兄叔謙也。

劉一止

一止字行簡，湖州歸安人。宣和三年進士。紹興初，召試除秘書省校書郎，歷給事中，進敷文閣待制。

喜遷鶯

曉光催角。聽宿鳥未驚，鄰鷄先覺。迤邐烟村，馬嘶人起，殘月尚穿林薄。淚痕帶霜微凝，酒力衝寒猶弱。歎倦客，悄不禁，重染風塵京洛。　追念人別後，心事萬重，難覓孤鴻託。翠幌嬌深，曲屏香暖，爭念歲寒飄泊？怨花恨月，須不是不曾經著。這情味，望一成消滅，新來還惡。

《直齋書録解題》卷第二十一：劉行簡詞一卷，劉一止撰。嘗爲《曉行詞》，盛傳於京師，號劉曉行。

案：此首全詞見劉一止《苕溪樂章》。

汪藻

藻字彦章，德興人。崇寧五年進士。高宗朝，累官中書舍人，兼直學士院，出知徽州、宣州，奪職居永州卒。

醉落魄

小舟簾隙。佳人半露梅妝額。緑雲低映花如刻。恰似秋宵，一半銀蟾白。　結兒梢朵香紅扐。鈿蟬隱隱摇金碧。春山秋水渾無跡，不露牆頭，些子真消息。

《苕溪漁隱叢話》前集卷第五十九：苕溪漁隱曰：「汪彦章舟行汴中，見岸傍畫舫有映簾而觀者，止見其額，有詞云：詞如上略。寄《醉落魄》。」

點絳脣

永夜厭厭，畫簷低月山銜斗。起來搔首。梅影横窗瘦。　好箇霜天，閒卻傳杯手。君知否？曉鴉啼後。歸夢濃於酒。

《能改齋漫録》卷十六：汪彦章在翰苑，屢致言者。嘗作《點絳脣》。或問曰：「歸夢濃於酒，何以在曉鴉啼後？」公曰：「無奈這一隊畜生聒噪何！」

曹組

組字元寵，潁昌人。宣和三年進士。官止閤門宣贊舍人，睿思殿應制。

脱銀袍

濟楚風光，昇平時世。端門支散，碗遂逐旋温來，喫得過、那堪更使金器？分明是。與窮漢、消災滅罪。　又没支分，猶然遞滯，打篤磨槎來根底。换頭巾，便上弄交番廝替。告官裏。駞逗高陽餓鬼。

《宣和遺事》亨集：那看燈的百姓，休問貴富貧賤，老少尊卑，盡到端門下賜御酒一盃。有教坊大使曹元寵口號一詞，喚做《脱銀袍》。

點絳脣

風勁秋高，頓知斗力生弓面。弝分筠簳。月到天心滿。白羽流星，飛上黄金椀。胡沙雁。雲邊驚散。壓盡天山箭。

《苕溪漁隱叢話》前集卷第五十四引《桐江詩話》云：「潁昌曹緯彦文，弟組彦章，俱有俊才。彦文釋褐即物故，彦章多依棲中貴人門下。一日，徽廟苑中射弓，左右薦至，對御作射弓詞《點絳脣》一闋。今人但知彦章善謔，不知其才，良可惜也。彦章後字元寵，兄弟幼孤，母王氏教養成就。王氏亦能詩，嘗有《雪中觀妓》詩云：『梁王宴罷下瑶臺。窄窄紅靴步雪來。恰似陽春三月暮，楊花飛處牡丹開。』」

万俟詠

詠字雅言，號詞隱。崇寧中，充大晟府製撰。

安平樂慢

瑞日初遲，緒風乍暖，千花百草爭香。瑶池路穩，閬苑春深，雲樹水殿相望。柳曲沙平，看塵隨青蓋，絮惹紅粧。賣酒緑陰傍，無人不醉春光。有十里笙歌，萬家羅綺，身世疑在仙鄉。行樂知無禁，王侯半隱少年場。舞妙歌妍，空妒得鶯嬌燕忙。念芳菲，都來幾日，不堪風雨疎狂。

《堯山堂外紀》卷五十五：崇寧中，万俟雅言充大晟府製撰，依月用律製詞，嘗侍宴都門池苑應制，賦《安平樂慢》。

雪明鳷鵲夜慢

望五雲多處春深，開閬苑、別就蓬島。正梅雪韻清，桂月光皎。鳳帳龍簾縈嫩風，御座深翠金間繞。半天中、香泛千花，燈掛百寶。　聖時觀風重臘，有簫鼓沸空，錦繡匝道。競呼盧，氣貫調歡笑。暗裏金錢擲下，來侍燕、歌太平睿藻。願年年此際，迎春不老。

《歲時廣記》卷十一引《復雅歌詞》：景龍樓先賞，自十二月十五日便放燈，直至上元，謂之預賞。万俟雅言作《雪明鳷鵲夜慢》云：詞如上略。

鳳凰枝令

人間天上。端樓龍鳳燈先賞。傾城粉黛月明中，春思蕩。醉金甌仙釀。　一從鸞輅北向。舊時寶座應蛛網。游人此際客江鄉，空悵望。夢連昌清唱。

《歲時廣記》卷十一引《復雅歌詞》：万俟雅言作《鳳凰枝令》，憶景龍先賞，序曰：「景龍門，古酸棗門也。自左掖門之東爲夾城南北道，北抵景龍門。自臘月十五日放燈，縱都人夜游。婦人游者，珠簾下邀住，飲以金甌酒。有婦人飲酒畢，輒懷金甌，左右呼之，婦人曰：『妾之夫性嚴，今帶酒容，何以自明，懷此金甌爲證耳。』隔簾聞笑聲曰：『與之。』」

徐伸

伸字幹臣，三衢人。政和初，以知音律爲太常典樂，出知常州。

二郎神

悶來彈鵲，又攪碎一簾花影。漫試著春衫，還思纖手，薰徹金猊燼冷。動是愁端如何向，但怪得、新來多病。嗟舊日沈腰，而今潘鬢，怎堪臨鏡？　重省。別時淚漬，羅襟猶凝。料爲我厭厭，日高慵起，長託春酲未醒。鴈足不來，馬蹄難駐，門掩一庭芳景。空竚立，盡日闌干倚遍，晝長人靜。

《揮麈餘話》卷之二：徐幹臣伸，三衢人。政和初，以知音律爲太常典樂，出知常州。嘗自製轉調《二郎神》之詞。既成，會開封尹李孝壽來牧吴門。李以嚴治京兆，號李閻羅。道出郡下，幹臣大合樂燕勞之，喻群娼令謳此詞，必待其問乃止。娼如戒，歌至三四，李果詢之。幹臣蹙額云：「某頃有一侍婢，色藝冠絶，前歲以亡室不容逐去，今聞在蘇州一兵官處，屢遣信欲復來，而今之主公靳之，感慨賦此。詞中所叙，多其書中語。今焉適有天幸，公擁麾於彼，不審能爲我之地否？」李云：「此甚不難，可無慮也。」既次無錫，賓贊者請受謁次第，李云：「郡官當至楓橋。」橋距城十里而遠。翌日，艤舟其所，官吏上下，望風股栗。李一閲刺字，忽大怒云：「都監在法不許出城，迺亦至此。使郡中萬一有火盜之虞，豈不殆哉！」斥都監下堦，荷校送獄。又數日，取其供牘，判奏字。其家震懼求援，宛轉哀鳴致懇。李笑云：「且還徐典樂之妾了來理會。」兵官者解其指，即日承命，然後舍之。

江漢

漢字朝宗，衢縣人。政和初，以獻蔡京詞爲大晟府製撰。

喜遷鶯

昇平無際。慶八載相業，君臣魚水。鎮撫風稜，調燮精神，合是聖朝房魏。鳳山政好，還被畫轂朱輪催起。按錦韉。映玉帶金魚，都人爭指。丹陛。常注意。追念裕陵，元佐今無幾。繡袞香濃，鼎槐風細。榮耀滿門朱紫。四方具瞻師表，盡道一夔足矣。運化筆，又管領年年，烘春桃李。

《鐵圍山叢談》卷第二：政和初，有江漢朝宗者，亦有聲。獻魯公詞曰：詞如上略。時兩學盛謳，播諸海内。魯公喜，爲將上進呈，命之以官，爲大晟府製撰，使遇祥瑞，時時作爲歌曲焉。

慕容嵓卿妻

嵓卿，姑蘇士人。

浣溪沙

滿目江山憶舊游。汀洲花草弄春柔。長亭艤住木蘭舟。　好夢易隨流水去，芳心猶逐曉雲愁。行人莫上望京樓。

《竹坡詩話》卷三：馮均州爲余言，頃年平江府雍熙寺，每深夜月明，有婦人歌小詞於廊廡間者，就之不見。客有聞而録之者，姑蘇士子慕容嵓卿見而驚曰：「君何從得此詞？」客語之故。嵓卿悲哭久之，曰：「此余亡妻之詞，無人知之者。」明日視之，乃其妻旅櫬所在。

案：《夷堅丙志》卷第十亦載此事。

朱敦復

敦復字無悔，洛陽人。希真弟。

雙鴈兒

尚志服事跛神仙。辛勤了，萬千般。一朝身死入黄泉。至誠地，哭皇天。旁人共苦叩玄言。不免得告諸賢。禁法蝎兒不曾傳。喫畜生，四十年。

《過庭録》：洛陽朱敦復，字無悔，並弟希真，以才豪稱。有學老子者曰劉跛子，頗有異行，時至洛看花。一日告人曰：「吾某日當死。」至期果然。與之善者，遂葬於故長壽宫南，託無悔銘其墓。跛子劉姓，河東鄉人，山老其名，野夫字，豐髯大腹，右扶拐，不知年壽及生平。王侯士庶有敬問，怒駡掣走或僵死。洛陽十年爲花，至政和辛卯以酒終南宫。道旁冢三尺，無孔鐵鎚，今已矣。劉公有一僕曰尚志，隨劉四十年，劉常以「畜生」呼之。及劉死，人恐其有所得，士夫競叩之。尚志告曰：「何所得，但喫畜生四十年矣。」無悔因作一詞。詞如上略。

趙佶

佶即徽宗，神宗第十一子。在位二十五年，内禪皇太子。靖康二年，北狩，紹興五年，卒於五國城。

臨江仙

過水穿山前去也，吟詩約句千餘。淮波寒重雨疎疎。煙籠灘上鷺，人買就船魚。古寺幽房權且住。夜深宿在僧居。夢魂驚起轉嗟吁。愁牽心上慮，和淚寫回書。

《能改齋漫録》卷十六：宣和乙巳冬，幸亳州途次，御製《臨江仙》云：詞如上略。

醉落魄

無言哽噎。看燈記得年時節。行行指月行行説。願月常圓，休要暫時缺。今年華市燈羅列。好燈爭奈人心别。人前不敢分明説。不忍擡頭，羞見舊時月。

《可書》：徽宗預賞景龍門，追悼明節詞曰：詞如上略。暨北狩，人謂末句有讖。

滿庭芳

寰海清夷，元宵游豫，爲開臨御端門。暖風摇曳，香氣藹輕氛。十萬鈎陳燦錦，鈞臺外、羅綺繽紛。歡聲裏，燭龍銜耀，黼藻太平春。　靈鼇，擎綵岫，冰輪遠駕，初上祥雲。照萬宇嬉游，一視同仁。更喜維垣大第，通宵燕、調燮良臣。從兹慶，都俞賡載，千歲樂昌辰。

《歲時廣記》卷十引《歲時雜記》：「御製同韻賜范左丞，序云：『上元賜公師宰執觀燈御筵，遵故事也。卿初獲御坐，以《滿庭芳》詞來上，因俯同其韻以賜。』」

燕山亭

裁翦冰綃，輕疊數重，冷淡胭脂凝注。新樣靚妝，豔溢香融，羞殺蕊珠宫女。易得凋零，更多少無情風雨！愁苦。問院落淒涼，幾番春暮？　憑寄離恨重重，這雙燕，何曾會人言語！天遥地遠，萬水千山，知他故宫何處？怎不思量，除夢裏有時曾去。無據。和夢也、有時不做。

《朝野遺記》：徽廟在韓州，會虜傳書至。一小使始至，見上登屋，自正芨舍，急下顧笑曰：

「堯舜茅茨不翦。」方取械眎。又有感懷小詞，末云：「天遥地遠，萬水千山，知他故宫何處？怎不思量，除夢裏有時曾去。無據，和夢也有時不做。」真似後主「别時容易見時難」聲調也。後顯仁歸鑾云：「此爲絶筆。」

案：《詞品》謂此詞乃宋徽宗北隨金虜後見杏花作。

勝勝慢

宫梅粉淡，岸柳金匀，皇都乍慶春回。鳳闕端門，端門，宣德門也。鼇山綵結蓬萊。沈沈洞天向晚，寶輿還，花滿鈞臺。輕煙裏，算誰將金蓮，陸地匀開？是處簫鼓聲沸，彫鞍趁金輪，隱隱輕雷。萬家羅幕，千步錦繡相挨。蟾光夜色如晝，共成懽，爭忍歸來。疎鐘斷，聽行歌，猶在禁街。

《歲時廣記》卷十引《東京夢華録》：正月十五日，駕詣上清宫，至晚還内，御製《勝勝慢》詞。

月上海棠

孟婆，孟婆，且與我做些方便。吹箇船兒倒轉。

《雲麓漫鈔》卷第四：徽廟既内禪，尋幸淮浙，嘗作小詞，名《月上海棠》，末句云：「孟婆且與我做些方便。吹箇船兒倒轉。」而隆祐保祐之功，蓋讖於此。諺語謂風爲孟婆，非也。

案：《説郛》卷五十七引《雪舟脞語》：「徽宗亦工長短句。方北狩在房中，猶作小詞云：『孟婆，孟婆，你做些方便。吹箇船兒倒轉。』與此意亦略同。」

侯彭老

彭老，字思孺，衡山人。登大觀進士，紹興三年，知藤州。

踏莎行

十二封章，三千里路。當年走偏東西府。時人莫訝出都忙，官家送我歸鄉去。三詔出山，一言悟主。古人料得非虛語。太平朝野總多懽，江湖幸有寬閒處。

《清波雜志》卷第十二：政和三年，温陵吕榮義著《兩學雜記》，凡七十二條，所書皆太學辟雍事也。内一條：侯彭老，長沙人，建中靖國以太學生上書得罪，詔歸本貫，綴小詞別同舍。詞如上略。雖曰小挫，而意氣安閒如此。煇頃得於故老：此詞既傳，各齋俱厚贐其行。亦傳入禁中，即降旨令改正屬，同獲譴者不一乃格。後繇鄉貢竟登甲科。

胡舜陟

舜陟字汝明，績溪人。大觀三年進士，歷官監察御史。高宗初，除集英殿修撰，累官廣西經略。紹興十三年，繫獄死。

感皇恩

乞得夢中身，歸棲雲水。始覺精神自家底。峭帆輕棹，時與白鷗游戲。畏途都不管，風波起。光景如梭，人生浮脆，百歲何妨盡沉醉。臥龍多事，漫説三分奇計。算來爭似我，長昏睡。

漁家傲

幾日北風江海立。千軍萬馬濤聲急。短棹峭寒欺酒力。飛雨息。瓊花細細穿窗隙。我本綠簑青箬笠。浮家泛宅煙波逸。渚鷺沙鷗多舊識。行未得。高歌與爾相尋覓。

《苕溪漁隱叢話》後集卷第三十九：苕溪漁隱曰：「先君頃嘗丐祠，居射村，作《感皇恩》一詞。又嘗江行阻風，作《漁家傲》一詞。」

李清照

清照號易安居士，濟南人。格非之女，趙明誠妻。

醉花陰　九日

薄霧濃雲愁永晝。瑞腦銷金獸。佳節又重陽，玉枕紗廚，半夜涼初透。　東籬把酒黃昏後。有暗香盈袖。莫道不銷魂，簾卷西風，人似黄花瘦。

《瑯嬛記》卷中：易安以重陽《醉花陰》詞函明誠，明誠嘆賞，自愧弗逮，務欲勝之。一切謝客，忘食忘寢者三日夜，得五十闋，雜易安作，以示友人陸德夫。德夫玩之再三曰：「只三句極佳。」明誠詰之，答曰：「莫道不銷魂，簾捲西風，人似黄花瘦。」政易安作也。

一剪梅

紅藕香殘玉簟秋。輕解羅裳，獨上蘭舟。雲中誰寄錦書來？鴈字回時，月滿西樓。　花自飄零水自流。一種相思，兩處閑愁。此情無計可消除，纔下眉頭，卻上心頭。

《瑯嬛記》卷中：趙明誠幼時，其父將爲擇婦。明誠晝寢，夢誦一書，覺來唯憶三句云：「言與司合，安上已脱，芝芙草拔。」以告其父。其父爲解曰：「汝殆得能文詞婦也。言與司合是詞字，安上已脱是女字，芝芙草拔是之夫二字，非謂汝爲詞女之夫乎？」後李翁以女女之，即易安也，果有文章。易安結褵未久，明誠即負笈遠游，易安殊不忍別，覓錦帕書《一剪梅》詞以送之。

李邴

邴字漢老，濟州任城人。崇寧五年進士，累官翰林學士。紹興初，拜參知政事、資政殿學士，寓泉州卒。

玉蝴蝶

壯歲分符方面，蕙風香偃，禾稼春融。報政朝天，歸去穩步鼇宫。望堯蓂，九重絳闕，頒漢詔，五色芝封。湛恩濃。錦衣槐里，重繼三公。　　雍容。臨歧祖帳，綺羅環列，冠蓋雲叢。滿城桃李，盡將芳意謝東風。柳煙輕，萬條離恨，花露重，千點啼紅。莫匆匆。且陪珠履，同醉金鍾。

《能改齋漫録》卷十七：寶文閣直學士連南夫鵬舉，罷守泉南，李右丞邴漢老送之以詞，寄

《玉蝴蝶》。

向子諲

子諲字伯恭，臨江人。元符初，以恩補官。高宗朝，歷徽猷閣直學士，知平江府，尋致仕。號所居曰薌林。

滿庭芳

月窟蟠根，靈巖分種，絶知不是塵凡。瑠璃剪葉，金粟綴花繁。黄菊周旋避舍，友蘭蕙、羞殺山樊。清香遠，秋風十里，鼻觀已先參。酒闌。聽我語，平生半是，江北江南。經行處，無窮緑水青山。常被此花相惱，思共老、結屋中間。不因著，薌林底事，游戲到人寰。

《碧雞漫志》卷二：向伯恭用《滿庭芳》曲賦木犀，約陳去非、朱希真、蘇養直同賦，「月窟蟠根，雲巖分種」者是也。然三人皆用《清平樂》和之。去非云：「黄衫相依，翠葆層層底。八月江南風日美，弄影山腰水尾。楚人未識孤妍，離騷遺恨千年。無住菴中新事，一枝唤起幽禪。」希真云：「人間花少，菊小芙蓉老。冷淡仙人偏得道，買定西風一笑。前身元是江梅，黄姑點破冰肌。只有暗香猶在，飽參清似南枝。」養直云：「斷崖流水，香度青林底。元配騷人蘭與芷，不數春風桃李。淮南叢桂小山，詩翁合得躋攀。身到十洲三島，心游萬壑千巖。」後伯恭再賦木犀，亦寄《清平樂》，贈韓璜叔夏云：「吴頭楚尾，踏破芒鞋底。萬壑千巖秋色裏，不奈惱人風味。如今老我薌林，世間百不關心。獨喜愛香韓壽，能來同醉花陰。」韓和云：「秋光如水，釀作鵝黄蟻。散入千巖佳樹裏，惟許脩門人醉。輕鈿重上風鬟，不禁月冷霜寒。步障深沈歸去，依然愁滿江山。」初，劉原父亦以《清平樂》賦木犀云：「小山叢桂，最有留人意。拂葉攀花無限思，溼濃香滿袂。别來過了秋光，翠簾昨夜新霜。多少月宫閒地，姮娥借與微芳。」同一花一曲，賦者六人，必有第其高下者。

案：此首全詞見《酒邊詞》。又《清平樂》六詞，亦見《夷堅三志》壬卷第七。

顔博文

博文字持約，德州人。政和五年進士。靖康初，官著作佐郎、中書舍人。

品　令

夜蕭索。側耳聽，清海樓頭吹角。停歸棹，不覺重門閉，恨只恨，暮潮落。　偷想紅啼緑怨，道我真箇情薄。紗窗外，厭厭新月上，應也則，睡不著。

《能改齋漫録》卷十七：顔持約流落嶺外，舟次五羊，作《品令》云：詞如上略。朱希真，洛陽人，亦流落嶺外。九日作《沙塞子》云：「萬里飄零南越，山引淚，酒添愁。不見鳳樓龍闕，又驚秋。九日江亭閒望，蠻樹繞，瘴雲浮。腸斷紅蕉花晚，水東流。」不減唐人語。

胡松年

松年字茂老，海州懷仁人。政和中，上書釋褐，補濰州教授。建炎間，以給事中試工部尚書。使金還，拜吏部尚書。以疾提舉洞霄宫卒。

石州慢

月上疎簾，風射小窗，孤館岑寂。一杯强洗愁懷，萬里堪嗟行客。亂山無數，晚秋雲物蒼然，何如輕抹淮山碧。喜氣拂征衣，作眉間黄色。　役役。馬頭塵暗，斜陽隴首，路回飛翼。夢裏姑蘇城外，錢塘江北。故人應念我，負吹帽佳時，同把金英摘。歸路且加鞭，趁梅花消息。

又

歌闋《陽關》，腸斷短亭，惟有離别。畫船送我薰風，瘦馬迎人飛雪。平生幽夢，豈知塞北江南，而今真歎河山闊。屈指數分攜，蚤許多時節。　愁絶。雁行點點，雲垂木葉，霏霏霜滑。正是荒城落日，空山殘月。一尊誰念我，苦憔悴天涯，陡覺生華髮。賴有紫樞人，共揚鞭丹闕。

《雲麓漫鈔》卷第十四：樞密胡公松年，紹興間使虜，彼盛稱甲兵之富。既歸，作《石州詞》二首。

李持正

持正字季秉。政和五年進士。歷知德慶、南劍、潮陽三郡，終朝請大夫。

明月逐人來

星河明淡，春來深淺。紅蓮正、滿城開遍。禁街行樂，暗塵香拂面。皓月隨人近遠。　天半鼇山，光動鳳樓兩觀。東風靜、珠簾不捲。玉輦將歸，雲外聞絃管。認得宫花影轉。

人月圓

小桃枝上春風早，初試薄羅衣。年年樂事，華燈競處，人月圓時。　禁街簫鼓，寒輕夜永，纖手重攜。更闌人散，千門笑語，聲在簾幃。

《能改齋漫録》卷十六：樂府有《明月逐人來》詞，李太師撰譜，李持正製詞云：詞如上略。東坡曰：「好箇『皓月隨人近遠！』」持正又作《人月圓令》，尤膾炙人口。近時以爲小王都尉作，非也。

幼卿

幼卿，宣和時人。

浪淘沙

目送楚雲空。前事無蹤。漫留遺恨鎖眉峰。自是荷花開較晚，孤負東風。　客館歎飄蓬。聚散匆匆。揚鞭那忍驟花驄。望斷斜陽人不見，滿袖啼紅。

《能改齋漫録》卷十六：宣和間，有題於陝府驛壁者云：幼卿少與表兄同硯席，雅有文字之好。未笄，兄欲締姻，父母以兄未禄，難其請，遂適武弁公。明年，兄登甲科，職教洮房，而良人統兵陝右，相與邂逅於此。兄鞭馬，略不相顧，豈前憾未平耶？因作《浪淘沙》以寄情云。詞如上略。

鄭意娘

意娘，楊思厚妻。

好事近

往事與誰論？無語暗彈清血。何處最堪腸斷？是黄昏時節。倚樓凝望又徘徊，誰解此情切？何計可同歸雁？趁江南春色。

《詞統》卷五：意娘，宣政間，撒八太尉自盱眙掠得之，不辱而死。魂常出游，思厚奉使燕山，訪其瘞處，與之相見，有《好事近》詞云。詞如上略。

案：此詞原見《楊思温燕山逢故人》小説。

竊杯女子

鷓鴣天

月滿蓬壺燦爛燈。與郎攜手至端門。貪觀鶴降笙簫舉，不覺鴛鴦失卻群。天漸曉，感皇恩。傳宣賜酒臉生春。歸家切恐公婆責，乞賜金盃作照憑。

《宣和遺事》亨集：「臣妾有一詞上奏天顔，這詞名《鷓鴣天》。」徽宗覽畢，就賜金盃與之。

案：《歲時廣記》卷十亦載此事。

念奴嬌

桂魄澄輝，禁城内、萬盞華燈羅列。無限佳人穿繡徑，幾多妖艷奇絶。鳳燭交光，銀燈相射，奏簫韶初歇。鳴梢響處，萬民瞻仰宫闕。　妾自閨門給假，與夫攜手，共賞元宵，誤到玉皇金殿砌，賜酒金盃滿設。量窄從來，紅凝粉面，尊見無憑説。假王金盞，免公婆責罰臣妾。

《宣和遺事》亨集：帝准奏，再令婦人做一詞。婦人請命題。准聖旨，令將金盞爲題，《念奴嬌》爲調。女子領了聖旨，口占一詞道：詞如上略。徽宗見了此詞，大悦，不許後人攀例，賜盞與之。

江致和

致和，政和、崇寧間太學生。

五福降中天

喜元宵三五，縱馬御柳溝東。斜日映朱簾，瞥見芳容。秋水嬌横俊眼，膩雪輕鋪素胸。愛把菱花，笑匀粉面露春葱。　徘徊步懶，奈一點靈犀未通。悵望七香車去，慢輾春風。雲情雨態，願暫入陽臺夢中。路隔煙霞甚時遇，許到蓬宫？

《歲時廣記》十二引《古今詞話》：「崇寧間，上元極盛。太學生江致和在宣德門觀燈，會車輿上遇一婦人，姿質極美，恍然似有所失，歸運毫楮，遂得小詞一首。明日妄意復游故地，至晚車又來，致和以詞投之。自後屢有所遇，其婦笑謂致和曰：『今日喜得到蓬宫矣。』詞名《五福降中天》。」

案：《緑窗新話》上引《古今詞話》，亦有此文。

宋齊愈

齊愈字文淵，一云字退翁。靖康初，官諫議大夫。建炎初，以推舉僞楚論死。

眼兒媚

霏霏疎影轉征鴻。人語暗香中。小橋斜渡，曲屏深院，水月濛濛。　人間不是藏春處，玉笛曉霜空。江南處處，黄垂密雨，緑漲薰風。

《唐宋諸賢絶妙詞選》卷八：宣和間，齊愈爲太學官，固陵召對曰：「卿文章新奇，可作梅詞進呈，須是不經人道語。」齊愈立進《眼兒媚》詞，天語稱善。次日，諭近臣曰：「宋齊愈梅詞，非惟不經人道，又且自開花説至結子黄熟，并天色言之，可謂盡之矣。」

袁綯

綯，政和中，爲教坊判官。

撒金錢

頻瞻禮。喜昇平，又逢元宵佳致。鼇山高聳翠。對端門、珠璣交製。似嫦娥降仙宫，乍臨凡世。　恩露匀施，憑御闌，聖顔垂視。撒金錢，亂抛墜。萬姓推搶没理會。告官裏，這失儀，且與免罪。

《宣和遺事》亨集：楊戩、王仁、何霍、六黄大尉，這四箇得了聖旨，交撒下金錢銀錢，與萬姓搶金錢。那教坊大使袁綯曾作一調，名做《撒金錢》。是夜撒金錢後，萬姓各各徧游市井。

傳言玉女

淺淡梳妝，愛學女真梳掠。艷容可畫，那精神怎貌？鮫綃映玉，鈿帶雙穿纓絡。歌音清麗，舞腰柔弱。　宴罷瑶池，御風跨皓鶴。鳳凰臺上，有蕭郎共約。一面笑開，向月斜褰朱箔。東園無限，好花羞落。

《續骫骳説》：政和中，袁綯爲教坊判官，製撰文字。一日，爲蔡京撰《傳言玉女》詞，有「淺淡梳妝，愛學女真梳掠」之語。上見之，索筆改「女真」二字爲「漢宫」，而人莫解。蓋當時已與女真盟於海上矣，而中外未知，帝思其語，故竄易之也。

連仲宣

仲宣，貴溪人。

念奴嬌

暗黄著柳，漸寒威收斂，日和風細。□□端門初錫宴，鬱鬱葱葱佳氣。太一行春，青藜照夜，夜色明如水。鼇山綵結，恍然移在平地。　曲蓋初展湘羅，玉皇香案，近雕欄十二。夾道紅簾齊卷上，兩行絶新珠翠。清蹕聲乾，傳柑宴罷，閃閃星毬墜。下樓歸去，觚稜月銜龍尾。

《歲時廣記》卷十一引《本事詞》：連仲宣者，信之貴溪人也，少不事科舉，留意觴詠。宣和間，客京師，適遇元宵，徽宗御宣德樓，錫宴近臣，與民同樂，仲宣進《念奴嬌》詞，稱旨，特免文解。

賈　奕

奕官右廂都巡官，帶武功郎。

南鄉子

閒步小樓前。見箇佳人貌類仙。暗想聖情渾似夢，追歡。執手蘭房恣意憐。一夜説盟言，滿掬沈檀噴瑞煙。報道早朝歸去晚，回鑾。留下鮫綃當宿錢。

《宣和遺事》亨集：那賈奕那裏喫，待喫下，又長嘘氣。見筆硯在側，用手拈起筆來，拂開花箋，便寫作小詞一章，詞寄《南鄉子》。師師見了大驚，順手將這曲兒收放妝盒内。

蔣興祖女

興祖，靖康間，陽武令。

減字木蘭花

朝雲横度。轆轆車聲如水去。白草黄沙。月照孤村三兩家。　　天天去也，萬結愁腸無晝夜。漸近燕山。回首鄉關歸路難。

《梅磵詩話》卷下：靖康間，金人犯闕，陽武蔣令興祖死之，其女爲賊虜去，題字於雄州驛中，叙其本末，仍作《減字木蘭花》詞。蔣令浙西人，其女方笄，美顔色，能詩詞，鄉人皆能道之。此湯巖起詩，《滄海遺珠》所載。

邢俊臣

俊臣，汴京戚里子。

臨江仙

巍峨萬丈與天高。物輕人意重，千里送鵝毛。

《寓簡》卷第十：汴京時，有戚里子邢俊臣者，性滑稽，喜嘲詠，嘗出入禁中，善作《臨江仙》詞，末章必用唐律兩句爲譃，以調時人之一笑。徽皇朝，置花石綱，取江淮奇卉石竹，雖遠必致。石之大者曰神運石，大舟排聯數十尾，僅能勝載。既至，上皇大喜，置之艮嶽萬歲山下，命俊臣爲《臨江仙》詞，以「高」字爲韻。再拜詞已成，末句云：詞如上略。又令賦陳朝檜，以「陳」字爲韻。檜亦高五六丈，圍九尺餘，枝柯覆地幾百步。詞末云：「遠來猶自憶梁陳。江南無好物，聊贈一枝春。」其規諷似可喜，上皇容之不怒也。内侍梁師成，位兩府，甚尊顯用事，以文學自命，尤自矜爲詩。因進詩，上皇稱善，顧謂俊臣曰：「汝可爲好詞以詠師成詩句之美。」且命押「詩」字韻。俊臣口占，末云：「用心勤苦是新詩。吟安一箇字，撚斷數莖髭」。上皇大笑，師成愠見，譖俊臣漏泄禁中語，責爲越州鈐轄。太守王嶷聞其名，置酒待之。醉歸，燈火蕭疎。明日，攜詞見帥，叙其寥落之狀，末云：「捫窗摸户入房來。笙歌歸院落，燈火下樓臺。」席間有妓秀美，而肌白如玉雪，頗有腋氣難近。豐甫令乞詞，末云：「酥胸露出白皚皚。遥知不是雪，爲有暗香來。」又有善歌舞而體肥者，詞云：「只愁歌舞罷，化作彩雲飛。」俊臣亦頗有才者，惜其用工止如此耳。

洪　皓

皓字光弼，鄱陽人。政和五年進士。建炎三年，假禮部尚書，使金不屈，被留十五年始還。除徽猷閣直學士，尋謫英州，徙袁州，卒。

江梅引

天涯除館憶江梅。幾枝開？使南來。還帶餘杭、春信到燕臺。准擬寒英聊慰遠，隔山水，應銷落，赴愬誰？　空恁遐想笑摘蕊。斷回腸，思故里。漫彈綠綺。引《三弄》，不覺魂飛。更聽胡笳、哀怨淚沾衣。亂插繁華須異日，待孤諷，怕東風，一夜吹。

其　二

春還消息訪寒梅。賞初開。夢吟來。映雪銜霜、清絕繞風臺。可怕長洲桃李妬，度香遠，驚愁眼，欲媚誰？　曾動詩興笑冷蕊。效少陵，惹《下里》。萬枝連綺。歎金谷、人墜鶯飛。引領羅浮、翠羽幻青衣。月下花神言極麗，且同醉，休先愁，玉笛吹。

其　三

重閨佳麗最憐梅。牖春開。學妝來。爭粉翻光、何遽落梳臺。笑坐雕鞍歌古曲，催玉柱，金巵滿，勸阿誰？　貪爲結子藏暗蕊。領蛾眉，隔千里。舊時羅綺。已零散，沈謝雙飛。不見嬌姿、真悔著單衣。若作和羹休訝晚，墮煙雨，任春風，片片吹。

《容齋五筆》卷第三：「先忠宣公好讀書，北困松漠十五年，南謫嶺表九年，重之以風淫末疾，而翻閱書策，早暮不置，尤熟於杜詩。初歸國到闕，命邁作謝賜物一劄子，竄定兩句云：『已爲死別，偶遂生還。』謂邁曰：『此雖不必泥出處，然有所本更佳。東坡海外表云：子孫慟哭於江邊，已爲死別。杜老《羌村》詩云：世亂遭飄蕩，生還偶然遂。正用其語。』在鄉邦日，招兩使者會集，出所將宣和殿書畫舊物示之。提刑洪慶善作詩曰：『願公十襲勿浪出，六丁取將飛辟歷。』辟歷二字如古文，不從雨。公和之曰：『萬里懷歸爲公出，往事宣和空歷歷！』邁請其意，曰：『亦出杜詩歷歷開元事，分明在目前也。』紹興丁巳，所在始歌《江梅引》詞，不知爲誰人所作，己未、庚申年，北庭亦傳之。至於壬戌，公在燕，赴張總侍御家宴，侍妾歌之，感其『念此情、家萬里』之句，愴然曰：『此歌殆爲我作！』既歸不寐，遂用韻賦四闋。時在囚拘中，無書可檢，但有《初學記》，韓、杜、蘇、白樂天集，所引用句語，一一有來處。北方不識梅花，士人罕有知梅事者，故皆注所出。其一，《憶江梅》云：詞如上略。元注引杜公：『忽憶兩京梅發時。』『胡笳在樓上，哀怨不堪聽。』『安得健步移遠梅，亂插繁華向晴昊。』樂天《憶杭州梅花》：『三年閑悶在餘杭，曾爲梅花醉幾場。』車駕時在臨安。柳子厚：『欲爲萬里贈，杳杳山水隔。寒英坐銷落，何用慰遠客？』江總：『桃李佳人欲相照，摘蕊牽花來並笑。』高適：『遥憐故人思故鄉，梅花滿枝空斷腸！』盧仝：『含愁更奏緑綺琴，相思一夜梅花發。』劉方平：『晚歲芳梅樹，繁華四面同。東風吹漸落，一夜幾枝空。』東坡：『忽見早梅花，不飲但孤諷。』『一夜東風吹石裂，半隨飛雪度關山。』其二，《訪寒梅》云：詞如上略。注引李太白：『聞道春還未相識，走傍寒梅訪消息。』『綠珠樓下梅花滿，今日曾無一枝在。』江總：『金谷萬株連綺甍，梅花隱處藏嬌鶯。』何遜：『銜霜當路發，映雪擬寒開。枝橫卻月觀，花繞凌風臺。』杜公：『東閣官梅動詩興，還如何遜在揚州。』『未將梅蕊驚愁眼，要取椒花媚遠天。』『巡簷索共梅花笑，冷蕊疎枝半不禁。』樂天：『賞自初開直至落。』『莫怕長洲桃李妒，明年好爲使君開。』王昌齡夢中作梅花詩。梁簡文賦『香隨風而遠度』，及趙師雄《羅浮見美人在梅花下有翠羽啾嘈相顧》詩云：『學妝欲待問花神。』崔櫓：『初開已入雕梁畫，未落先愁玉笛吹。』其三，《憐落梅》注引梁簡文賦：『重閨佳麗，貌婉心嫻。憐早花之驚節，訝春光之遺寒。』『顧影丹墀，弄此嬌姿。洞開春牖，四卷羅帷。春風吹梅畏落盡，賤妾爲此斂蛾眉。』又：『爭樓上之落粉，奪機中之織素。』梁王詩：『翻光同雪舞。』鮑泉：『縈窗落梳臺。』江總：『滿酌金巵催玉柱，落梅樹下宜歌舞。』太白：『千金駿馬邀少妾，笑坐雕鞍歌落梅。』古曲有《落梅花》。又：『片片吹落春風香。』謝莊賦：『隔千里兮共明月。』庾信：『早知覓不見，真悔著衣單。』東坡：『抱叢暗蕊初含子，玉妃謫墮煙雨村。』王建：『自是桃花貪結子。』第四篇失其稿。每首有一笑字，北人謂之四笑《江梅引》。爭傳寫焉。」

《陽春白雪》卷七載洪皓《江梅引》一首云：「去年湖上雪欺梅。月飛來，片雲開。雪月光中，無處認樓臺。今歲梅開依舊雪，人如月，對花笑，還有誰？一枝兩枝三四蕊。想西湖，今帝里。彩牋爛綺。孤山外，目斷雲飛。坐久花寒，香露溼人衣。誰作叫雲橫短玉，《三弄》徹，對東風，和淚吹。」

案：此首正《江梅引》第四篇，足補《容齋隨筆》之所失。

何 㮚

㮚字文縝，仙井監人。政和五年進士。歷官中書舍人、尚書右僕射，兼中書侍郎。死靖康之難。

虞美人

分香帕子揉藍膩。欲去殷勤惠。重來直待牡丹時。只恐花枝知後故開遲。別來看盡閑桃李。日日闌干倚。催花無計問東風。夢作一雙蝴蝶遶芳叢。

《碧鷄漫志》卷二：何文縝在館閣時，飲一貴人家。侍兒惠柔者，解帕子爲贈，約牡丹開再集。何甚屬意，歸作《虞美人》曲，曲中隱其名。何書此曲與趙詠道，自言其張本云。

案：此事又見《夷堅三志》壬卷第七。

韓世忠

世忠字良臣，延安人。南渡歷太保，封英國公，兼河北諸路招討使。秦檜收三大將權，拜樞密使，連疏乞罷。

臨江仙

冬看山林蕭疎淨，春來地潤花濃。少年衰老與山同。世間爭名利，富貴與貧窮。榮貴非干長生藥，清閑不是死門風。勸君識取主人公。單方只一味，盡在不言中。

南鄉子

人有幾何般。富貴榮華總是閑。自古英雄都如夢，爲官。寶玉妻男宿業纏。年邁已衰殘。鬢髮蒼浪骨髓乾。不道山林有好處，貪歡。只恐癡迷誤了賢。

《梁谿漫志》卷八：紹興間，韓蘄王自樞密使就第，放浪湖山，匹馬數童，飄然意行。一日，至湖上，遥望蘇仲虎尚書宴客，蘄王徑造其席，喜甚，醉歸。翌日折簡謝，餉以羊羔，且作二詞，手書以贈，蘇公緘藏之，親題其上云：「二闋三紙勿亂動。」淳熙丁未，蘇公之子壽父山丞太府，攜以示蘄王長子莊敏公，莊敏以示予，字畫殊傾欹，然其詞乃林下道人語。莊敏云：「先人生長兵間，不解書，晚年乃稍稍能之耳。」其一詞《臨江仙》云：詞如上略。其一《南鄉子》云：詞如上略。

邵緝

緝字公序。

滿庭芳

落日旌旗，清霜劍戟，塞角聲喚嚴更。論兵慷慨，齒頰帶風生。坐擁貔貅十萬，銜枚勇，雲槊交横。笑談頃，匈奴授首，千里静欃槍。　荆襄人按堵，提壺勸酒，布穀催耕，芝夫蕘子，歌舞威名。好是輕裘緩帶，驅營陣，絶漠横行。功誰紀？風神宛轉，麟閣畫丹青。

《金陀續編》卷二十八：岳王在鄂州爲宣撫使，紀律嚴明，路不拾遺，秋毫無犯，軍民皆樂，雖古名將無以加。邵緝公序因作《滿庭芳》贈之。

案：此詞文字從《渚山堂詞話》卷一。

紫姑

瑞鶴仙

覦嬌紅細捻。是西子當日，留心千葉。西都競栽接。賞園林臺榭，何坊日涉。輕羅慢褶。費多少，陽和調爕！向曉來，露浥芳苞，一點醉紅潮頰。　雙曆。姚黄國豔，魏紫天香，倚風羞怯。雲鬟淺插，便引動狂蜂蝶。況東君開宴，賞心樂事，莫惜獻酬頻疊。看相將，紅葉翻階，尚餘侍妾。

《夷堅支景》卷第六：吴興周權選伯，乾道五年知衢州西安縣，招郡士沈延年爲館生，邀致紫姑神，每談未來事，未嘗不驗。尤善屬文，清新敏捷，出人意表。周每餘暇，必過而觀之。嘗聞窗外鵲噪甚急，周試扣曰：「鵲聲頗喜，未審報何事？」即書一絶句，末聯云：「窗前接接緣何事，萬里看君上豹關。」周笑曰：「權乃區區邑長，大仙一何相奉過情耶？」是日，周與一小史執箕，箕忽躍而起，奮筆塗小史之頰，大書云：「不潔。」周表姪胡朝舉在旁，因代其事。俄又昂首舉筆，向周移時，若凝視狀，諸人皆悚然。徐就案書數十字，大略云：「平時見令尹，神氣未清，面多滯色，今日一覘犀顴，日月角明，天庭瑩徹，三七日内，必有召命之喜，當切記之，毋謂謔語。」時十月下旬也。

至十一月十三日，大程官自臨安來報召命。越二日，省帖下，以周捕獲僞造楮券，遷一官，仍越都堂審察，距前所説十有八日云。後三年，周從監左藏西庫擢守婺，沈生偕往，周欲延鄉僧智勇住持小院白山，曰：「此僧絶可人，工琴善弈，仙能爲作請疏否？」援筆立書，其警句云：「指下七弦，彈徹古來之曲。局中一著，深明向上之機。」詞既藻麗，且深測禪理。通判方粢宴客，就郡借妓，周適邀仙，從容因求賦一詞往侑席。仙乞題，指瓶内一捻紅牡丹，令詠之。又乞詞名及韻，令作《瑞鶴仙》用捻字爲韻，意欲以險韻困之，亦不思而就。其語云：詞如上略。既成，略不加點，其他詩文非一，皆可諷玩。周以紹熙甲寅爲福建安撫參議官，大兒仵貳福州，其説如此。

白　苧

繡簾垂，畫堂悄，寒風淅瀝。遥天萬里，黯淡同雲冪冪。漸紛紛，六花零亂散空碧。姑射。宴瑶池，把碎玉零珠抛擲。林巒望中，高下瓊瑶一色。嚴子陵，釣臺歸路迷蹤跡。追昔。燕然畫角，寶鑰珊瑚，是時丞相，虚作銀城换得。當此際、偏宜訪袁安宅。醺醺醉了，任他金釵舞困，玉壺頻側。又恐東君，暗遣花神，先報南國。昨夜江梅，漏泄春消息。

《碧鷄漫志》卷二：正宫《白苧》曲賦雪者，世傳紫姑神作，寫至「追昔。燕然畫角，寶鑰珊瑚，是時丞相，虚作銀城换得」，或問其出處，答云：「天上文字，汝那得知？」末後句「又恐東君，暗遣花神，先到南國。昨夜江梅，漏泄春消息」，殊可喜也。

案：此事又見《夷堅三志》壬卷第七。

陳襲善

襲善，河朔掾。

漁家傲　游鷲嶺作

鷲嶺峰前欄獨倚。愁眉蹙損愁腸碎。紅粉佳人傷别袂。情何已？登山臨水年年是。　長記同來今獨至。孤舟晚漾湖光裹。衰草斜陽無限意。誰與寄？西湖水是相思淚。

《西湖游覽志餘》第十六卷：宋有陳襲善者，游錢唐，與營妓周子文甚狎，挾之遍歷湖山。後襲善去爲河朔掾，宿奉高驛，夢子文搴幃嚬蹙，挽之不可，冉冉悲啼而没。久之，得故人書，云子文死矣，按其月日，則宿奉高驛時也。既歸，游鷲嶺，作《漁家傲》以寄情焉。

采桑子

尊前眼底。南國風光都在此。移過江來。從此江南不復開。

《苕溪漁隱叢話》後集卷第三十七引《復齋漫録》云：「元豐末，張銑樞言龍圖之守杭也，一日，宴客湖上，劉涇巨濟、僧仲殊在焉。樞言命即席賦詩曲，巨濟先唱云：『憑誰妙筆，横掃素縑三百尺。天下應無，此是錢塘湖上圖。』仲殊遽云：『一般奇絶，雲淡天高秋夜月。費盡丹青，只這些兒畫不成。』樞言又出梅花，邀二人同賦。仲殊即作前章云：『江南二月，猶有枝頭千點雪。邀上芳尊，卻占東君一半春。』巨濟不復繼也。後陳襲善云：『我爲續之。』」

曾乾曜

醜奴兒

驀地廝看時。赤帕那、迪功郎兒。氣岸昂昂因權縣，廳子叫道，宣教請後，有無限威儀。

先自不相知。取奉著、剗地胡揮。甚時得歸京裏去，兩省八座，横行正任，卻會嫌卑。

《雞肋編》卷上：周曼，衢州開化縣孔家步人。紹興二年，以特奏名補右迪功郎，授潭州善化縣尉，待闕。有人以柬與之，往尋周官人家。曼怒曰：「我是宣教，甚喚作官人！看汝主人面，不欲送汝縣中喫棒。」又嘗夜至邑中靈山寺，以知事不出參，呼而捶之曰：「我是國家命官，怎敢恁地無法！」就欲作狀解官，群僧禱之，且令其僕取賂而已。曾乾曜有《醜奴兒》詞十三首，皆詠外州風物。其一云：詞如上略。今觀周所爲，則曾詞摹寫已大耐富貴矣。

案：此詞與黄山谷《醜奴兒》調同，黄詞前後闋末均四字句三句，此詞前闋末句多一字。

李　生

漁家傲

庭院黄昏人悄悄。兩情暗約誰知道？咫尺蓬山難一到。明月照。潛身只得聽言笑。　特地嗟吁傳密耗，芳衷要使郎心表。此際歸來愁不少。縈懷抱。卿卿消得人煩惱。

《雲齋廣録》卷六載《雙桃記》略云：李生與王蕭娘有私情，曾作《漁家傲》一闋以寄之。蕭覽之，涕淚交頤，幾至暈絶。後蕭父許蕭劉氏子，方親迎日，蕭已自縊於室中矣。

柳　富

富字潤卿，東都人。

醉高樓

人間最苦，最苦是分離。伊愛我，我憐伊。青草岸頭人獨立，畫船東去櫓聲遲。楚天低，回望處，兩依依。　後會也知俱有願，未知何日是佳期。心下事，亂如絲。好天良夜還虚過，辜負我，兩心知。願伊家，衷腸在，一雙飛。

《青瑣高議》前集卷之十《王幼玉記》略云：王生名真姬，字仙才，小字幼玉，本京師人，隨父流落湖外，家於衡州。女弟兄三人，皆爲名娼，與東都人柳富善，每風前月下，執手戀戀不相捨。既久，其妹知之，欲訟富於官府。富自是與幼玉訣，作《醉高樓》。玉唱之，悲惋不能終曲。

譚意哥

意哥小字英奴，隨親生於英州。喪親，流落長沙爲妓，後適張正字。

極相思令

湘東最是得春先。和氣煖如綿。清明過了，殘花巷陌，猶見鞦韆。　　對景感時情緒亂，這密意，翠羽空傳。風前月下，花時永晝，灑淚何言！

長相思令

舊燕初歸，梨花滿院，迤邐天氣融和。新晴巷陌，是處輕車駿馬，禊飲笙歌。舊賞人非，對佳時，一向樂少愁多。遠意沈沈，幽閨獨自顰蛾。　　正消黯、無言自感，凭高遠意，空寄烟波。從來美事，因甚天教，兩處多磨？開懷强笑，向新來、寬卻衣羅。似恁他人怪憔悴，甘心總爲伊呵！

《青瑣高議》別集卷之二略云：譚意哥，小字英奴，隨親生於英州。喪親，流落長沙，墜入娼家。後遇汝州張正字，嘗作《極相思令》《長相思令》，以寄幽思。

李　氏

李氏西洛人，適張浩。

極相思

日紅疎翠密晴暄。初夏困人天。風流滋味，傷懷盡在，花下風前。　後約已知君定，這心緒、盡日懸懸。鴛鴦兩處，清宵最苦，月甚先圓？

《青瑣高議》别集卷之四略云：張浩字巨源，西洛人，與東鄰女李氏善。女有詞贈之，名《極相思》。後府尹作伐，卒娶李氏。

劉　濬

濬，潞州人。

期夜月

金鈎花綬繫雙月。腰肢軃低折。揎皓腕，縈繡結。輕盈宛轉，妙若鳳鸞飛越。無別。香檀急叩轉清切。翻纖手飄瞥。催畫鼓，追脆管，鏘洋雅奏，尚與衆音爲節。　當時妙選舞袖，慧性雅資，名爲殊絶。滿座傾心注目，不甚窺回雪。纖怯。逡巡一曲《霓裳》徹。汗透鮫綃肌潤，教人傅香粉，媚容秀發。宛降蕊珠宫闕。

《緑窗新話》卷下引《古今詞話》：「劉濬，潞州人，最有才名。樂部中，惟杖鼓鮮有能工之者。京師官妓楊素娥最工，濬酷愛之。其狀妍態作《期夜月》詞。素娥以此詞名振京師。」

施酒監

卜算子

相逢情便深，恨不相逢早。識盡千千萬萬人，終不似、伊家好。　別你登長道，轉更添煩惱。柳外朱樓獨倚欄，滿目圍芳草。

《青泥蓮花記》卷十二引《古今詞話》：「施酒監贈杭妓樂婉《卜算子》詞，婉答施云：『相思似海深，舊事如天遠。淚滴千千萬萬行，更使人、愁腸斷。要見無因見，拚了終難拚。若是前生未有緣，待重結來生願。』」

虞　策

江神子

相逢只怕有分離。許多時。暗爲期。常是眉來眼去、惹猜疑。何似總休拈弄上，輕咳嗽，有人知。　終須買箇小船兒。任風吹。儘東西。假使天涯海角、也相隨。縱被江神收領了，離不得，我和伊。

《花草粹編》卷七引《古今詞話》：「虞尚書策帥蜀，其子弟惓尹生，常苦人知，終不快其情意，作《江神子》贈之。凡綴辭多借腔叙他事，此名《江神子》，卻舉江神，可謂詠景著題也。」

范仲胤妻

伊川令

西風昨夜穿簾幕。閨院添消索。最是梧桐零落。迤邐秋光過卻。　人情音信難託。魚雁成躭閣。此句《花草粹編》原無，據《詞譜》卷九補。教奴獨自守空房，淚珠與燈花共落。

《花草粹編》卷三：仲胤爲相州録事，久而不歸，其妻寄此詞。仲胤覽之，「伊」字作「尹」字，遂作《行香子》寄回云：「頓首起情人，即日恭維問好音。接得綵箋詞一首，堪驚。題起詞名恨轉生。展轉意多情。寄與音書不志誠。不寫伊川題尹字，無心。料想伊家不要人。」妻復答云：「奴啟情人勿見罪，閑將小書作尹字。情人不解其中意。共伊間別幾多時，身邊少箇人兒睡。」胤見之，大笑稱賞，時人咸榮之。

案：此事又見《彤管遺編》後集卷第十二。

楊師純

師純，廬陵人。

清平樂

羞蛾淺淺。秋水如刀剪。窗下無人自針綫。不覺郎來身畔。　相將攜手鴛幃。忽忽不許多時。耳畔告郎低語：共郎莫使人知。

又

小庭春院。睡起花陰轉。往事舊歡離思遠。柳絮隨風難管。　等閑屈指當時。闌干幾曲誰知？爲問春風桃李。而今子滿芳枝。

《緑窗新話》卷上引《古今詞話》：「廬陵楊師純登第年，泊舟江岸。鄰舟有一姝美而豔。與師純目色相投，未嘗有一語之接。一日，師純乘酒醉，跳至鄰舟，徑獲一歡，因作《清平樂》詞以遺。後師純之官，復經故地，問其人已生數子矣。師純感舊，再作《清平樂》以遺懷。

楊端臣

端臣，生平無考。

漁家傲

有個人人情不久。而今已落他人手。且説近來伊也瘦。好教受。看誰似我能擱就。　蓮臉能勻眉黛皺。相思淚滴殘妝透。總是自家爲事謬。從今後。這回斷了心先有。

又

樓鼓數聲人跡散。馬蹄不響街塵輭。門户深深扃小院。簾不捲。背燈盡燭紅條短。　歸路恍如春夢斷。千愁萬恨知何限。昨夜月華明似練。花影畔。算來惟有嫦娥見。

阮郎歸

□□今日那人家。瑣窗紅影斜。鬌雲散亂不勝花。偷匀殘臉霞。　梁燕老，石榴花。佳期今已差。凭欄思想入天涯。暮雲重疊遮。

《緑窗新話》卷上引《古今詞話》：「楊端臣嘗買一妓，契約三年。及反，而比鄰富者賂其父母，奪而有之。端臣追恨，作《漁家傲》。嗣逢妓者，復有密會，再作《漁家傲》。其後主人稍知之，防閑甚嚴，絶無消息，遂作《阮郎歸》。」

聶勝瓊

勝瓊，都下妓。

鷓鴣天　寄李之問

玉慘花愁出鳳城。蓮花樓下柳青青。尊前一唱《陽關》曲，别箇人人第五程。　尋好夢，夢難成。況誰知我此時情？枕前淚共階前雨，隔箇窗兒滴到明。

《緑窗新話》卷下引《古今詞話》：「李公之問儀曹解長安幕，詣京師改秩。都下聶勝瓊，名娼也，質性慧黠，公見而喜之。李將行，勝瓊送之別，飲於蓮花樓，唱一詞，末句曰：『無計留君住，奈何無計隨君去。』李復留經月，爲細君督歸甚切，遂別。不旬日，聶作一詞以寄之，名《鷓鴣天》。李在中路得之，藏於篋間。抵家爲其妻所得，因問之，具以實告。妻喜其語句清健，遂出妝奩資募。後往京師取歸。瓊至，即棄冠櫛，捐其妝飾，奉承李公之室以主母禮，大和悦焉。

趙才卿

才卿，成都妓。

燕歸梁

細柳營中有亞夫。華宴簇名姝。雅歌長許佐投壺。無一日、不歡娱。　漢皇拓境思名將，捧飛詔、欲登途。從前密約盡成虚。空贏得、淚流珠。

《緑窗新話》卷下引《古今詞話》：「成都官妓趙才卿，性黠慧，有詞速敏。帥府作會以送都鈐，帥命才卿作詞，應命立就《燕歸梁》。都鈐覽之，大賞其才，以飲器數百厚遺。帥府亦賞歎焉。

都下妓

朝中措　改歐陽公詞

屏山欄檻倚晴空。山色有無中。手種庭前桃李，别來幾度春風。　文章宰相，揮毫萬字，一飲千鍾。行樂不須年少，目前看取仙翁。

《緑窗新話》卷下引《古今詞話》：「有時相本寒士，及登臺位，嘗以措大自負。生日，都下有一妓易《朝中措》數字爲壽。時相憐其善改易，又愛《朝中措》之名，厚賞之。

胡仔

仔字仲任，舜陟子。仕爲晉陵令，卜居吴興，號苕溪漁隱。

滿江紅

泛宅浮家，何處好，苕溪清境。占雲山萬疊，煙波千頃。茶竈筆牀渾不用，雪蓑月笛偏相稱。爭不教、二紀賦《歸來》，甘幽屏！　紅塵事，誰能省？青霞志，方高引。任家風舴艋，生涯笭箵。三尺鱸魚真好膾，一瓢春酒宜閒飲。問此時，懷抱向誰論？惟箕潁！

《苕溪漁隱叢話》前集卷第五十五：苕溪漁隱曰：「余卜居苕溪，日以漁釣自適，因自稱苕溪漁隱。臨流有屋數椽，亦以此命名。僧了宗善墨戲，落筆瀟灑，爲余作《苕溪漁隱圖》，覽景攄懷，時有鄙句，皆題之左方，既久益多，不能盡録，聊舉其一二云：『溪邊短短長長柳，波上來來去去船。鷗鳥近人渾不畏，一雙飛下鏡中天。』『秋雲漠漠煙蒼蒼，蘆花初白蓮葉黄。釣船盡日來往處，南村北村秔稻香。』『卷起綸竿撇櫂歸，短篷斜掩宿漁磯。日高春睡無人唤，撩亂楊花繞夢飛。』又《滿江紅》一闋云：詞如上略。」

杜大中妾

臨江仙

彩鳳隨鴉。

《苕溪漁隱叢話》前集卷第六十引《今是堂手録》：「杜大中自行伍爲將，與物無情，西人呼爲杜大蟲。雖妻有過，亦公杖杖之。有愛妾才色俱美，大中牋表皆此妾所爲。一日，大中方寢，妾至，見几間有紙筆頗佳，因書一闋寄《臨江仙》，有『彩鳳隨鴉』之語。大中覺而視之云：『鴉且打鳳。』於是掌其面，至項折而斃。」

劉彤

彤字文美，江寧章文虎妻。

臨江仙

千里長安名利客，輕離輕散尋常。難禁三月好風光。滿階芳草緑，一片杏花香。記得年時臨上馬，看人眼淚汪汪。如今不忍更思量。恨無千日酒，空斷九迴腸。

《苕溪漁隱叢話》後集卷第四十：江寧章文虎，其妻劉氏，名彤，文美其字也。工詩詞。嘗有詞寄文虎云：詞如上略。又云：「向日寄去詩曲，非敢爲工，蓋欲道衷腸萬一耳。何不掩惡，輒示他人，適足取笑文虎也。本不復作，然意有所感，不能自已，小草二章，章四句，奉寄。」其一云：「碧紗窗外一聲蟬，牽斷愁腸懶晝眠。千里才郎歸未得，無言空撥玉爐烟。」其二云：「畫扇停揮白日長，清風細細襲羅裳。女童來報新篘熟，安得良人共一觴？」

僧兒

僧兒，廣漢營妓。

滿庭芳

團菊苞金，叢蘭減翠，畫成秋暮風煙。使君歸去，千里倍潸然。兩度朱幡雁水，全勝得，陶侃當年。如何見，一時盛事，都在送行篇。　愁煩。梳洗懶，尋思陪宴，把月湖邊。有多少，風流往事縈牽。聞道霓旌羽駕，看看是玉局神仙。應相許，衝雲破霧，一到洞中天。

《苕溪漁隱叢話》後集卷第四十：廣漢營妓，小名僧兒，秀外慧中，善填詞。有姓戴者，忘其名，兩作漢守，寵之。既而得請玉局之祠以歸，僧兒作《滿庭芳》見意云：詞如上略。

王昂

昂字叔興，江都人。重和元年狀元。高宗時，除起居舍人。

好事近

喜氣擁門闌，光動綺羅香陌。行到紫薇花下，悟身非凡客。　不須朱粉汚天真，嫌怕太紅白。留取黛眉淺處，畫章臺春色。

《陶朱新録》：嘉王榜王昂作狀元，始婚禮夕，婦家立索催妝詞，昂走筆賦《好事近》：詞如上略。

張元幹

元幹字仲宗，長樂人，向子諲之甥。紹興中，坐送胡邦衡詞，得罪除名。

賀新郎

夢遶神州路。悵秋風、連營畫角，故宮離黍。底事崑崙傾砥柱。九地黄流亂注？聚萬落、千村狐兔。天意從來高難問，況人情、易老悲難訴！更南浦，送君去。　涼生岸柳銷殘暑。耿斜河、疎星淡月，斷雲微度。萬里江山知何處？回首對牀夜語。雁不到、書成誰與？目斷青天懷今古，肯兒曹、恩怨相爾汝？舉大白，唱《金縷》。

《揮麈後録》卷十：紹興戊午，秦檜之再入相，遣王正道爲計議使，以修和盟。十一月，樞密院編修官胡銓邦衡上書曰：書意請斬秦檜、王倫、孫近三人。疏入，責爲昭州監倉，而改送吏部。與合入差遣注福州簽判，蓋上初無深怒之意也。至壬戌歲，慈寧歸養，秦諷臺臣論其前言弗效，詔除名，勒停送新州編管。張仲宗元幹，寓居三山，以長短句送其行云：詞如上略。

張　生

張生，饒州舉子，元符中，游太學。

雨中花

事往人離，還似暮峽歸雲，隴上流泉。強分鸞鏡，枉斷哀絃。曾記酒闌歌罷，難忘月底花前。舊攜手處，層樓朱户，觸目依然。　從來慣向，繡幃羅帳，鎮效比翼紋鴛。誰念我、而今清夜，常是孤眠。入户不是飛絮，傍懷爭及爐煙。這回休也，一生心事，爲爾縈牽。

《玉照新志》卷第一：元符中，饒州舉子張生游太學，與東曲妓楊六者好甚密。會張生南宫不利，歸，妓欲與之俱，而張不可，約半歲必再至，若渝盟一日，則任其從人。張偶以親之命，後約數月，始至京師，首訪舊游。其鄰媪舍者迎謂曰：「君非饒州張君乎？六娘每恨君失約，日託我訪來期於學舍，其母痛折之，而念益切。前三日，母以歸洛陽富人張氏，遂偕去矣。臨發涕泣，多與我金錢，令候君來引觀故居畢，乃餞後人。」生入觀，則小樓奧室，歡館宛然，几榻猶設不動，知其初去如所言也。生大感愴，不能自持，跡其所向，百計不能知矣。作《雨中花》詞，盛傳於都下云。詞如上略。

案：《緑窗新話》卷下引《古今詞話》，此首作任昉詞。

董德元

德元字體仁，永豐人。紹興十八年進士，曾官參政。

柳梢青

滿腹文章，滿頭霜雪，滿面埃塵。直至如今，别無收拾，只有清貧。　功名已是因循。最懊恨張巡李巡。幾箇明年，幾番好運，只是瞞人。

《夷堅三志》己卷第七：董參政舉場不利，作《柳梢青》云：詞如上略。

朱翌

翌字新仲，舒州人。政和間進士。南渡後，寓家桐廬，爲中書待制忤秦檜，謫曲江。晚召還，卜居鄞，自號省事老人。

點絳脣

流水泠泠。斷橋斜路橫枝亞。雪花飛下。全勝江南畫。　白璧青錢，欲買應無價。歸來也。風吹平野。一點香隨馬。

《耆舊續聞》卷第一：待制公十八歲時，嘗作樂府云：詞如上略。朱希真訪司農公不值，於几案間見此詞，驚賞不已，遂書於扇而去，初不知何人作也。一日，洪覺範見之，叩其所從得，朱具以告。二人因同往謁司農公，問之。公亦愕然。客退，從容詢及待制公。公始不敢對，既而以實告。司農公責之曰：「兒曹讀書，正當留意經史間，何用作此等語邪？」然其心實喜之，以爲此兒他日必以文名於世。今諸家詞集及《漁隱叢話》皆以爲孫和仲或朱希真所作，非也。

張表臣

表臣字正民，單父人。紹興中，爲司農丞。

菩薩蠻

垂虹亭下扁舟住。松江煙雨長橋暮。白紵聽吴歌。佳人淚臉波。　勸傾金鑿落。莫作思家惡。緑鴨與鱸魚。如何可寄書？

《珊瑚鉤詩話》卷二：予挈家過吴江，有詞云：詞如上略。有士人覽之曰：「不聞鴨解附書，云何言鴨？」予不答。信乎柳子厚云「作之難，知之又難」，雌霓之賞爲少也。

驀山溪

樓横北固，盡日厭厭雨。欸乃數聲歌，但渺漠、江山煙樹。寂寥風物，三五過元宵，尋柳眼，覓花鬚，春色知何處？　《落梅》嗚咽，吹徹江城暮。脈脈數飛鴻，杳歸期、東風凝佇。長安不見，烽起夕陽間，魂欲斷，酒初醒，獨下危梯去。

《珊瑚鉤詩話》卷二：李衛公鎮南徐，甘露寺僧有戒行，公贈以方竹杖，出大宛國，蓋公之所寶也。及公再來，問杖無恙否，僧欣然曰：「已規圓而漆之矣。」公嗟惋彌日。予近在鎮江攝帥幕，暇日與同僚游甘露寺，偶題近作小詞於壁間云：詞如上略。其僧頑俗且聵，愀然謂同官曰：「方泥得一堵好壁，可惜寫了。」予知之，戲曰：「近日和尚耳明否？」曰：「背聽如舊。」予曰：「恐賢眼目亦自來不認得物事。壁間之題，漫圬墁之，便是甘露寺祖風也。」聞者大笑。

趙桓

桓即欽宗，徽宗長子。大觀五年，立爲皇太子，宣和七年，詔嗣位。在位二年，金人脅上皇及帝北行。紹興三十一年卒。

眼兒媚

宸傳四百舊京華。仁孝自名家。一旦奸邪，傾天坼地，忍聽搊琶。　如今塞外多離索，迤邐遠胡沙。家邦萬里，伶仃父子，向曉霜花。

《宣和遺事》利集：是夕宿一林下，時月微明，有番首吹笛，其聲嗚咽特甚。太上口占一詞曰：「玉京曾憶舊繁華，萬里帝王家。瓊林玉殿，朝喧絃管，暮列笙琶。花城人去今蕭索，春夢遶胡沙。家山何處？忍聽羌笛，吹徹《梅花》。」太上謂帝曰：「汝能賡乎？」帝乃繼韻曰：詞如上略。

西江月

歷代恢文偃武，四方晏粲無虞。姦臣招致北匈奴。邊境年年侵侮。一旦金湯失守，萬邦不救鑾輿。我今父子在穹廬。壯士忠臣何處？

又

塞鴈嗈嗈南去。高飛難寄音書。祇應宗社已丘墟。願有真人爲主。　嶺外雲藏曉日，眼前路憶平蕪。寒沙風緊淚盈裾。難望燕山歸路。

《可書》：淵聖皇帝幸沙漠，作《西江月》之曲，書賜一衛士。

何大圭

大圭字晉之，廣德人。政和八年進士，仕爲祕書省著作郎。

水調歌頭

今夕出佳月，銀漢瀉高寒。風纏雲捲，轉覺天陛玉樓寬。疑是金華仙子，又喜經年藥就，傾出玉團團。收拾江河影，都向鏡中蟠。　橫霜笛，吹明影，到中天。要令四海瞻望，千古此輪安。何歲何年無月，唯有謫仙著語，高絶不能攀。我欲喚空起，雲海路漫漫。

《歲時廣記》卷三十一引《本事詞》：「李丞相伯紀退居三山，寓居東報國寺，門下多文士從游。

中秋夜讌，座上命何大圭賦《水調歌頭》云：詞如上略。」

陸凝之

凝之字永仲，號石室，餘杭布衣。

酹江月

遠山一帶，遡晴空，極目天涯浮白。楓落鴉翻，談笑處、不覺雲濤横席。酒病方蘇，睡魔猶殢，一掃無留跡。吴帆越棹，恍然飛上空碧。長記草賦梁園，淩雲筆勢，倒三江秋色。對此驚心空悵望，老作紅塵閒客。別浦煙平，小樓人散，回首千波寂。西風歸路，爲君重噴霜笛。

《洞霄圖志》卷五：陸維之字永仲，一名凝之，字子才，餘杭人。少以計偕入汴，道遇異人謂曰：「秀才難望科第，不如還山。」贈以丹一粒，且戒俟緩急用之。及下第歸，舟循汴河，風激浪怒，且將覆，追憶前語，以丹投之，風浪始息。河上有呼其姓名者，則所遇異人也。自是有超世之志，隱於大滌山之石室，人因以石室稱之。消摇林谷，詩酒自娱。嘗觀潮錢塘，有《酹江月》詞云：詞如上略。高宗嘉賞，欲召見，辭疾不赴。及上退處北宫，嘗幸大滌，憲聖亦偕行。上問山中詩客，或以維之對，進其行卷，上讀數首，太息曰：「布衣入翰林可也。」欲歸與孝宗言之，憲聖曰：「山林隱士，必不求名，強之出山，乃大勞苦。」遂止。未幾以疾卒。太博關注子東贈先生詞，序云：「吾鄉陸永仲博學高才，自其少時有聲場屋，今棲白鹿洞下，絕葷酒，屏世事，自放塵埃之外，行將六十，而有嬰兒之色，非得道者能如是乎？」乃作《水調歌頭》一闋。詞云：「鳳舞龍蟠處，玉室與金堂。平生想望真境，依約在何方？誰信許君丹竈，便與吴君遺劍，只在洞天傍。若要安心地，須是遠名場。幾年來，開林麓，建山房。安眠飽飯清坐，無事可思量。洗盡人間憂患，看盡仙家風月，和氣滿清揚。一笑塵埃外，雲水遠相忘。」先生嘗進百論，有《石室小隱集》三卷。臨終了然，書一詩云：「岳南之館白雲端，鳳笛龍簫徹廣寒。一鶴曉飛沖碧落，群仙笑倚玉闌干。」

胡銓

銓字邦衡，廬陵人。建炎二年，進士甲科。紹興五年，以賢良方正薦，除樞密院編修官，抗疏詆和議，累謫吉陽軍。孝宗朝，歷權中書舍人，兼國子祭酒，權兵部侍郎，以資政殿學士致仕卒。

好事近

富貴本無心，何事故鄉輕別？空使猿驚鶴怨，誤薜蘿風月。囊錐剛要出頭來，不道甚時節。欲駕巾車歸去，有豺狼當轍。

《揮麈後録》卷十：邦衡在新興，嘗賦詞云：詞如上略。郡守張棣繳上之，以謂譏訕。秦愈怒，移送吉陽軍編管。棣乃擇使臣之刻峭者名游崇管押，封小項筒過海。邦衡與其骨肉徒步以涉瘴癘，路人莫不憐之。至雷州，太守王彦恭趯雖不學而有識，適使臣者行囊中有私茶，彦恭遣人捕獲，送獄奏治。別差使臣護送，仍厚饟以濟其渡海之費，邦衡賴以少甦。彦恭繇此賢士大夫推重之。棣訐邦衡後，即就除湖北提舉常平，乘軺一日而殂。又數年，秦始聞仲宗之詞，仲宗掛冠已久，以它事追赴大理削籍焉。邦衡囚朱崖幾一紀方北歸，至端明殿學士、通奉大夫，八十餘而終，謚忠簡，此天力也。

《梅磵詩話》卷上：澹菴胡公以攻和議，謫新州，守臣張棣黨附秦檜，告公嘗賦詞云：「欲駕巾車歸去，有豺狼當轍。」語言不遜，再謫吉陽軍。余觀公集中，有次羅長卿韻懷親詩云：「天乎自是我非孝，世間豈有人無親？索居誰念卜子夏，不死日飲拋青春。少年忽作老翁老，故鄉何似新州新。安得君來同夜話，寒爐自撥紅麒麟？」味詩起句亦含諷意，不但賦詞也。

俞處俊

處俊字師郝，新淦人。登建炎龍飛乙科，不及禄而卒。

百字令

殘蟬斷鴈，正西風蕭索，夕陽流水。落木無邊幽眺處，雲擁登山屐齒。歲月如馳，古今同夢，惟有悲歡異。緑尊空對，故人相望千里。　追念淮海當年，五雲行殿，咫尺天顏喜。清曉臚傳仙仗裏，衣染玉龍香細。今日天涯，黄花零亂，滿眼重陽淚。艱難多病，侵陵無奈秋思。

《獨醒雜志》卷六：俞師郝嘗因重九日賦長短句云：詞如上略。詞既出，邑人爭歌之。或曰：「詞固佳，然其言太酸辛，何故？」師郝明年竟卒，其登科時在維揚，以重九日唱名，故詞中及之。

趙　構

構即高宗，徽宗第九子。宣和三年，封康王，靖康元年，使金見留得還。勤王兵奉帝至應天府即位。紹興元年，移蹕臨安府，是爲行都。三十二年，内禪皇太子，尊爲太上皇帝。淳熙十四年卒。

漁　父

一湖春水夜來生。幾疊春山遠更横。煙艇小，釣絲輕。贏得閒中萬古名。

其　二

薄晚煙林澹翠微。江邊秋月已明輝。縱遠柂，適天機。水底閒雲片段飛。

其　三

雲洒清江江上船。一錢何得買江天。催短棹，泛長川。魚蟹來傾酒舍煙。

其　四

青草開時已過船。錦鱗躍處浪痕圓。竹葉酒，柳花氈。有意沙鷗伴我眠。

其　五

扁舟小纜荻花風。四合青山暝靄中。明細火，倚孤松。但願尊中酒不空。

其　六

儂家活計豈能明。萬頃波心月影清。傾緑酒，糝蓴羹。保任衣中一物靈。

其　七

駭浪吞舟脱巨鱗。結繩爲網也難任。綸乍放，餌初沈。淺釣纖鱗味更深。

其　八

魚信還催花信開。光風得得爲誰來？舒柳眼，落梅腮。浪煖桃花夜轉雷。

其　九

暮暮朝朝冬復春。高車肆馬趁朝身。金拄屋，粟盈囷。那知江漢獨醒人。

其　十

遠水無涯山有鄰。相看歲晚更情親。笛裏月，酒中身。舉頭無我一般人。

其十一

誰云漁父是愚翁？一葉浮家萬慮空。輕破浪，細迎風。睡起篷窗日正中。

其十二

水涵微雨湛虚明。小笠青蓑未要晴。明鑑裏，縠紋生。白鷺飛來空外聲。

其十三

無數菰蒲間藕花。棹歌輕舉酌流霞。隨處好，轉山斜。也有孤村三兩家。

其十四

春入渭陽花氣多。春歸時節自清和。衝曉霧，弄滄波。載與俱歸又若何？

其十五

清灣幽島任盤紆。一舸横斜得自如。惟有此，更無居。從教紅袖泣前魚。

寶慶《會稽續志》卷八：紹興元年七月十日，余至會稽，因覽黄庭堅所書張志和《漁父詞》十五首，戲同其韻，賜辛永宗。

望江南

江南柳，嫩緑未成陰。攀枝尚憐枝葉嫩，黄鸝飛上力難禁，留取待春深。

《詞苑萃編》卷四引《輦下紀事》：德壽宮劉妃，臨安人，入宮爲紅霞帔，後拜貴妃。又有小劉妃者，以紫霞帔轉宜春郡夫人，進婕妤，復封婉儀。皆有寵。宮中號妃爲大劉孃子，婉儀爲小劉孃子。婉儀入宮時年尚幼，德壽賜以詞云：詞如上略。

案：此歐詞，見《錢氏私誌》。

關注

注字子東，錢塘人。紹興五年進士，官湖州教授。

桂華明

縹緲神清開洞府。遇廣寒宮女。問我雙鬟梁溪舞，還記得，當時否？　碧玉詞章教仙女。爲按歌宮羽。皓月滿窗人何處？聲永斷，瑤臺路。

《墨莊漫録》卷四：宣和二年，睦寇方臘起幫源，浙西震恐，士大夫相與犇竄。關注子東在錢塘，避地攜家於無錫之梁溪。明年，臘就擒，離散之家，悉還桑梓。子東以貧甚，未能歸，乃僑寓於毗陵郡崇安寺古柏院中。一日，忽夢臨水有軒，主人延客，可年五十，儀觀甚偉，玄衣而美鬚髯。揖坐，使兩女子以銅盃酌酒，謂子東曰：「自來歌曲新聲，先奏天曹，然後散落人間，他日東南休兵，有樂府曰《太平樂》，汝先聽其聲。」遂使兩女子舞，主人抵掌而爲之節。已而恍然而覺，猶能記其五拍。子東因詩記云：「玄衣仙子從雙鬟，緩節長歌一解顔。滿引銅盃效鯨吸，低回紅袖作弓彎。舞留月殿春風冷，樂奏鈞天曉夢還。行聽新聲《太平樂》，先傳五拍到人間。」後四年，子東始歸杭州，而先廬已焚于兵火，因寄家菩提寺。復夢前美髯者，腰一長笛，手披書册，舉以示子東。紙白如玉，小朱闌界，間行似譜，有其聲而無其詞，笑謂子東曰：「將有待也。往時在梁溪，曾按《太平樂》，尚能記其聲否乎？」子東因爲之歌。美髯者援腰間笛，復作一弄，亦能記其聲，蓋是重頭小令。已而遂覺。其後又夢至一處，榜曰「廣寒宫」，宫門夾兩池，水瑩淨無波，地無纖草，仰視嵬峩，若洞府然，門鑰不啟。或有告之者曰：「但曳鈴索，呼月姊，則門開矣。」子東從其言，試曳鈴索，果有膺者。乃引入至堂宇，見二仙子，皆眉目疎秀，端莊靚麗，冠青瑶冠，衣彩霞衣，似錦非錦，似繡非繡。因問引者曰：「此謂誰？」曰：「月姊也。」乃引子東升堂，皆再拜。月姊因問：「往時梁溪，曾令雙鬟歌舞，傳《太平樂》，尚能記否？又遣紫髯翁傳吹新聲，亦能記否？」子東曰：「悉記之。」因爲歌之。月姊喜見顔面，復出一紙，書以示子東曰：「亦新詞也。」姊歌之，其聲宛轉似樂府《昆明池》。子東因欲強記之，姊有難色。顧視手下紙，化爲碧，字皆滅跡矣。因揖而退，乃覺，時已夜闌矣。獨記其一句云「深誠杳隔無疑」，亦不知爲何等語也。前後三夢，後多忘其聲，惟紫髯翁笛聲尚在，乃倚其聲而爲之詞，名曰《桂華明》。子東嘗自爲予言之。

康與之

與之字伯可，號順庵，滑州人。渡江初，以詞受知高宗。

舞楊花

牡丹半坼初經雨，雕檻翠幕朝陽。嬌困倚東風，羞謝了群芳。洗烟凝露向清曉，步瑶臺、月底霓裳。輕笑淡拂宫黄。淺擬飛燕新妝。　楊柳啼鴉晝永，正鞦韆庭館，風絮池塘。三十六宫，簪豔粉濃香。慈寧玉殿慶清賞，占東君誰比花王？良夜萬燭熒煌，影裏留住年光。

《貴耳集》卷下：慈寧殿賞牡丹，時椒房受册，三殿極歡。上洞達音律，自製曲，賜名《舞楊花》。停觴命小臣賦詞，俾貴人歌以侑玉卮爲壽，左右皆呼萬歲。詞云：詞如上略。此詞載康與之樂府，或與之應制擬作也。

喜遷鶯

臘殘春早。正簾幕護寒，樓臺清曉。寶運當千，佳辰餘五，嵩嶽誕生元老。帝遣皐安宗社，人仰雍容廊廟。盡總道，是文章孔孟，勳庸周召。　師表。方眷遇，魚水君臣，須信從來少。玉帶金魚，朱顏緑鬢，占斷世間榮耀。篆刻鼎彝將遍，整頓乾坤都了。願歲見，柳梢青淺，梅英紅小。

《堯山堂外紀》卷八十五：建炎中，駕駐維揚，康伯可上《中興十策》，名振一時。後秦檜當國，伯可乃附會求進，擢爲臺郎。檜生日，伯可壽以《喜遷鶯》詞云：詞如上略。

采桑子

馮夷剪破澄溪練，飛下同雲。著地無痕。柳絮梅花處處春。　山陰此夜明如晝，月滿前村。莫掩溪門。恐有扁舟乘興人。

《堯山堂外紀》卷八十五：康伯可與蘇養直有溪堂之約，雪夜作《采桑子》詞促之。

瑞鶴仙　上元應制

瑞煙浮禁苑。正絳闕春回，新正方半。氷輪桂華滿。溢花衢歌市，芙蓉開遍。龍樓兩觀，見銀燭、星毬有爛。捲珠簾、盡日笙歌，盛集寶釵金釧。　堪羨綺羅叢裏，蘭麝香中，正宜游玩。風柔夜暖。花影亂，笑聲喧。鬧蛾兒滿路，成團打塊，簇着冠兒鬬轉。喜皇都、舊日風光，太平再見。

《中興以來絶妙詞選》卷一：按此詞進入，太上皇帝極稱賞「風柔夜暖」以下，至於末章，賜金甚厚。

望江南

重陽日，四望雨垂垂。戲馬臺前泥拍肚，龍山會上水平臍。直浸到東籬。　茱萸伴，黄菊溼滋滋。落帽孟嘉尋篛笠，休官陶令覓蓑衣。兩箇一身肥。

《歲時廣記》卷三十五引《荆楚歲時記》：「康伯可在翰苑日，常重九遇雨，奉詔撰詞，伯可口占《望江南》一闋進，上爲之啟齒。」

朱耆壽

耆壽，字國箕，閩人。

瑞鶴仙

櫻桃抄乳酪。正雨厭肥梅，風忺吹籜。咸瞻格天閣。見十眉環侍，爭鳴絃索。茶甌試瀹，更良夜、沈沈細酌。問閒生此日爲誰，曾向玉皇、案前持槖？　龜鶴。從他祝壽，未比當年，陰功堪託。天應不錯。教公議、細評泊。自和戎以來，謀國多少，蕭曹衛霍。奈胡兒自若。唯守紹興舊約。

《清波雜志》卷第十一：詞如上略。閩士朱耆壽，字國箕，爲秦伯和侍郎壽。朱久游上庠，博洽能文，一時諸公皆知之。以累舉得官，監臨安赤山酒。年八十餘而終。

張　掄

掄字才甫，開封人。南渡故老。

鵲橋仙

遠公蓮社，流傳圖畫，千古聲名猶在。後人多少繼遺蹤，到我便、失驚打怪。　西方未到，官方先到，冤我白衣喫菜。龍華三會願相逢，怎敢學、他家二會。

《夷堅三志》己卷第七：張才甫太尉居烏戍，效遠公蓮社，與僧俗爲念佛會。御史論其白衣喫菜，遂賦《鵲橋仙》詞云。

曾觀

觀字純甫，號海野，汴人。紹興中，以寄班祗候與龍大淵同爲建王內知客。孝宗受禪，以潛邸舊人除權知閤門事。淳熙中，除開府儀同三司，加少保、醴泉觀使。

壺中天慢

素飆颺碧。看天衢穩送、一輪明月。翠水瀛壺人不到，比似世間秋別。玉手瑶笙，一時同色，小按《霓裳》疊。天津橋上，有人偷記新闋。　當日誰幻銀橋，阿瞞兒戲，一笑成癡絕。肯信群仙高宴處，移下水晶宮闕。雲海塵清，山河影滿，桂冷吹香雪。何勞玉斧，金甌千古無缺。

《武林舊事》卷第七：淳熙九年八月十五日，駕過德壽宫起居，太上留坐至樂堂，進早膳畢，命小内侍進綵竿垂釣。上皇曰：「今日中秋，天氣甚清，夜間必有好月色，可少留看月了去。」上恭領聖旨，索車兒同過射廳射弓，觀御馬院使臣打毬，進市食，看水傀儡。晚宴香遠堂，堂東有萬歲橋，長六丈餘，竝用吴璘進到玉石甃成，四畔雕鏤闌檻，瑩徹可愛。橋中心作四面亭，用新羅白羅木蓋造，極爲雅潔。大池十餘畝，皆是千葉白蓮。凡御榻、御屏、酒器、香奩、器用，竝用水晶。南岸立女童五十人，奏清樂。北岸芙蓉岡一帶，竝是教坊工，近二百人。待月初上，簫韶齊舉，縹緲相應，如在霄漢。既入座，樂少止。太上召小劉貴妃獨吹白玉笙《霓裳中序》，上自起，執玉杯，奉兩殿酒，并以壘金嵌寶注椀、杯盤等賜貴妃。侍宴官開府曾覿，恭上《壺中天慢》一首。上皇曰：「從來月詞不曾用金甌事，可謂新奇。」賜金束帶、紫番羅、水晶注椀一副。上亦賜寶盞古香。至一更五點還内。是夜隔江西興，亦聞天樂之聲。

阮郎歸

柳陰庭院占風光。呢喃春晝長。碧波新漲小池塘。雙雙蹴水忙。　萍散漫，絮飛揚。輕盈體態狂。爲憐流水落花香。銜將歸畫梁。

柳梢青

桃靨紅勻。梨腮粉薄，鴛徑無塵。鳳閣淩虚，龍池澄碧，芳意鱗鱗。　清時酒聖花神。看内苑、風光又新。一部仙韶，九重鸞仗，天上長春。

《武林舊事》卷第七：乾道三年三月初十日，南内遣閤長至德壽宫奏知，連日天氣甚好，欲一二日間，恭邀車駕，幸聚景園看花，取自聖意，選定一日。太上云：「傳話官家，備見聖孝，但頻頻出去，不惟費用，又且勞動多少人。本宫後園亦有幾株好花，不若來日請官家過來閒看。」遂遣提舉官同到南内，奏過遵依訖。次日，進早膳後，車駕與皇后太子過宫。起居二殿訖，先至燦錦亭進茶，宣召吴郡王曾兩府已下六員侍宴，同至後苑看花。兩廊並是小内侍及幕士，效學西湖鋪，放珠翠、花朵、玩具、匹帛及花籃、鬧竿、市食等，許從内人關撲。次至毬場，看小内侍抛綵毬，蹴秋千。又至射廳看百戲，依例宣賜。回至清妍亭，看荼蘼，就登御舟，繞堤閒游。亦有小舟數十隻，供應雜藝嘌唱，鼓板蔬果，與湖中一般。太上倚闌閒看，適有雙燕掠水飛過，得旨，令曾覿賦之，遂進《阮郎歸》。既登舟，知閤張掄進《柳梢青》云：「柳色初濃，餘寒似水，纖雨如塵。一陣東風，縠紋微皺，碧沼鱗鱗。仙娥花月精神，奏鳳筦鸞弦鬬新。萬歲聲中，九霞杯内，長醉芳春。」曾覿和進云：詞如上略。各有宣賜。

趙彦端

彦端字德莊，魏王廷美七世孫。乾道、淳熙間，以直寶文閣知建寧府，終左司郎官。

謁金門

休相憶。明日遠如今日。樓外緑煙村冪冪。花飛如許急。　柳外晚來船集。波底夕陽紅溼。送盡去雲成獨立。酒醒愁又入。

《貴耳集》卷上：趙介庵名彦端，字德莊，宗室之秀。能作文，賦西湖《謁金門》詞云：「波底夕陽紅溼。」阜陵問誰詞，答云彦端所作。上曰：「我家裏人也會作此等語！」喜甚。

案：此首全詞見《介庵詞》。

洪邁

邁字景盧，鄱陽人，皓季子。紹興乙丑，中博學宏詞科。孝宗朝，累遷中書舍人，兼侍讀直學士院，拜翰林學士，進煥章閣學士，知紹興府。以端明殿學士致仕卒。

臨江仙

綺席留歡歡正洽，高樓佳氣重重。釵頭小篆燭花紅。直須將喜事，來報主人公。

桂月十分春正半，廣寒宮殿葱葱。姮娥相并曲欄東。雲梯知不遠，平步揖東風。

《夷堅支景》卷第八：紹興十五年三月十五日，予在臨安試詞科第三場畢，出院時尚早，同時試者何作善伯明、徐搏升甫相率游市。時族叔邦直應賢、鄉人許良佐舜舉省試罷，相與同行，因至抱劍街。伯明素與名娼孫小九來往，遂拉訪其家，置酒於小樓。夜月如晝，臨欄凡炳，兩燭結花燦然若連珠。孫娼固黠慧解事，乃白坐中曰：「今日桂魄皎潔，燭花呈祥，五君皆較藝蘭省，其爲登名高第可證不疑，願各賦一詞紀實，且爲他日一段佳話。」遂取吴箋五幅寘於桌。升甫、應賢、舜舉皆謝不能。伯明俊爽敏捷，即操筆作《浣溪沙》一闋曰：「草草杯盤訪玉人，燈花呈喜坐添春。邀郎覓句要奇新。黛淺波嬌情脈脈，雲輕柳弱意真真。從今風月屬閒人。」衆傳觀歎賞，獨恨其末句失意。予續成《臨江仙》。孫滿酌一觥相勸曰：「學士必高中，此瑞殆爲君設也。」已而予果奏名賜第，餘四人皆不偶。

六州歌頭

春秋不説楚冥靈。

《容齋五筆》卷五：光堯上仙，於梓宫發引前夕，合用警場導引鼓吹詞，邁在翰苑製撰，其《六州歌頭》内一句云：「春秋不説楚冥靈。」常時進入文字，立待報者，則貼黄批急速，未嘗停滯。是時，首尾越三日，又入奏，趣請付出太常。吏欲習熟歌唱，守院門伺候。適有表弟沈日新在軍將橋客邸，一士人乃上庠舊識，忽問楚冥靈出處，沈亦不能知，來扣予，因以《莊子》語告之，急走報，此士大喜。

巫山神女

惜奴嬌第一

瑶臺瓊宫，高枕巫山十二。覩瞿塘千載，灔灔雲濤沸。異景無窮好，閒吟滿酌金巵。憶前時。楚襄王，曾來夢中相會。吾正鬢亂釵横，斂霞衣雲縷。向前低揖。問我仙職。桃杏遍開，緑草萋萋鋪地。燕子來時，向巫山、朝朝行雨暮行雲，有閒時，只恁畫堂高枕。

瑤臺景第二

繞繞雲梯，上徹青霄霞外。與諸仙同飲，鎮長春醉。虎嘯猿吟，碧桃香異風飄細。希奇。想人間難識，這般滋味。姮娥奏樂簫韶，有仙音異品，自然清脆。遏住行雲不敢飛。空凝滯，好是波瀾澄湛，一溪香水。

蓬萊景第三

山染青螺，縹緲人間難陟。有珍珠光照，晝夜無休息。仙景無極。欲言時。汝等何知。且修心，要觀游，亦非。大段容易。下俯浮生，尚自爭名逐利。豈不省，來歲擾擾兵戈起。天慘雲愁，念時衰如何是。使我輩、終日蓬萊下淚。

勸人第四

再啟諸公，百歲還如電急。高名顯位瞬息爾。泛水輕漚，霎那間、難久立。晝燭當風裏。安能久之。速往茅峰，割愛休名避世。等功成，須有上真相引指。放死救生，施良藥，功無比。千萬記。此箇奇方第一。

王母宫食蟠桃第五

方結實纍纍，翠枝交映，蟠桃顆顆，仙味真香美。遂命雙成，持靈刀割來耳。服一粒，令我延年萬歲。堪笑東方，便起私心盜餌。使宫中仙伴，遞互相尤殢。無奈雙成，向王母高陳之。遂指方，偷了蟠桃是你。

玉清宫第六

紫雲絳靄，高擁瑶砌。曉光中、無限剖列。肅整天仙隊。又有殊音，欲舉聲還止。朝罷時，亦有清香飄世。玉駕纔興，高上真仙盡退。有瓊花如雪，散漫飛空裏。玉女金童，捧丹文，傳仙誨。撫諸仙，早起勞卿過耳。

扶蕊宫第七

光陰奇。扶蕊宫裏。日月常晝，風物鮮明，可愛無陰晦。大帝頻鑾於瑶池。朱闌外乘鳳飛。教主開顔命醉。寶樂齊吹。盡是瓊姿天妓。每三杯，須用聖母親來揖。異果名花幾千般，香盈袂。意欲歸。卻乘鸞車鳳翼。

太清宫第八

顯焕明霞，萬丈祥雲高布，望仙官衣帶，曳曳臨香砌。玉獸齊焚，滿高穹盤龍勢。大帝起。玉女金童遍侍。奉敕宣言，甚荷諸仙厚意。復回奏，感恩頓首皆躬袂。奏畢還宫，尚依然雲霞密，奇更異。非我君何聞耳。

歸第九

吾歸矣。仙宫久離，洞户無人管之，專俟吾歸。欲要開金燧，千萬頻修已。言訖無忘之。哩囉哩，此去無由再至。事冗難言，爾輩須能自會。汝之言，還便是如吾意。大抵方寸平平，無憂耳，雖改易之。愁何畏。

《夷堅乙志》卷第十三：紹興九年，張淵道侍郎家居無錫縣南禪寺，其女請大仙，忽書曰「九華天仙降」。問爲誰，曰「世人所謂巫山神女者是也」。賦《惜奴嬌》大曲一篇，凡九闋。詞成，文不加點。又大書曰「吾且歸」，遂去。明日，別有一人自稱歌曲仙，曰：「昨夕巫山神女見招，云在君家作詞，慮有不協律處，令吾潤色之。」及閲視，但改數字而已。其第三篇所云「來歲擾擾兵戈起」，時虜人方歸河南，人以此説爲不然。明年，淵道自祠官起提舉秦司茶馬，度淮而北，至鄭陽，虜兵大至，蒼黄奔歸，盡室幾不免，河南復陷。考詞中之句，神其知之矣。

趙縮手

浪淘沙

損屋一間兒。好與支持。休教風雨等閒欺。覓箇帶修安穩路，休遣人知。　須是著便宜。運轉臨時。衹知險裏卻防危。透得玄關歸去路，方步雲梯。

《夷堅丙志》卷第二：趙縮手者，不知其名，本普州士人也。少年時，父母與錢，令買書於成都，及半塗，有方外之遇，遂棄家出游。至紹興末，蓋百餘歲矣。喜來彭漢間，行則縮兩手於胸次，以是得名。人延之食，不以多寡輒盡。飲之酒，自一盃至百盃，皆不辭。或終日不飲食，亦怡然自樂。嘗於醉中放言文潞公入蜀事，歷歷有本末，他日復詢之，曰：「不知也。」黄仲秉鈞家寫其真事之。成都人房偉爲贊云：「養氣近術，談道近禪。被褐懷玉，其樂也天。欲去即去，欲住即住。縮手袖間，孰測其故。」趙見而笑曰：「養氣安得謂之術？　禪與道一也，安有二？　我縮手於胸，非袖間也。」取筆續曰：「似驢無鞘，似牛無角。文殊、普賢，摸索不著。」又自贊曰：「紅塵中，白雲裏，好箇道人活計。無事東行西行，有時半醒半睡。相逢大笑高談，不是胡歌虜沸。除非同道方知，同道世間有幾？」綿竹人袁仲舉久病起，遇趙過門，邀入飲以酒，問曰：「吾疾狀如此，先生將奈何？」趙不答，但歌詞一闋曰：「我有屋三間，柱用八山，周回四壁海遮欄。萬象森羅爲斗栱，瓦蓋青天。無漏得多年，結就因緣。修成功行滿三千。降得火龍伏得虎，陸地通仙。」云：「此呂洞賓所作也。吾亦有一篇。」又歌曰：詞如上略。歌罷，滿飲數杯，無所言而去。仲秉正與偕行，徐問其故，曰：「觀吾詞意可見矣。」後旬日，袁果死。什邡縣風俗，每以正月作衛真人生日，道衆畢會，趙亦往，寓於居人謝氏，先一夕告之曰：「住君家不爲便，假我此榻，吾將有所之。」拂旦，徑趨對門小寺，得一室，據榻趺坐。傍人怪其不言，就視，已卒矣。會者數千人，爭先來觀，以香火致敬。越三日火化，其骨鈎聯如鎖子云。

張珍奴

失調名

逢師許多時，不說些兒箇。及至如今悶損我。

《夷堅丁志》卷第十八：張珍奴者，不知其所自來，或云吴興官妓而未審也。雖落風塵中，而性頗淡素，每夕盥濯更衣，燒香叩天，祈脱去甚切。某士人過其家，珍出迎，見其風神秀異，敬待之，置酒盡歡而去。明日又至，凡往來幾月，然終不及亂。珍訝而問曰：「荷君見顧，不爲不久，獨不肯少留一昔，以盡相□□歡，豈非以下妾猥陋，不足以娱侍君子耶？」士曰：「不然。人情相得不在是，所貴心相知爾。」他日酒半，客詢珍曰：「汝居常更何所爲？」對曰：「失身於此，又將何爲？但每夕告天，祈竟此債爾。」客曰：「然則何不學道？」曰：「迫於口體之奉，何暇爲此，且何從得師乎？」客曰：「吾爲汝師何如？」曰：「果爾，則幸也。」起更衣炷香，拜之爲師。既去，數日不至。珍方獨處，漫自書云：詞如上略。援毫之際，客忽來，見所書笑曰：「何爲者？」珍不答而匿之。客曰：「示我何害？」即續其後云：「别無巧妙，與你方兒一箇。子後午前定息坐，夾脊雙門崐崙過。恁時得氣力，思量我。」珍大喜，再三致謝。自是豁然若有悟，亦密有所傳授，第不以告人，然未知其爲何人也。累月告去，珍開宴餞之，臨歧出文字一封曰：「我去後開閲之。」及啟緘，乃小詞一首，皆言修煉之事，云：「坎離乾兑分子午，但認取自家祖宗。原注：此下失一句。煉甲庚更降龍虎，地雷震動山頭雨，要澆灌黄芽出土。有人若問是誰傳，但説道先生姓吕。」始悟其洞賓也。遂齋戒謝賓客，繪其象嚴奉事。修其説行之，踰年屍解而去。

張風子

滿庭芳

咄哉牛兒，心壯力壯，幾人能可牽繫。爲愛原上，嬌嫩草萋萋。只管侵青逐翠，奔走後，豈顧群迷。爭知道，山遥水遠，回首到家遲。　牧童能有智，長繩牢把，短梢高擕。任從它，入泥入水無爲。我自心調步穩，青松下，横笛長吹。當歸處，人中不見，正是月明時。

《夷堅丙志》卷第十八：張風子者，不知何許人，紹興中，來鄱陽，止於申氏客邸。每旦出賣相，晚輒醉歸。與人言，初若可曉，忽墮莽眇中，不可復問。養一鷄一畫眉，冬之夜，熾炭滿爐，自坐牀上，而置二蟲於兩旁。火將盡，必言曰：「向火已暖可睡矣。」最善呼鼠，申媪以爲請。張散飯於地，誦偈數句，少頃，衆鼠累累而至，或緣隙鑽穴，蓋以百數，聚於前，攫飯而食。食罷，張曰：「好去，勿得齧衣服，損器皿。」群鳴跳踉，在東歸東，在西歸西，「勿得亂行，苟犯令必殺汝。」鼠默默引去，不敢出聲。或請除之，則用誦咒而遣往官倉中，云法不許殺也。目光紺碧如鏡，旋溺時，直濺丈許乃墮。好歌《滿庭芳》詞，皆云其所作也。留歲餘乃去。

洪惠英

惠英，會稽歌宫調女子。

減字木蘭花

梅花似雪。剛被雪來相挫折。雪裏梅花。無限精神總屬他。　梅花無語。只有東君來作主。傳語東君，宜與梅花作主人。

《夷堅乙志》卷第六：江浙間路岐伶女，有慧黠，知文墨，能於席上指物題詠，應命輒成者，謂之合生。其滑稽含玩諷者，謂之喬合生。蓋京都遺風也。張安國守臨川，王宣子解廬陵郡印歸次撫，安國置酒郡齋，招郡士陳漢卿參會。適散樂一妓，言學作詩，漢卿語之曰：「太守呼爲五馬，今日兩州使君對席，遂成十馬，汝體此意，作八句。」妓凝立良久，即高吟曰：「同是天邊侍從臣，江頭相遇轉情親。瑩如臨汝無瑕玉，暖作廬陵有腳春。五馬今朝成十馬，兩人前日壓千人。便看飛詔催歸去，共坐中書秉化鈞。」安國爲之嗟賞竟日，賞以萬錢。予守會稽，有歌宫調女子洪惠英，正唱詞次，忽停鼓白曰：「惠英有述懷小曲，願容舉似。」乃歌曰：詞如上略。歌畢，再拜云：「梅者惠英自喻，非敢僭擬名花，姑以借意，雪者指無賴惡少也。」官奴因言，其人到府一月，而遭惡子困擾者至四五，故情見乎詞，在流輩中誠不易得。

劉之翰

之翰，荆南人。官峽州遠安主簿。

水調歌頭

涼露洗金井，一葉下梧桐。謫仙浪游何事，華髮作詩翁。烏帽蕭蕭一幅，坐對清泉白石，矯首撫長松。獨鶴歸來晚，聲在碧霄中。　神仙宅，留玉節，駐金狨。黔南一道，十萬貔虎控雕弓。笑折碧荷倒影，自唱《采蓮》新曲，詞句滿秋風。劍佩八千歲，長入大明宮。

《夷堅支景》卷第十：田世輔爲金州都統制，荆南人劉之翰者，待峽州遠安主簿闕，作《水調歌頭》獻之曰：詞如上略。田覽之大喜，致書約來金城，欲厚加資給，之翰遽亡。明年，田出閲武，見之翰立道左，泣曰：「人鬼殊途，公能恤我家，亦足表踐言之義。」忽不見。田大驚異，亟送千緡與其孤。

嬾堂女子

燭影摇紅

緑淨湖光，淺寒先到芙蓉島。謝池幽夢屬才郎，幾度生春草？塵世多情易老，更那堪、秋風嫋嫋。曉來羞對，香芷汀洲，枯荷池沼。恨鎖横波，遠山淺黛無心掃。湘江人去嘆無依，此意從誰表？喜趁良宵月皎。況難逢人間兩好。莫辭沈醉，醉入屏山，只愁天曉。

《夷堅志補》卷第二十二：舒信道中丞宅在明州，負城瀕湖，繞屋皆古木茂竹，蕭森如山麓間。其中便坐曰嬾室，背有大池，子弟群處講習，外客不得至。方盛秋佳月，一舒呼燈讀書，忽見女子揭簾入，素衣淡裝，舉動嫵媚而微有悲涕容，緩步而前曰：「竊慕君子少年高致，欲冥行相奔，願容駐片時，使奉款曲。」舒迷蒙恍忽，不疑爲異物，即與語。叩其姓氏所居，曰：「妾本丘氏，父作商賈，死於湖南，但與繼母居，茅茨小屋，相去只一二里。母殘忍猛暴，不能見存，又不使媒妁議婚姻，無故捶擊，以刀相嚇，急走逃命，勢難復歸，倘得留爲婢子，固所大願。」舒甚喜曰：「留汝固吾所樂，或事洩奈何？」女曰：「姑置此慮，續爲之圖。」俄一小青衣攜酒肴來，即促膝共飲。三行，女斂袂起致辭曰：「奴雖小家女，頗能綴詞。」輒作一闋，叙茲夕邂逅相遇之意。顧青衣舉手代拍而歌曰：詞如上略。蓋寓聲《燭影揺紅》也。舒愈愛惑，令青衣歸，遂留共寢，宛然處子爾。將曉别去。間一夕復來，珍果異饌，亦時時致前，及懷縑帛之屬，親爲舒造衣，工製敏妙。相從月餘日，守宿僮僕聞其與人言，謂必挾倡優淫昵，他時且累己，密以告老姨嫗，展轉漏洩，家人悉知之。掩其不備，遣弟妹乘夜佯爲問訊，排户直前。女奔忙斜竄，投室傍空轎中。秉燭索之，轉入他轎，垂手於外，潔白如玉。度事急，穿竹躍赴池，沈然而没。舒悵然掩泣，謂無復有再會期。衆散門扃，女蓬首喘顫，舉體淋漓，足無履襪，奄至室中，言墮處得孤嶼，且水不甚深，踐濘而出，免葬魚腹，亦云天幸。舒憐而拊之，自爲燃湯洗濯，夜分始就枕。自是情好愈密，而意緒常恍忽如癡，或對食不舉箸，家人驗其妖怪，潛具狀請符於小溪朱彦誠法師，朱讀狀大駭曰：「是鱗介之精邪？毒入肝脾裏，病深矣，非符水可療，當躬往治之。」朱未及門，女慘戚嗟喟，爲惘惘可憐之色，舒問之不對，久乃云：「朱法師明日來，壞我好事矣。因緣竟止於是乎！」嗚咽告去，力挽不能留。旦而朱至，舒父母再拜炷香，祈救子命。朱曰：「請假僧寺一巨鑊，煎油二十斤，吾當施法攝其祟，令君闔族見之。」乃即池邊焚符數道，召將吏彈訣噀水叱曰：「速驅來！」俄傾，水面濆湧一物，露背突兀如蓑衣，浮游中央，闖首四顧，乃大白鼈也。若爲物所鉤致，跂曳至庭下，頓足呀口，猶若向人作乞命態。鑊油正沸，自匍匐投其中，糜潰而死。觀者駭懼流汗，舒子獨號呼追惜曰：「烹我麗人！」朱戒其家俟油冷以斧破鼈，剖骨並肉暴日中，須極乾，入人參、茯苓、龍骨末成丸，託爲補藥。命病者晨夕餌之，勿使知，知之將不肯服。如其言，丸盡病愈。後遇陰雨，於沮洳聞哭聲云：「殺了我大姐，苦事苦事！」蓋尚遺種類云。

葉祖義

如夢令

如夢。如夢。和尚出門相送。

《夷堅支景》卷第六：葉祖義字子由，婺州人。少游太學，負雋聲，天資滑稽不窮，多因口語謔浪，所至遭嫌忌。嘗曰：「世間有十分不曉事，吾以一聯詠之曰：『醉來黑漆屏風上，草寫盧仝月蝕詩。』」後登科，爲杭州教授，輕忽生徒及同僚，無不斂怨。一旦以事去官，無一人祖餞。獨與西湖僧兩三人差善，至是皆出城送之。葉與之酌酒叙別，盡醉酣歌曰：詞如上略。聞者絶倒。

太學生

南鄉子

洪邁被拘留。稽首垂哀告彼酋。一日忍飢猶不耐，堪羞！蘇武爭禁十九秋？厥父既無謀。厥子安能解國憂？萬里歸來誇舌辯，村牛！好擺頭時便擺頭。

《談藪》：紹興辛巳，金遣使來修好，洪景盧往報之。入境，與其伴約用敵國禮，伴許諾。洪故沿途表章皆用在京舊式。未幾，乃盡卻回，使依近例易之。景盧不可。於是扃驛門，絶供饋，使不得食者一日。又命館伴等來言，景盧懼留，不得已，易表章授之，供饋乃如禮。景盧素有風疾，頭常微掉，時人爲之語曰：「一日之飢禁不得，蘇武當時十九秋；傳語天朝供奉使，好掉頭時不掉頭。」太學生作《南鄉子》詞誚之曰：詞如上略。

陸淞

淞字子逸，號雲溪，山陰人。官辰州守。

瑞鶴仙

臉霞紅印枕。睡起來，冠兒還是不整。屏間麝煤冷。但眉山壓翠，淚珠彈粉。堂深晝永，燕交飛、風簾露井。悵無人，與説相思，近日帶圍寬盡。　重省。殘燈朱幌，淡月紗窗，那時風景。陽臺路遠，雲雨夢，便無準。待歸來、先指花梢教看，卻把心期細問。問因循、過了青春，怎生意穩。

《耆舊續聞》卷第十：南渡初，南班宗子寓居會稽，爲近屬士家最盛，園亭甲於浙東，一時座客皆騷人墨士，陸子逸嘗預焉。士有侍姬盼盼者，色藝殊絶，公每屬意焉。一日宴客，偶睡，不預捧觴之列。陸因問之，士即呼至，其枕痕猶在臉。公爲賦《瑞鶴仙》，有「臉霞紅印枕」之句，一時盛傳之，逮今爲雅唱。後盼盼亦歸陸氏。

鄭聞

聞字仲益，開封人。紹興二十二年進士。歷中書舍人，兼直學士院、刑部尚書。

瑞鶴仙

醉歸來，不悟人間天上，雲雨難尋舊跡。但餘香暗著羅衾，怎生忘得？

《甕牖閒評》卷五：程伊川一日見秦少游，問：「『天若有情，天也爲人煩惱。』是公之詞否？」少游意伊川稱賞之，拱手遜謝。伊川云：「上穹尊嚴，安得易而侮之！」少游慚而退。近日鄭聞眷一官妓周韻者，作《瑞鶴仙》遺之，其末句云：詞如上略。其詞固佳也，但天上豈是作懽處，其褻慢又甚於少游。

向滈

滈字豐之，從王盧溪游，惜早亡。

卜算子

休逞一靈心，爭甚閒言語。十一年間並枕時，没箇牽情處。　三歲學生兒，四歲嬌癡女。說著行人也自愁，你自思量取。

《湖海新聞夷堅續志》前集卷一：向豐之，宋后之裔也，才調絶高，貧窘則甚。有「人情甚似吴江冷，世路真如蜀道難」之句，誠齋楊少監奇之。一日，婦翁惡其窮，奪其妻以嫁別人，豐之聽其去，作一《卜算子》小詞在其篋中，後和云：「三歲學生兒，四歲嬌癡女。説著行人也自愁，你自思量取。」聞之令人鼻酸。後其妻見其詞，毅然而歸，與之偕老，亦可謂義婦歟！

甄龍友

龍友字雲卿，永嘉人。紹興二十四年進士，官國子監簿。

賀新郎

思遠樓前路。望平堤、十里湖光，畫船無數。緑蓋盈盈紅粉面，葉底荷花解語。鬬巧結、同心雙縷。尚有經年離別恨，一絲絲、總是相思處。相見也，又重午。清江舊事傳荆楚。歎人情、千載如新，尚沈菰黍。且盡尊前今日醉，誰肯獨醒弔古？泛幾盞、菖蒲緑醑。兩兩龍舟爭競渡。奈珠簾、暮卷西山雨。看未足，怎歸去？

《齊東野語》卷十三：永嘉甄雲卿，字龍友，少有俊聲，詞華奇麗，而資性浮躁，於鄉人無不狎侮，木待問藴之爲尤甚。木生朝，爲詞賀之，末云：「聞道海壇沙漲也，明年。」蓋諺云「海壇沙漲，温州出相」，明年者，俗言且待也。又嘗損益前人酒令曰：「金銀銅鐵鋪，絲綿紬絹綱，鬼魅魍魎魁。」蓋木以癸未魁天下也。甄辯給雄一時，詼笑皆有餘味。一日登對，上戲問云：「卿安得與龍爲友？」甄倉忙占奏，殊不能佳。及退殿陛，自恨失言曰：「何不云堯舜在上，臣安得不與夔龍爲友。」聞者惜之。競渡日，著綵衣立龍首，自歌所作「思遠樓前」之詞，旁若無人。然於性理解悟，凡禪衲機鋒，皆莫能答。將亡之日，命其子燗湯，且召藴之，將囑以後事。甄居城外，昏暮門闔，不得入，其子白之。甄曰：「然則勿燗以待旦。」既旦，木聞之，亟來。甄喜曰：「吾將行，得君主吾喪，則濟矣。」木許諾。乃入浴更衣，與木訣，坐而逝。既復開目曰：「吾儒無此也。」復臥乃絶。

韋能謙

能謙，壽隆族子，曾監四安稅。

虞美人

風清日晚溪橋路。緑暗摇殘雨。閒亭小立望溪山。畫出明湖深秀水雲間。　漫郎疎懶非真吏。欲去無深計。功名英雋滿淩煙。省事應須速上五湖船。

《拙軒集》：韋壽隆有能詩聲，族子能謙調四安稅，因部使者市炭，不順其意，至索印紙，即書詞於印紙云：詞如上略。雖列薦於朝，僅分司數月耳。

陸游

游字務觀，越州山陰人，佃之孫，宰之子。以蔭補登仕郎。隆興初，賜進士出身。范成大帥蜀，爲參議官。累知嚴州。嘉泰初，詔同修國史，兼祕書監，陞寶章閣待制，致仕卒。

釵頭鳳

紅酥手。黄藤酒。滿城春色宫牆柳。東風惡。歡情薄。一懷愁緒，幾年離索。錯，錯，錯！　春如舊。人空瘦。淚痕紅裛鮫綃透。桃花落。閒池閣。山盟雖在，錦書難託。莫，莫，莫！

《耆舊續聞》卷第十：務觀一日至園中，去婦聞之，遣遺黄封酒果饌，通慇懃。公感其情，爲賦此詞。其婦見而和之，有「世情薄，人情惡」之句，惜不得其全闋。未幾，怏怏而卒，聞者爲之愴然。

《齊東野語》卷一：陸務觀初娶唐氏，閎之女也，於其母夫人爲姑姪。伉儷相得，而弗獲於其姑。既出，而未忍絶之，則爲别館，時時往焉。姑知而掩之，雖先知挈去，然事不得隱，竟絶之，亦人倫之變也。唐後改適同郡宗子士程，嘗以春日出游，相遇於禹跡寺南之沈氏園，唐以語趙，遣致酒餚。翁悵然久之，爲賦《釵頭鳳》一詞，題園壁間。實紹興乙亥歲也。

風入松

十年裘馬錦江濱。酒隱紅塵。黄金選勝鶯花海，倚疎狂、驅使青春。弄笛魚龍盡出，題詩風月俱新。　自憐華髮滿紗巾。猶是官身。鳳樓曾記當年語，問浮名、何似身親。欲寫吴牋説與，這回真箇閒人。

《齊東野語》卷十五：陸放翁在蜀日，有所盼，嘗賦詩云：「碧玉當年未破瓜，學成歌舞入侯家。如今顦顇蓬窗底，飛上青天妬落花。」出蜀後，每懷舊游，多見之賦詠，有云：「金鞭珠彈憶春游，萬里橋東罨畫樓。夢倩曉風吹不斷，書憑春雁寄無由。鏡中顔鬢今如此，席上賓朋好在否？篋有吴牋三百箇，擬將細字寫春愁。」又云：「裘馬清狂錦水濱，最繁華地作閒人。金壺投箭消長日，翠袖傳杯領好春。幽鳥語隨歌處拍，落花鋪作舞時茵。悠然自適君知否？身與浮名孰重輕。」又以此詩檃括作《風入松》云：詞如上略。前輩風流雅韻，猶可想見也。

長相思

橋如虹。水如空。一葉飄然煙雨中。天教稱放翁。　側船篷。使江風。蟹舍參差魚市東。到時聞暮鐘。

《鶴林玉露》卷十四：陸務觀，農師之孫，有詩名。壽皇嘗謂周益公曰：「今世詩人，亦有如李白者乎？」益公因薦務觀，由是擢用，賜出身南宫舍人。嘗從范石湖辟入蜀，故其詩號《劍南集》，多豪麗語，言征伐恢復事。其題《俠客圖》云：「趙魏胡塵十丈黄，遺民膏血飽豺狼。功名不遣斯人了，無奈和戎白面郎。」壽皇讀之，爲之太息。臺評劾其恃酒頹放，因自號放翁，作詞云：「橋如虹，水如空，一葉飄然煙雨中。天教稱放翁。」晚年爲韓平原作《南園記》，除從官，楊誠齋寄詩云：「君居東浙我江西，鏡裏新添幾縷絲。花落六回疎信息，月明千里兩相思。不應李杜翻鯨海，更羨夔龍集鳳池。道是樊川輕薄殺，猶將萬户比千詩。」蓋切磋之也。然《南園記》唯勉以忠獻之事業，無諛辭。晚年和平粹美，有中原承平時氣象，朱文公喜稱之。

陸游妾

卜算子

只知眉上愁，不識愁來路。窗外有芭蕉，陣陣黄昏雨。　曉起理殘妝，整頓教愁去。不合畫春山，依舊留愁住。

《隨隱漫録》卷五：陸放翁宿驛中，見題壁詩云：「玉階蟋蟀鬧清夜，金井梧桐辭故枝。一枕淒涼眠不得，挑燈起作感秋詩。」放翁詢之，驛卒女也，遂納爲妾。方半載餘，夫人逐之，妾賦《卜算子》云：詞如上略。

蜀　娼

鵲橋仙

説盟説誓。説情説意。動便春愁滿紙。多應念得脱空經，是那箇、先生教底？不茶不飯，不言不語，一味供他憔悴。相思已是不曾閒，又那得、工夫呪你。

《齊東野語》卷十一：蜀娼類能文，蓋薛濤之遺風也。放翁客自蜀挾一妓歸，蓄之别室，率數日一往。偶以病少疎，妓頗疑之，客作詞自解，妓即韻答之云：詞如上略。或謗翁嘗挾蜀尼以歸，即此妓也。

周必大

必大字子充，一字洪道，廬陵人。紹興二十一年進士，中宏詞科，權中書舍人。孝宗朝，歷左丞相。光宗立，拜少保，進益國公。寧宗朝，以少傅致仕卒。

點絳脣 賦梅

踏白江梅，大都玉軟酥凝就。雨肥霜逗。癡騃閨房秀。莫待冬深，雪壓風欺後。君知否？卻嫌伊瘦。又怕伊僝僽。

又

秋夜乘槎，客星容到天孫渚。眼波微注。將謂牽牛渡。見了還非，重理《霓裳》舞。雖無誤。幾年一遇。莫訝周郎顧。

《齊東野語》卷十五：周平園嘗出使，過池陽，太守趙富文彦博招飲。籍中有曹聘者，潔白純靜，或病其訥而不頎，公爲《賦梅》以見意。酒酣，又出家姬小瓊，舞以侑歡。公又賦一闋云：詞如上第二首，略。范石湖嘗云：「朝士中姝麗有三傑，謂韓无咎、晁伯如家姬及小瓊也。」禁中亦聞之。異時有以此事中傷公者，阜陵亦爲一笑。

游次公

次公字子明，號西池，建安人。范成大帥桂林日，參内幕。

賀新郎

暖靄烘晴籞。鎖垂楊、籠池罩閣，萬絲千縷。池上曉光分宿霧。日近群芳易吐。尋並蒂、闌邊凝竚。不信釵頭雙鳳去，奈寶刀、被妾先留住。天一笑，萬花妬。　阿嬌好在金屋貯。甚秋風、易得蕭疏，扇鸞塵汙。一自昭陽宫閉後，牆角土花無數。況多病、情傷幽素。百花臺上空雨露。望紅雲、杳杳知何處。天尺五，去無路。

《後村先生大全集》卷一百七十四：范石湖座上客有談劉婕好者，公與客約賦詞，游次公先成，公不復作，衆亦歛手。游詞云：詞如上略。次公字子明，定夫諸孫，禮部侍郎操之子，詩詞皆工。

尤袤

袤字延之，無錫人。紹興十八年進士，累遷太常少卿。紹熙三年，召除給事中，累官至正奉大夫、禮部尚書。

瑞鷓鴣

梁溪西畔小橋東。落葉紛紛水映空。五夜客愁花片裏，一年春事角聲中。　歌殘

《玉樹》人何在？舞破《山香》曲未終。卻憶孤山醉歸路，馬蹄香雪襯東風。

又

兩行芳蕊傍溪陰。一笑嫣然抵萬金。火齊照林光灼灼，彤霞射水影沈沈。曉妝無力臙脂重，春醉方酣酒暈深。定自格高難著句，不應工部總無心。

《萬柳溪邊舊話》：文簡公致政歸，不居許舍山，專居東帶河大第，數步即出西關，渡梁溪，因造圃梁溪之上，後有高崗眺望。沿溪左種梅，右種海棠，各數百樹。公有《瑞鷓鴣》詞二首，一詠落梅，一詠海棠。

某教授

眼兒媚

鬢邊一點似飛鴉。莫把翠鈿遮。三年兩載，千攔百就，今日天涯。楊花又逐東風去，隨分落誰家？若還忘得，除非睡起，不照菱花。

《貴耳集》卷下：楊誠齋帥某處，有教授狎一官妓，誠齋怒，黥妓之面，押往謝辭教授，是欲愧之。教授延入，酌酒爲别，賦《眼兒媚》。詞如上略。誠齋得詞，方知教授是文士，即舉妓送之。

嚴　蕊

蕊字幼芳，天台營妓。

如夢令

道是梨花不是。道是杏花不是。白白與紅紅，别是東風情味。曾記。曾記。人在武陵微醉。

鵲橋仙

碧梧初出，桂花纔吐，池上水花微謝。穿針人在合歡樓，正月露、玉盤高瀉。蛛忙鵲嬾，耕慵織倦，空做古今佳話。人間剛道隔年期，指天上、方纔隔夜。

卜算子

不是愛風塵，似被前緣誤。花落花開自有時，總賴東君主。去也終須去。住也如何住？若得山花插滿頭，莫問奴歸處。

《齊東野語》卷二十：天台營妓嚴蕊，字幼芳，善琴弈歌舞，絲竹書畫，色藝冠一時。間作詩詞，有新語，頗通古今，善逢迎。四方聞其名，有不遠千里而登門者。唐與正守台日，酒邊嘗命賦紅白桃花，即成《如夢令》。與正賞之雙縑。又七夕，郡齋開宴，坐有謝元卿者，豪士也，夙聞其名，因命之賦詞，以己之姓爲韻。酒方行而已成《鵲橋仙》。元卿爲之心醉，留其家半載，盡客囊槖饋贈之而歸。其後朱晦庵以使節行部至台，欲摭與正之罪，遂指其嘗與蕊爲濫，繫獄月餘，蕊雖備受箠楚，而一語不及唐，然猶不免受杖，移籍紹興，且復就越置獄鞫之，久不得其情。獄吏因好言誘之曰：「汝何不早認，亦不過杖罪，況已經斷，罪不重科，何爲受此辛苦邪？」蕊答云：「身爲賤妓，縱是與太守有濫，科亦不至死罪，然是非真僞，豈可妄言以汙士大夫，雖死不可誣也。」其辭既堅，於是再痛杖之，仍繫於獄。兩月之間，一再受杖，委頓幾死，然聲價愈騰，至徹阜陵之聽。未幾，朱公改除，而岳霖商卿爲憲，因賀朔之際，憐其病瘁，命之作詞自陳。蕊略不構思，即口占《卜算子》云：詞如上略。即日判令從良。繼而宗室近屬納爲小婦，以終身焉。《夷堅志》亦嘗略載其事而不能詳，予蓋得之天台故家云。

張孝祥

孝祥字安國，烏江人。紹興二十四年，廷試第一。孝宗朝，累遷中書舍人，直學士院，領建康留守。尋以荆南湖北路安撫使請祠，進顯謨閣直學士，致仕卒。

六州歌頭

長淮望斷，關塞莽然平。征塵暗，霜風勁，悄邊聲。暗銷凝。追想當年事，殆天數，非人力，洙泗上，絃歌地，亦羶腥。隔水旃鄉，落日牛羊下，區脱縱横。看名王宵獵，騎火一川明。笳鼓悲鳴。遣人驚。　念腰間箭，匣中劍，空埃蠹，竟何成！時易失，心徒壯，歲將零。渺神京。干羽方懷遠，静烽燧，且休兵。冠蓋使，紛馳騖，若爲情？聞道中原遺老，常南望、翠葆霓旌。使行人到此，忠憤氣填膺。有淚如傾。

《朝野遺記》：安國在建康留守席上，賦此歌闋，魏公爲罷席而入。

滿江紅　玩鞭亭

千古淒凉，興亡事、但悲陳跡。凝望眼、吴波不動，楚山叢碧。巴滇緑駿追風遠，武昌雲旆連天赤。笑老姦、遺臭到如今，留空壁。　邊書静，烽煙息。通軺傳，銷鋒鏑。仰太平天子，聖明無敵。蹙踏揚州開帝里，渡江天馬龍爲匹。看東南、佳氣鬱葱葱，傳千億。

《吴禮部詩話》：于湖玩鞭亭，晋明帝覘王敦營壘處，自温庭筠賦詩後，張文潛又賦《于湖曲》，以正湖陰之誤，詞皆奇麗警拔，膾炙人口。徐竇之、韓南澗亦發新意。張安國賦《滿江紅》云：詞如上略。雖間采温、張語，而詞氣亦不在其下。嘗見安國大書此詞，後題云「乾道元年正月十日」，筆勢奇偉可愛。

念奴嬌　過洞庭

洞庭青草，近中秋，更無一點風色。玉界瓊田三萬頃，著我扁舟一葉。素月分輝，明河共影，表裏俱澄澈。悠然心會，妙處難與君説。　應念嶺表經年，孤光自照，肝膽皆冰雪。短鬢蕭疎襟袖冷，穩泛滄溟空闊。盡吸西江，細斟北斗，萬象爲賓客。叩舷獨嘯，不知今夕何夕。

《四朝聞見録》乙集：張于湖嘗舟過洞庭，月照龍堆，金沙盪射，公得意命酒，唱歌所自製詞，呼群吏而酌之曰：「亦人子也。」其坦率皆類此。

許左之

左之，紹興間天台人。

失調名

誰知花有主。誤入花深處。放直下、酒盃乾，便歸去。

《深雪偶談》：吾鄉許左之、右之二公兄弟，落筆皆不凡。左之公一夕寓飲妓坊，醉欲狎之，妓密有所懂在矣。公捷筆賦詞而起云：詞如上略。又代他妓小詞：「憶你當初，惜我不去。傷我如今，留你不住。」去客聽此戀戀，踰時妓迄後謝。如「月在柳梢頭，人約黄昏後」一詞，正歐陽居士所作。要之，前輩多一時弄翰，要不容以浮薄議左之公也。因思唐多才妓，有贈新第士人絶句「從此不知蘭麝貴，夜來新惹桂枝香」，殊有風味，使從假倩，當不傳載矣。二許公，紹興間同歲籍學。前二詞，蓋休澣日漫游酒邊作也。

閻蒼舒

蒼舒字惠夫，蜀人。紹興二十七年進士，官侍郎，累遷中書舍人，出知晉州。

水龍吟

少年聞説京華，上元景色烘晴晝。朱輪畫轂，雕鞍玉勒，九衢爭驟。春滿鰲山，夜沈陸海，一天星斗。正紅球過了，鳴鞘聲斷，迴鸞馭，鈞天奏。　誰料此生親到，十五年、都城如舊。而今但有，傷心煙霧，縈愁楊柳。寶籙宫前，絳霄樓下，不堪回首。願皇圖早復，端門燈火，照人還又。

《蘆浦筆記》卷十：蜀人閻侍郎蒼舒使北，過汴京，賦《水龍吟》云：詞如上略。

林　外

外字豈塵，晉江人。紹興三十年進士，官興化令。

洞仙歌

飛梁壓水，虹影澄清曉。橘里漁村半煙草。歎今來古往，物是人非，天地裏，惟有江山不老。　雨巾風帽。四海誰知我，一劍横空幾番過。按玉龍、嘶未斷，月冷波寒，歸去也、林屋洞天無鎖。認雲屏煙障是吾廬，任滿地蒼苔，年年不掃。

《四朝聞見録》丙集：紹興間，有題《洞仙歌》於垂虹者，不系其姓名，龍蛇飛動，真若不煙火食者。時皆喧傳以爲洞賓所爲書，浸達於高宗，天顔驒然而笑曰：「是福州秀才云爾。」左右請聖諭所以然，上曰：「以其用韻蓋閩音云。」久而知爲閩士林外所爲，聖見異矣。蓋林以巨舟仰而書於橋梁，水天渺然，旁無來跡，故世人益神之。

《燼餘録》：吴雲公雅善詩詞，居城東之臨頓里，著有《香天雪海集》，傳誦一時。靖康國難後，披髪佯狂，更號中興野人。厭棄城市，時往來於吴江李山民家。李即忠愍公諱若水之姪，避寇來吴，就館吴江，與雲公爲僚婿，且同爲歲寒社詩友也。山民嘗題《洞仙歌》於吴江橋亭。

傅大詢

大詢字公謀，宜春人。

水調歌頭

草草三間屋，愛竹旋添栽。碧紗牕户，眼前都是翠雲堆。一月山翁高臥，踏雪水村清冷，木落遠山開。惟有平安竹，留得伴寒梅。　喚家僮，開門看，有誰來。客來一笑清話，煑茗更傳杯。有酒只愁無客，有客又愁無酒，酒熟且徘徊。明日人間事，天自有安排。

《鶴林玉露》卷十七：宜春傅公謀詞云：詞如上略。此詞清甚，末句尤達，可歌也。許及之爲分宜宰，公謀作《賀雨》詩云：「獅子關前半篆煙，二龍飛下卓篙泉。銀河掣電連宵雨，緑野翻雲四月天。便覺春生花一縣，會看秋熟米三錢。何時卓魯登黄閣，都與寰區作有年。」及之擊節。公謀尤工作酸文，嘗作無遮榜語云：「紅旗渡口，淒涼芳草夕陽天。白紙山頭，慘淡落花寒食節。」甚工。

辛棄疾

棄疾字幼安，號稼軒，濟南歷城縣人。耿京聚兵山東，節制忠義軍馬，留掌書記。紹興三十二年，令奉表南歸，高宗召見，授承務郎。寧宗朝，累官浙東安撫使，加龍圖閣待制，進樞密都承旨卒。

摸魚兒

更能消、幾番風雨。匆匆春又歸去！惜花長恨花開早，何況亂紅無數。春且住！見説道、天涯芳草無歸路。怨春不語。算只有殷勤，畫簷蛛網，盡日惹飛絮。長門事，准擬佳期又誤。蛾眉曾有人妒。千金縱買相如賦。脈脈此情誰訴？君莫舞。君不見、玉環飛燕皆塵土？閒愁最苦。休去倚危闌，斜陽正在，煙柳斷腸處。

《鶴林玉露》卷一：辛幼安《晚春》詞云：詞如上略。詞意殊怨，斜陽煙柳之句，其與「未須愁日暮，天際乍輕陰」者異矣。使在漢、唐時，寧不賈種豆種桃之禍哉？愚聞壽皇見此詞頗不悦，然終不加罪，可謂盛德也已。

永遇樂

千古江山，英雄無覓，孫仲謀處，舞榭歌臺，風流總被，雨打風吹去。斜陽草樹，尋常巷陌，人道寄奴曾住。想當年，金戈鐵馬，氣吞萬里如虎。　元嘉草草，封狼居胥，贏得倉皇北顧。四十三年，望中猶記，烽火揚州路。可堪回首，佛狸祠下，一片神鴉社鼓。憑誰問：廉頗老矣，尚能飯否？

《桯史》卷三《稼軒論詞》：辛稼軒守南徐，已多病謝客。予來筮仕委吏，實隸總所，例於州家殊參辰，旦望贄謁刺而已。余時以乙丑南宫試，歲前洊事僅兩旬，即謁告去。稼軒偶讀余通名啟而喜，又頗階父兄舊，特與其潔。余試既不利，歸官下，時一招去。稼軒以詞名，每燕必命侍妓歌其所作，特好歌《賀新郎》一詞，自誦其警句曰：「我見青山多嫵媚，料青山見我應如是。」又曰：「不恨古人吾不見，恨古人不見吾狂耳。」每至此，輒拊髀自笑，顧問坐客何如，皆歎譽如出一口。既而又作一《永遇樂》，序北府事。首章曰：「千古江山，英雄無覓孫仲謀處。」又曰：「尋常巷陌，人道寄奴曾住。」其寓感慨者則曰：「不堪回首，佛狸祠下，一片神鴉社鼓。憑誰問：廉頗老矣，尚能飯否？」特置酒召數客，使妓迭歌，益自擊節。遍問客，必使摘其疵，遜謝不可。客或措一二辭，不契其意，又弗答，然揮羽四視不止。余時年少，勇於言，偶坐於席側，稼軒因誦啟語，顧問再四。余率然對曰：「待制詞句，脱去今古軫轍，每見集中，有『解道此句，真宰上訴，天應嗔耳』之序，嘗以爲其言不誣。童子何知，而敢有議，然必欲如范文正以千金求《嚴陵祠記》一字之易，則晚進尚竊有疑也。」稼軒喜，促膝亟使畢其説。余曰：「前篇豪視一世，獨首尾二腔警語差相似，新作微覺用事多耳。」於是大喜，酌酒而謂坐中曰：「夫君實中予痼。」乃詠改其語，日數十易，累月猶未竟，其刻意如此。余既以一語之合，益加厚，頗取視其骪骳，欲以家世薦之朝，會其去未果。

祝英臺近

寶釵分，桃葉渡。煙柳暗南浦。怕上層樓，十日九風雨。斷腸點點飛紅，都無人管，更誰喚，流鶯聲住？　鬢邊覷。試把花卜歸期，纔簪又重數。羅帳燈昏，哽咽夢中語：是他春帶愁來，春歸何處。卻不解帶將愁去。

《貴耳集》卷下：吕婆，即吕正己之妻，淳熙間，姓名亦達天聽。蘇養直家孫女曰蘇婆，其嚴毅不可當。三五十年朝報奏疏，琅琅口誦，不脱一字。舊京畿有二漕，一吕揞，一吕正己。揞家諸姬甚盛，必約正己通宵飲。吕婆一日大怒，踰牆相詈，揞之子一彈碎其冠。事徹孝皇，兩漕即日罷。今止除一漕，自此始。吕婆有女事辛幼安，因以微事觸其怒，竟逐之。今稼軒《桃葉渡》詞，因此而作。

滿江紅

笳鼓歸來，舉鞭問，何如諸葛？人道是、匆匆五月，渡瀘深入。白羽生風貔虎譟，青溪路斷鼪鼯泣。早紅塵、一騎落平岡，捷書急。　三萬卷，龍頭客。渾未得，文章力。把詩書馬上，笑驅鋒鏑。金印明年如斗大，貂蟬元自兜鍪出。待刻公、勳業到雲霄，浯溪石。

《齊東野語》卷七：王佐宣子帥長沙日，茶賊陳豐嘯聚數千人，出没旁郡，朝廷命宣子討之。時馮太尉湛謫居在焉，宣子乃權宜用之。諜知賊巢所在，乘日晡放飯少休時，遣亡命卒三十人，持短兵以前，湛自率百人繼其後，徑入山寨。豐方抱孫獨坐，其徒皆無在者，卒睹官軍，錯愕不知所爲，亟鳴金嘯集，已無及矣。於是成擒，餘黨亦多就捕。宣子乃以湛功聞於朝，於是湛以勞復元官，宣子增秩。辛幼安以詞賀之，有云：「三萬卷，龍頭客，渾未得，文章力。把詩書馬上，笑驅鋒鏑。金印明年如斗大，貂蟬元自兜鍪出。」宣子得之，疑爲諷己，意頗銜之。殊不知陳後山亦嘗用此語送蘇尚書知定州云：「枉讀平生三萬卷，貂蟬當復作兜鍪。」幼安正用此。然宣子尹京之時，嘗有書與執政云：「佐本書生，歷官處自有本末，未嘗得罪於清議，今乃蒙置諸士大夫所不可爲之地，而與數君子接踵而進，除目一傳，天下士人視佐爲何等類，終身之累，孰大於此。」是亦宣子之本心耳。

好事近

醫者索酬勞，那得許多錢物？只有一個整整，也盒盤盛得。下官歌舞轉悽惶，賸得幾枝笛？覷着這般火色，告媽媽將息。

《清波别志》卷下：稼軒樂府，辛幼安酒邊游戲之作也，詞與音叶，好事者爭傳之。在上饒，屬其室病，呼醫對脈，吹笛婢名整整者侍側。乃指以謂醫曰：「老妻病安，以此人爲贈。」不數日，果勿藥，乃踐前約。整整既去，因口占《好事近》云：詞如上略。一時戲謔，風調不群，稼軒所編遺此。

徐似道

似道字淵子，號竹隱，黄巖人。乾道二年進士，八年爲吴縣尉。開禧元年，歷官禮部員外郎、祕書少監。

一剪梅

道學從來不則聲。行也《東銘》。坐也《西銘》。爺娘死後更伶仃。也不看經。也不齋僧。　卻言淵子太狂生。行也輕輕。坐也輕輕。他年青史總無名。你也能亨。我也能亨。

《癸辛雜識》續集下：徐淵子初官户曹，其長方以道學自高，每以輕鋭抑之。適其長以母死去官，淵子賦《一剪梅》詞云：詞如上略。

阮郎歸

茶寮山上一頭陀。新來學者麽？蝤蛑螃蠏與烏螺。知他放幾多？　有一物，是蜂窩。姓牙名老婆。雖然無奈得他何。如何放得他？

《談藪》：徐淵子好以詩文詼謔，丁少詹與妻有違言，乃棄家居茶寮山，茹素誦經，日買海物放生，久而不歸。妻患之，祈徐譬解，徐許諾，出門見賣老婆牙者，買一巨籃餉丁，併遺以《阮郎歸》詞。丁見詞，大笑而歸。

李　泳

泳字子永，號蘭澤，廬陵人。淳熙中，嘗爲溧水令。

水調歌頭　題甘將軍廟卷雪樓

危樓雲雨上，其下水扶天。群山四合，飛動寒翠落檐前。盡是秋清闌檻，一笑波翻濤怒，雪陣卷蒼煙。炎暑去無跡，清駛久翩翩。　夜將闌，人欲靜，月初圓。素娥弄影，光射空際渺嬋娟。不用濯纓垂釣，喚取龍公仙駕，耕此萬瓊田。横笛望中起，吾意已超然。

《夷堅三志》己卷第八：大江富池口，隸興國軍，有甘寧將軍廟，殿宇雄偉，行舟過之者，必具牲醴祇謁。李子永嘗自西下，舟次散花洲，有神鴉飛立檣竿，久之東去，即遇便風。晡時抵岸，有青蛇激箭而來，至舟尾不見。是夕艤泊。明日賽神。其前大樓七間尤偉壯，郡守周少隱采東坡詞語，扁爲「卷雪」。每潮漲時，石柱半插入水。方三伏中，登望江面萬頃，群山環合，清風不斷。子永作詩曰：「卷雪樓前萬里江，亂峰卓立森旗槍。上有甘公古祠宇，節制洪流掌風雨。甘公一去踰千年，至今忠義猶凛然。我來再拜攬塵跡，斜陽白鳥横蒼煙。」初題梁間時，本云「英威凛然」，如有人掣其肘者，乃改爲「忠義」。又賦望月《水調歌頭》云：詞如上略。及旦移舟，神鴉、青蛇俱送至長沙，風乃止。

朱景文

景文字元成，清江人。乾道五年進士，嘗攝新建尉。

玉樓春

玉階瓊室冰壺帳。窣地水晶簾不上。兒家住處隔紅塵，雲氣悠揚風淡蕩。　有時閒把蘭舟放。霧鬢煙鬟乘翠浪。夜深滿載月明歸，畫破琉璃千萬丈。

《異聞總録》卷之四：乾道六年，吴明可帥守豫章，其子登科，同年生清江朱景文因緣來見，得攝新建尉。適府中葺吴城龍王廟，命之董役，頗極嚴緻。及更塑偶像，朱指壁間所繪神女容相謂工曰：「必肖此乃佳。」凡三四易，然后明麗艷冶如之。朱甚喜，忽憶荆州詞，以謂語意憤抑悽惋，殆非龍宫嫻雅出塵態度，爲賦《玉樓春》一闋書於壁。既而夜夢旌幢羽葆，儀衛甚盛，擁一輜軿，有美女子居其中，傳言龍女來謁。下車相見，宴飲寢昵如經一日夜，言談瀟洒，風儀穆然。將行，謂朱曰：「君當不記疇昔事矣。君前身本南海廣利王幼子，因行游江湖，爲我家壻，妾實得奉箕帚。今君雖以宿緣來生朱氏，然吴城之念，正爾不忘，故得禄多在豫章之分。須君官南海，陽禄且盡，此時當復諧佳偶。知君所作《玉樓春》詞，破前人之誤，甚以爲感，非君憶舊游，亦無因知我家如此其熟也。」言畢愴别而去。既覺，乃亟作文紀其事，特未悟南海之説，但云豈非他日或以言事貶竄至彼邪？爾後每夕外人，常聞室内笑語聲，久而病瘠，家人疑其有祟，挽使罷歸。明年又以事來，吴公已去，後帥龔實之留攝酒官。俄以家難去，服闋，調袁州分宜主簿。頃次家居，縣之士子昔從爲學，聞其歸鄉，相率來謁，因話邑中風土，偶及主簿廨廳前有南海王廟，朱□然自失，明日抱疾，遂不起。元未嘗得至官，凡兩攝職於豫章，所謂多得禄者如是而已。蓋初治像及撰詞時，方寸墜妄境，故自絶其命，神女之夢契，殆必黠鬼託以爲姦者歟！樂平人楊振者，爲臨江司户，説其事甚詳。

連久道

久道字可久，爲道士。

清平樂　漁父

陣鴻驚處。一網沈江渚。落葉亂風和細雨。撥棹不如歸去。　蘆花輕汎微瀾。篷窗獨自清閒。一覺游仙好夢，任它竹冷松寒。

《中興以來絶妙詞選》卷十：連可久名久道，江湖得道之士也，十二歲已能作詩，其父攜見熊曲肱，適有漁父過前，令賦《漁父詞》。曲肱贈以詩，且謂此子富貴中留不住，後果爲羽衣，多往來西山。

王楙

楙字勉夫，家本福清，其先徙平江，遂爲長洲人。隱居不仕。

江南好

三傑後，福壽兩無涯。食乳相君功未既，嫵眉京兆眷方滋。富貴莫推辭。　門兩戟，卻棹一綸絲。蓴菜秋風鱸鱠美，桃花春水鱖魚肥。笑傲霅溪湄。

《野客叢書》卷第二十九：張子野晚年多愛姬，東坡有詩曰：「詩人老去鶯鶯在，公子歸來燕燕忙。」正均用當家故事也。案唐有張君瑞，遇崔氏女於蒲，崔小名鶯鶯，元稹與李紳語其事，作《鶯鶯歌》。漢童謠曰：「燕燕尾涎涎，張公子，時相見。」又曰：張祜妾名燕燕，其事蹟與夫對偶，精切如此。鶯鶯對燕燕，已見於杜牧之詩，曰：「綠樹鶯鶯語，平沙燕燕飛。」前輩用者，皆有所祖。魯直作《蘇翰林出游》詩曰：「人間化鶴三千歲，海上看羊十九年。」皆用本家故事，而不失之偏枯，可以爲法也。僕嘗有一詞爲張儀真壽曰：詞如上略。

劉過

過字改之,號龍洲道人,吉州太和人。嘗伏闕上書,請光宗過宫。復以書抵時宰,陳恢復方略,不報。放浪湖海間。

長相思

雲一窩。玉一梭。淡淡衫兒薄薄羅。輕顰雙黛蛾。　風聲多。雨相和。簾外芭蕉三兩窠。夜長人奈何!

《浩然齋雅談》卷下:劉過改之嘗游富沙,與友人吴仲平飲於吴所歡吴盼兒家。嘗賦詞贈之,所謂「雲一窩。玉一梭。淡淡衫兒薄薄羅。輕顰雙黛蛾。」盼遂屬意改之,吴憤甚,挾刃刺之,誤傷其妓,遂悉繫有司。時吴居父爲帥,改之以啟上之云:「韓擒虎在門,顧麗華而難戀。陶朱公有意,與西子以偕來。」居父遂釋之。然自是不復合矣。改之有「春風重到憑闌處,腸斷妝樓不忍登」,蓋爲此耳。

念奴嬌

知音者少，算乾坤許大，著身何處？直待功成方肯退，何日可尋歸路？多景樓前，垂虹亭下，一枕眠秋雨。虚名相誤，十年枉費辛苦。不是奏賦明光，上書北闕，無驚人之語。我自怱忙天不肯，贏得衣裾塵土。白璧堆前，黄金買笑，付與君爲主。蓴鱸江上，浩然明日歸去。

《詞苑叢談》卷七引《江湖紀聞》：「劉過字改之，吉州太和人也。性疎豪好施，辛稼軒客之。稼軒帥淮時，改之以母病告歸，囊槖蕭然。是夕稼軒與改之微服縱登倡樓，適一都吏命樂飲酒，不知爲稼軒也，命左右逐之，二公大笑而歸。即以爲有機密文書，唤某都吏，其夜不至。稼軒欲籍其産而流之，言者數十，皆不能解。遂以五千緡爲改之母壽，請言與稼軒。稼軒曰：『未也。』令倍之，都吏如數增作萬緡。稼軒爲買舟於岸，舉萬緡於舟中，戒曰：『可即行，無如常日輕用也。』改之作《念奴嬌》爲别稼軒。改之又號龍洲，太和邑稱也。」

沁園春

斗酒彘肩，醉渡浙江，豈不快哉！被香山居士，約林和靖，與蘇公等，駕勒吾回。坡謂西湖，正如西子，濃抹淡妝臨照臺。諸人者，都掉頭不顧，只管傳杯。白云天竺去來。圖畫裏，崢嶸樓觀開。看縱横一澗，東西水遶，兩山南北，高下雲堆。逋曰不然，暗香疎影，只可孤山先探梅。蓬萊閣，訪稼軒未晚，且此徘徊。

《桯史》卷二《劉改之詩詞》：嘉泰癸亥歲，改之在中都時，辛稼軒棄疾帥越，聞其名，遣介招之，適以事不及行，書歸輅者，因傚辛體作《沁園春》一詞併緘往，下筆便逼真。辛得之大喜，致餽數百千，竟邀之去。館燕彌月，酬唱亹亹，皆似之，逾喜。垂別賙之千緡，曰：「以是爲求田資。」改之歸，竟蕩於酒，不問也。詞語峻拔，如尾腔對偶錯綜，蓋出唐王勃體，而又變之。余時與之飲西園，改之中席自言，掀髯有得色。余率然應之曰：「詞句固佳，然恨無刀圭藥，療君白日見鬼症耳。」坐中哄堂一笑。

又

按轡徐驅，兒童聚觀，神仙畫圖。正芹塘雨過，泥香路輭，金蓮自拆，小小籃輿。傍柳題詩，穿花覓句，嗅蕊攀條得自如。經行處，有蒼松夾道，不用傳呼。　清泉怪石盤紆。信風景、江淮各異殊。想東坡賦就，紗籠素壁，西山句好，簾卷晴珠。白玉堂深，黄金印大，無此文君載後車。揮毫處，看淋漓醉墨，真草行書。

《游宦紀聞》卷一：黄尚書由帥蜀，中閣乃胡給事晉臣之女，過雪堂，行書《赤壁賦》於壁間。改之從後題一闋。其詞云：詞如上略。後黄知爲劉所作，厚有饋貺。

又

玉帶猩袍，遥望翠華，馬去如龍。擁千官鱗集，貂蟬爭出，貔貅不斷，萬騎雲從。細柳營開，團花袍窄，人指汾陽郭令公。山西將，算韜鈐有種，五世元戎。旌旗蔽滿寒空。魚陣整，從容虎帳中。想刀明似雪，縱横脱稍，箭飛如雨，霹靂鳴弓。威撼邊城，氣吞强敵，慘澹塵沙吹北風。中興事，看君王神武，駕馭英雄。

《游宦紀聞》卷一：壽皇鋭意親征，大閲禁旅，軍容肅甚。郭杲爲殿巖，從駕還内，都人昉見一時之盛。改之以詞與郭云：詞如上略。郭餽劉亦踰數十萬錢。

天仙子

宿酒醺醺猶自醉。回顧頭來三十里。馬兒只管去如飛，騎一會。行一會。斷送殺人山共水。　是則青衫深可喜。不道恩情拚得未？雪迷前路小橋横，住底是。去底是。思量我了思量你。

《夷堅支丁》卷第六：劉過字改之，襄陽人。雖爲書生，而貲産贍足，得一妾愛之甚。淳熙甲午，預秋薦，將赴省試，臨歧，眷戀不忍行，在道賦《天仙子》一詞，每夜飲旅舍，輒使隨直小僕歌之。其詞鄙淺不工，姑以寫意而已。到建昌，游麻姑山，薄暮獨酌，屢歌此詞，思想之極，至於墮淚。二更後，一美人忽來前，執拍板曰：「願唱一曲勸酒。」即歌曰：「別酒未斟心先醉，忍聽《陽關》辭故里。揚鞭勒馬到皇都，三題盡，當際會，穩跳龍門三級水。天意令吾先送喜，不審君侯知得未？蔡邕博識爨桐聲，君背負，只此是，酒滿金杯來勸你。」蓋賡和元韻。劉以龍門之句喜甚，即令再誦，書之於紙，與之歡接。但不曉蔡邕背負之意，因留伴寢，始問爲何人，曰：「我本麻姑上仙之妹，緣度王方平、蔡經不切，謫居此山，久不得回玉京。恰聞君新製雅麗，勉趁韻自媒，從此願陪後乘。」劉猶以辭卻之，然深於情，長途而遠客不能自制，遂與之偕東，而令乘小轎相望於百步間。迨入都城，僦委巷密室同處，果擢第。調荆門教授以歸，過臨江，因游閤車山，道士熊若水修謁謂之曰：「欲有所言，得乎？」劉曰：「何不可者。」熊曰：「吾善符籙，竊疑隨車娘子，恐非人也，不審於何地得之？」劉具以告，曰：「是矣，是矣。候茲夕與共枕時，吾於門外作法行持呼，教授緊抱同衾人，切勿令竄佚。」劉如所戒，喚僕秉燭排闥入，正擁一琴，頓悟昔日蔡邕之語，堅縛寘於傍。及行，親自挈持，眠食不捨。及經麻姑，訪諸道流，乃云：「頃有趙知軍攜古琴過此，寶惜甚至，因摶附之際，誤觸墮砌下石上，損破不可治，乃埋之官廳西偏，斯其物也。」遽發瘞視之，匣空矣。劉舉琴置匣，命道衆焚香誦經咒，泣而焚之，且作小詩述懷。

姜夔

夔字堯章，鄱陽人。蕭德藻識之於年少客游，妻以兄子。因寓居吴興之武康，與白石洞天爲鄰，自號白石道人。慶元中，曾上書乞正太常雅樂，得免解，訖不第。

眉嫵 戲張仲遠

看垂楊連苑，杜若侵沙，愁損未歸眼。信馬青樓去，重簾下，娉婷人妙飛燕。翠尊共款。聽艷歌、郎意先感。便攜手、月地雲階裏，愛良夜微暖。無限。風流疎散，有暗藏弓履，偷寄香翰。明日聞津鼓，湘江上、催人還解春纜。亂紅萬點，悵斷魂、煙水遥遠。又爭似相攜，乘一舸，鎮長見。

《耆舊續聞》：堯章嘗寓吴興張仲遠家，屢外出，其室人知書，賓客通問，必先窺來札，性頗妒。堯章戲作《百宜嬌》詞以遺之，竟爲所見。仲遠歸，莫能辨，則受其指爪損面，至不能出外云。

滿江紅

仙姥來時，正一望、千頃翠瀾。旌旗與、亂雲俱下，依約前山。命駕群龍金作軛，相從諸娣玉爲冠。廟中列坐如夫人者十五人。向夜深、風定悄無人，聞佩環。　神奇處，君試看。奠淮右，阻江南。遣六丁雷電，别守東關。應笑英雄無好手，一篙春水走曹瞞。又爭知、人在小紅樓，簾影間？

《後村先生大全集》卷一百七十七：姜堯章有平聲《滿江紅》自叙云：「舊詞用仄韻多不叶律，如末句『無心撲』，歌者將心字融入去聲，方諧音律。余欲以平韻爲之，久不能成。因泛巢湖，祝曰：『得一席風，當以平韻《滿江紅》爲神姥壽。』言訖，風與帆俱駛，頃刻而成。末句云『聞珮環』，則叶律矣。」其詞云：詞如上略。此闋佳甚，惜無能歌之者。

暗　香

舊時月色。算幾番照我，梅邊吹笛。唤起玉人，不管清寒與攀摘。何遜而今漸老，都忘卻、春風詞筆。但怪得、竹外疎花，香冷入瑶席。　江國。正寂寂。歎寄與路遥，夜雪初積。翠尊易泣。紅蕚無言耿相憶。長記曾攜手處，千樹壓、西湖寒碧。又片片、吹盡也，幾時見得？

疏　影

苔枝綴玉。有翠禽小小，枝上同宿。客裏相逢，籬角黄昏，無言自倚修竹。昭君不慣胡沙遠，但暗憶、江南江北。想珮環、月夜歸來，化作此花幽獨。　猶記深宫舊事，那人正睡裏，飛近蛾緑。莫似春風，不管盈盈，蚤與安排金屋。還教一片隨波去，又卻怨、玉龍哀曲。等恁時、重覓幽香，已入小窗横幅。

《硯北雜志》卷下：小紅，順陽公青衣也，有色藝。順陽公之請老，姜堯章詣之。一日，授簡徵新聲，堯章製《暗香》、《疏影》兩曲，公使二妓肄習之，音節清婉。堯章歸吴興，公尋以小紅贈之。其夕大雪，過垂虹，賦詩曰：「自琢新詞韻最嬌，小紅低唱我吹簫。曲終過盡松陵路，回首煙波十四橋。」

梅　嬌

梅嬌，吴七郡王愛姬。

滿庭芳

一種陽和，玉英初綻，雪天分外精神。冰肌玉骨，別是一家春。樓上笛聲《三弄》，百花都未知音。明窗畔，臨風對月，曾結歲寒盟。　笑杏花何太晚，遲疑不發，等待春深。只宜遠望，舉目似燒林。麗質芳姿雖好，一時取媚東君。爭如我，青青結子，金鼎内調羹。

《彤管遺編》後集卷十二：梅嬌、杏倩者，宋吴七郡王之二愛姬也。梅、杏丰姿俊雅，善音律詩詞。王盛暑臥涼亭，吟曰：「涼亭九曲闌干遶，四面柳荷香來好。身眠八尺白觥鬚，頭枕一枚紅瑪瑙。毒龍畏熱不敢行，海水剪碎蓬萊島。」後二句命杏、梅續之。梅云：「公子猶嫌扇力微。」杏云：「游人尚在紅塵道。」續已，二人矜競所長，各作詞一闋以戲。王笑作《杏梅詞》以和解之。

案：原載梅嬌嘲杏倩《滿庭芳》詞如上。又載杏倩嘲梅嬌《滿庭芳》詞云：「景傍清明，日和風暖，數枝濃淡胭脂。春來早起，惟我獨芳菲。門外幾番雨過，似佳人細膩香肌。堪賞處，玉樓人醉，斜插滿頭歸。　梅花何太早，消疏骨肉，葉密花稀。不逢媚景，開後甚孤栖。恐怕百花笑你，甘心受雪壓霜欺。爭如我、年年得意，占斷踏青時。」

吴　琚

琚字居父，號雲壑，汴人。宋高宗吴皇后之姪。慶元二年，以鎮安節度使留守建康，遷少保卒。

水龍吟　喜雪應制

紫皇高宴蕭臺，雙成戲擊瓊包碎。何人爲把，銀河水翦，甲兵都洗。玉樣乾坤，八荒同色，了無塵翳。喜冰消太液，暖融鳷鵲，端門曉、班初退。　聖主憂民深意。轉鴻鈞、滿天和氣。太平有象，三宫二聖，萬年千歲。雙玉杯深，五雲樓迥，不妨頻醉。細看來、不是飛花，片片是、豐年瑞。

《武林舊事》卷第七：淳熙八年正月初二日，進早膳訖，遣皇太子到宫，恭請兩殿，並只用轎兒禁衛簇擁入内。官家親至殿門恭迎，親扶太上降輦，至損齋進茶。次至清燕殿，閒看書畫玩器。約午時初，後苑進酥酒十色熬煮。午正二刻，就凌虚排當，三盞，至萼緑華堂看梅。上進銀三萬兩，會子十萬貫。太上云：「宫中無用錢處，不須得。」上再三奏請，止受三分之一。未初雪大下，正是臘前，太上甚喜。官家云：「今年正欠些雪，可謂及時。」太上云：「雪卻甚好，但恐長安有貧者。」上奏曰：「已令有司比去年倍數支散矣。」太上亦命提舉官，於本宫支撥官會，照朝庭數目，發下臨安府，支散貧民一次。又移至明遠樓，張燈進酒，節使吴琚進喜雪《水龍吟》詞。上大喜，賜鍍金酒器二百兩，細色緞匹，復古殿香羔兒酒等。太后命本宫歌板色，歌此曲進酒，太上盡醉。至更後，宣轎兒入便門，上親扶太上上輦還宫。

酹江月　觀潮應制

玉虹遥挂，望青山隱隱，一眉如抹。忽覺天風吹海立，好似春霆初發。白馬凌空，瓊鰲駕水，日夜朝天闕。飛龍舞鳳，鬱葱環拱吴越。　此景天下應無，東南形勝，偉觀真奇絶。好似吴兒飛綵幟，蹴起一江秋雪。黄屋天臨，水犀雲擁，看擊中流楫。晚來波靜，海門飛上明月。

《武林舊事》卷第七：淳熙十年八月十八日，上詣德壽宫，恭請兩殿往浙江亭觀潮。進早膳訖，御輦檐兒及内人車馬，竝出候潮門。先命修内司於浙江亭兩旁抓縛席屋五十間，至是竝用綵纈幕簾。得旨，從駕百官，各賜酒食，竝免侍班，從便觀看。先是澉浦、金山都統司水軍五千人抵江下，至是又命殿司新刺防江水軍、臨安府水軍竝行閲試。軍船擺布西興龍山兩岸，近千隻。管軍官於江面分布五陣，乘騎弄旗，標槍舞刀，如履平地。點放五色煙礮滿江，及煙礮息，則諸船盡藏，不見一隻。奉聖旨，自管軍已下，竝行支犒一次。自龍山已下，貴邸豪民綵幕，凡二十餘里。車馬駢闐，幾無行路。西興一帶，亦皆抓縛幕次，綵繡照江，有如鋪錦。市井弄水人，有如僧兒、留住等，凡百餘人，皆手持十幅綵旗，踏浪爭雄，直至海門迎潮。又有踏混木、水傀儡、水百戲、撮弄等，各呈技藝，竝有支賜。太上喜見顔色。曰：「錢塘形勝，東南所無。」上起奏曰：「錢塘江潮，亦天下所無有也。」太上宣諭侍宴官，令各賦《酹江月》一曲。至晚進呈，太上以吴琚爲第一。兩宫並有宣賜，至月上還内。

趙昂

昂，臨安府諸生。

婆羅門引

暮霞照水，水邊無數木芙蓉。曉來露溼輕紅。十里錦緣步障，日轉影重重。向楚天空迥，人立西風。　夕陽道中。歎秋色，與愁濃。寂寞三千粉黛，臨鑑妝慵。施朱太赤，空惆悵，教妾若爲容。花易老，煙水無窮。

《藏一話腴》内編卷下：趙昂總管始肄業臨安府學，困躓無聊，遂脱儒冠。從宴席間，高廟問今應制之臣，張掄之後爲誰可，阜陵以昂對。時高廟俯伏久之，知其嘗爲諸生，命賦拒霜詞。昂奏所用腔，令綴《婆羅門引》。又奏所用意，詔自述其梗概。即進呈云：詞如上略。時高廟喜之，錫銀絲加等，仍俾阜陵與之轉官，並謂：「我如此使知感於汝也。」

徐珌

珌字公飾。

謁金門

秋欲暮。路入亂山深處。撲面西風吹霧雨。驛亭欣暫駐。　可惜國香風度。空谷寂寥誰顧？已作《竹枝》傳楚女。客愁推不去。

又

春欲半。重到寂寥山館。修竹連山青不斷。誰家門可款？　紅暈花梢未半。緑蘸柳芽猶短。金縷香消春不管。素蟾光又滿。

《雲谷雜記》卷三：沅州道間有古驛曰幽蘭舖，有徐珌者，凡兩經過，書二詞於其壁。詞如上略。乾道中，先君曾寓是館，愛其語意悽惋，每舉示於人。珌字公飾，不知何許人也。

謝直

直元名希孟，避寧宗諱，改名直，字古民。台州黄巖人。從陸九淵游。淳熙十一年進士，歷太社令，嘉興府通判。

卜算子

雙槳浪花平，夾岸青山鎖。你自歸家我自歸，説着如何過？　我斷不思量，你莫思量我。將你從前與我心，付與他人可。

《談藪》：謝希孟在臨安狎娼，陸象山責之曰：「士君子乃朝夕與賤娼女尼，獨不愧於名教乎？」希孟敬謝，謂後不敢。他日復爲娼造鴛鴦樓，象山聞之，又以爲言。謝曰：「非特建樓，且有記。」象山喜其文，不覺曰：「樓記云何？」即口占首句云：「自遜、抗、機、雲之死，天地英靈之氣，不鍾於男子，而鍾於婦人。」象山默然。知其侮己也。一日，在娼所，忽起歸興，遂不告而行。娼追送江滸，泣涕戀戀，希孟毅然取領巾書一詞與之云：詞如上略。

易祓妻

祓字彦祥，一字彦章，潭州人。淳熙十一年，上舍釋褐。慶元六年，除著作郎。

一剪梅

染淚修書寄彦章。貪作前廊。忘卻回廊。功名成遂不還鄉。石作心腸。鐵作心腸。　紅日三竿懶畫妝。虚度韶光。瘦損容光。相思何日得成雙。羞對鴛鴦。懶對鴛鴦。

《古杭雜記》：易祓字彦章，潭州人。以優校爲前廊，久不歸，其妻作《一剪梅》詞寄云：詞如上略。

俞國寶

國寶，臨川人，淳熙太學生。

風入松　題酒肆

一春長費買花錢。日日醉湖邊。玉驄慣識湖邊路，驕嘶過、沽酒樓前。紅杏香中歌舞，緑楊影裏秋千。暖風十里麗人天。花壓鬢雲偏。畫船載取春歸去，餘情在、湖水湖煙。明日再攜殘酒，來尋陌上花鈿。

《武林舊事》卷第三：一日，御舟經斷橋，橋旁有小酒肆，頗雅潔，中飾素屏，書《風入松》一詞於上。光堯駐目，稱賞久之，宣問何人所作，乃太學生俞國寶醉筆也。上笑曰：「此詞甚好，但末句未免儒酸。」因爲改定云「明日重扶殘醉」，則迥不同矣。即日命解褐云。

胡與可

與可，號惠齋，平江人，胡晉臣女，尚書黄由室。由，淳熙八年進士第一。

百字令

小齋幽僻。久無人到此，滿地狼籍。几案塵生多少憾，把玉指、親傳蹤跡。畫出南枝，正開側面，花蕊俱端的。可憐風韻，故人難寄消息。非共雪月交光，這般造化，豈費東君力。只欠清香來撲鼻，亦有天然標格。不上寒窗，不隨流水，應不鈿宮額。不愁《三弄》，只愁羅袖輕拂。

《皇宋書録》外篇：夫人號惠齋，有文章，兼通書畫，給事公女也。吴人多相傳其嘗因几上凝塵，戲畫梅一枝，仍題《百字令》其上云：詞如上略。

戴復古妻

戴復古妻，武寧人。

憐薄命

惜多才，憐薄命，無計可留汝。揉碎花箋，忍寫斷腸句。道傍楊柳依依，千絲萬縷。抵不住、一分愁緒。　捉月盟言，不是夢中語。後回君若重來，不相忘處。把杯酒、澆奴墳土。

《南村輟耕録》卷四：戴石屏先生復古未遇時，流寓江右武寧，有富家翁愛其才，以女妻之。居二三年，忽欲作歸計。妻問其故，告以曾娶。妻白之父，父怒。妻宛曲解釋，盡以奩具贈夫，仍餞以詞云：詞如上略。夫既别，遂赴水死，可謂賢烈也矣。

曹　豳

豳字西士，號東畝，瑞安人。嘉泰二年進士，官左司諫，遷吏部侍郎，知福州，後以寶章閣待制致仕。

紅窗迥

春闈期近也，望帝京迢迢，猶在天際。懊恨這一雙腳底，一日廝趕上五六十里。爭氣。扶持我去，轉得官歸，恁時賞你。穿對朝靴，安排你在轎兒裏。更選箇、宮樣鞋，夜間伴你。

《庶齋老學叢談》卷中之下：曹東畝赴省，陸行良苦，以詞自慰其足云：詞如上略。

衛元卿

謁金門

花過雨。又是一番紅素。燕子歸來愁不語。故巢無覓處。　誰在玉樓歌舞？誰在玉關辛苦？若使胡塵吹得去。東風侯萬户。

《貴耳集》卷上：衛元卿，洋州人。曾領薦，不得志，游山谷間，作《謁金門》詞曰：詞如上略。

孫惟信

惟信字季蕃，號花翁，開封人，居婺州。

失調名

壽花戴了。山童問、華庚多少？待瞞來、又怕旁人笑。況戒臘、淳熙可考，大衍之用恰恰好。學易後，尚一年小。謝屐唐衣眉山帽。薰風送下蓬島。生巧。吕翁昨夜鍾離蚤。也曾參、兩箇先生道。又也曾偷桃啖棗。百屋堆錢都不要。更不要、袞衣茸纛，但要酒星花星照。鶻笑到老。

《後村先生大全集》卷一百七十六：孫季蕃歲爲一詞自壽，其四十九歲詞云：詞如上略。

蘇洞

洞字召叟，山陰人。蘇頌四世孫。

摸魚兒

望關河、試窮遥眼，新愁似絲千縷。劉郎豪氣今何在？應是九疑三楚。堪恨處。便拚得、一生寂寞長羈旅。無人寄語。但吊麥傷桃，邊松倚竹，空憶舊詩句。文章事，到底將身自誤。功名難料遲暮。鶉衣簞食年年瘦，受侮世間兒女。君信否？盡縣簿高門，歲晚誰青顧？何如引去。任槎上張騫，山中李廣，商略儘風度。

雨中花

十載尊前，放歌起舞，人間酒户詩流。盡期君凌厲，羽翮高秋。世事幾如人意？儒冠還負身謀。歎天生李廣，才氣無雙，不得封侯。　榆關萬里，一去飄然，片雲甚處神州？應悵望、家人父子，重見無由。隴水寂寥傳恨，淮山宛轉供愁。這回休也，燕鴻南北，長隔英游。

《游宦紀聞》卷八：予於菊磵高九萬處，見蘇召叟手書憶劉改之《摸魚兒》一闋，又賦《雨中花》一闋云：「予往時憶劉改之作《摸魚兒》，頗爲朋友間所喜，然改之尚未之見也。數日前，忽聞改之去，□□□□□□，悵惘殆不勝言。因憶改之每聚首，愛歌《雨中花》，悲壯激烈，令人鼓舞。

輒倚此聲，以寓予思。凡未忘我改之者，幸爲我和之。」召叟有《泠然詩集》十卷行於世。

王邁

邁字實之，仙游人。嘉定十年進士，官教授，爲鄭清之所知。

沁園春

三數年來，臺省好官，都作一回。雖有向前，未作底官職，不妨猛省，直恁歸來。甲第新成，名姬初買，脆管繁絃十二釵。細看來，這狂生無用，削盡官階。　狂生真箇狂哉！潑生氣、元來猶未灰。有龍鱗鳳翼，不能攀附；半簑漁具，早已安排。爛煮園蔬，熟煨山芋，白髮蒼顏窮秀才。更有麽，狂生無著處，押去瓊崖。

《古杭雜記詩集》卷一：理宗端平，興化王邁以召試館職，除祕省正字。後因投憲府副篇，遭論褫職，理宗亦以狂生稱之。後叙官復職，謝宰執啟有曰：「設有建明，又必以狂生斥，無補成敗，徒重爲謟子嗤。」其與仁宗之言柳三變，令其且去填詞，三變遂自名云「奉聖旨填詞柳三變」，無以異也。邁常賦《沁園春》，上方大琮壽，末因以自喻。

趙　葵

葵字南仲，號信庵，衡山人。官至右丞相，兼樞密使。

南鄉子

束髮領西藩。百萬雄兵掌握間。召到廟堂無一事，遭彈。昨日公卿今日閑。　拂曉出長安。莫待西風割面寒。羞見錢塘江上柳，何顔。瘦僕牽驢過遠山。

《錢塘遺事》卷三：信庵趙葵南仲，忠肅公幼子。意氣豪邁。爲參預時，有奏對日記，穆陵與之密議儲事，公再三參決，且云「如陛下即位，便不是好樣子」，尤人所難言也。除拜右相，葵屢上辭免，而朝旨促赴闕益急。後葵到京時，以宰相須用讀書人劾之，葵已知之矣，乃逕出國門，疾馳而歸，題《南鄉子》壁間云：詞如上略。後有表奏曰：「霍光不學無術，每思張詠之語以懷慚。后稷所讀何書，敢以趙抃之言而自解。」是雖有激而云，然亦見幾而作矣。

劉克莊

克莊字潛夫，號後村，莆田人。淳祐六年，賜同進士出身，官龍圖閣直學士。

清平樂

宮腰束素。只怕能輕舉。好築避風臺護取。莫遣驚鴻飛去。　一團香玉温柔，笑顰俱有風流。貪與蕭郎眉語，不知舞錯《伊州》。

《中興以來絶妙詞選》卷七：頃在維揚陳師文參議家，見舞姬絶妙，賦此。

玉　真

玉真，宋宫人。

楊柳枝

已謝芳華更不留。幾經秋。故宫臺榭只荒丘。忍回頭。　塞外風霜家萬里，望中愁。楚魂湘血恨悠悠。此生休。

《夷堅續志》後集：大定中，廣寧士人李惟清元直者，與鬼婦故宋宫人玉真遇，玉真有《楊柳枝》詞云：詞如上略。

周文謨

念奴嬌

棊聲特地，把十年心事，恍然驚覺。楊柳樓頭歌舞地，長記一枝纖弱。破鏡重圓，玉環猶在，鸚鵡言如昨。秦箏別後，知他幾換弦索？　誰念顧曲周郎，尊前重見，千種愁難著？猶勝玄都人去後，空怨殘紅零落。緑葉成陰，桃花結子，枉恨東風惡。盈盈淚眼，見人欲下還閣。

《珊瑚網·法書題跋》卷十引郭天錫手録《詩文雜記》：「宋周文謨太守，有愛姬善棊而絕色，史衛王以計取去，十年不見。一日，周謁衛王，忽見姬與衛王對局，四目相顧，驚喜不已，遂賦《念奴嬌》詞。」

尹　焕

焕字惟曉，山陰人。嘉定十年進士，自畿漕除右司郎官。

唐多令

蘋末轉清商。溪聲供夕涼。緩傳杯、催喚紅妝。斜綰烏雲新浴罷，裙拂地，水沉香。　歌短舊情長。重來驚鬢霜。悵緑陰、青子成雙。説著前歡佯不保，颺蓮子，打鴛鴦。

《齊東野語》卷十：梅津尹焕惟曉未第時，嘗薄游苕溪籍中，適有所盼。後十年，自吴來霅，艤舟碧瀾，問訊舊游，則久爲一宗子所據，已育子，而猶掛名籍中。於是假之郡將，久而始來，顔色瘁赧，不足膏沐，相對若不勝情。梅津爲賦《唐多令》。數百載而下，真可與杜牧之尋芳較晚爲偶也。

淮上女

減字木蘭花

淮山隱隱。千里雲峰千里恨。淮水悠悠。萬頃煙波萬頃愁。　山長水遠。遮斷行人東望眼。恨舊愁新。有淚無言對晚春。

《續夷堅志》卷四《泗州題壁》詞：興定末，四都尉南征，軍士掠淮上良家女北歸。有題《木蘭花》詞逆旅間云：詞如上略。

平江妓

妓，嘉定間人。

賀新郎

春色元無主，荷東君、著意看承，等閒分付。多少無情風與浪，又那更、蝶欺蜂妬。算燕雀、眼前無數。縱使簾櫳能愛護，到如今、已是成遲暮。芳草碧，遮歸路。　看看做到難言處。怕宣郎、輕轉旌旗，易歌襦袴。月滿西樓絃索靜，雲蔽崑城閬府。便恁地、一帆輕舉。獨倚闌干愁拍碎，慘玉容、淚眼如紅雨。去與住，兩難訴。

《豹隱紀談》：嘉定間，平江妓送太守詞曰：詞如上略。

劉震孫

震孫字長卿，號朔齋，蜀人。

摸魚兒

怕緑野堂邊，劉郎去後，誰伴老裴度？餘闕。

《齊東野語》卷二十：劉震孫長卿，號朔齋。知宛陵日，吴毅夫潛丞相方閒居，劉日陪午橋之游，奉之亦甚至。常攜具開宴，自撰樂語，一聯云：「入則孔明，出則元亮，副平生自許之心。兄爲東坡，弟爲欒城，無晚歲相違之恨。」毅夫大爲擊節。劉後以召還，吴餞之郊外。劉賦《摸魚兒》一詞爲别，末云：詞句如上略。毅夫爲之揮淚。繼遣一价追和此詞，併以小匳侑之，送數十里外。啟之，精金百星也。前輩憐才賞音如此，近世所無。

馬光祖

光祖字華父，號裕齋，金華人。寶慶二年進士，仕至寶章閣直學士、沿江制置使、江東安撫使，知建康府。

減字木蘭花

多情多愛。還了平生花柳債。好箇檀郎。室女爲妻也不妨。　傑才高作。聊贈青蚨三百索。燭影揺紅。記取媒人是馬公。

《三朝野史》：有士人踰牆，偷人室女，事覺到官，勒令當廳面試。光祖出「踰牆摟處子」詩，士人秉筆云：「花柳平生債，風流一段愁。踰牆乘興下，處子有心摟。謝砌應潛越，韓香許暗偷。有情還愛欲，無語強嬌羞。不負秦樓約，安知漢獄囚？玉顔麗如此，何用讀書求。」光祖大賞，判一詞於牒云：詞如上略。犯姦之士，既幸免決罪，反因此以得佳偶，此光祖以禮待士也。

李南金

南金字晉卿，自號三谿冰雪翁，樂平人。寶慶二年進士。

賀新郎

流落今如許。我亦三生杜牧，爲秋娘著句。先自多愁多感慨，更值江南春暮。君看取、落花飛絮。也有吹來穿繡幌，有因風、飄墮隨塵土。人世事，總無據。　佳人命薄君休訴。若説與、英雄心事，一生更苦。且盡尊前今日意，休記緑窗眉嫵。但春到、兒家庭户。幽恨一簾煙月曉，恐明年、鴈亦無尋處。渾欲倩，鶯留住。

《鶴林玉露》卷一：有良家女流落可嘆者，余同年李南金贈以詞曰：詞如上略。此詞凄婉頓挫，不減古作者。《南史》齊范縝謂竟陵王子良曰：「人生如樹花同發，隨風而散，或拂簾幌，墜茵席之上；或關籬牆，落糞溷之中。墜茵席者，殿下是也；落糞溷者，下官是也。」此詞前闋蓋祖此説。

薛泳

泳字沂叔，天台人。

失調名

一盤消夜江南果。喫果看書只清坐。罪過梅花料理我。一年心事，半生牢落，盡向今宵過。　此身本是山中箇。纔出山來便帶錯。手種青松應是大。縛茅深處，抱琴歸去，又是明年那。

《深雪偶談》：此薛泳沂叔客中守歲詞也。沂叔久客江湖，瀕老懷歸，遂賦此詞。晚於溪上小築，扁水竹居，迄就窆焉。其所爲詩，如《新堤小泛》「柳斷橋方出，煙深寺欲浮」，《早秋歸興》「歸心如病葉，一片落江城」，《鎮江逢尹惟曉》「欲説事都忘，相看心自知」，皆去唐人思致不遠。

國學生

沁園春

三學上書，寃乎天哉，哲人已萎。自綱常一疏，爲時太息；典型諸老，盡力扶持。方哭南牀，繼傷右揆，死到先生事可哀。傷心處，笑寒梅冷落，血淚淋漓。　　人心公論難欺。願君父、明明悟此機。昔九齡疏諫，禄山必叛；更生累奏，王氏爲危。變起范陽，禍成新室，説著當年人噬臍。君知否？但皇天祚宋，此事無之。

《湖海新聞夷堅續志》後集卷二：徐梅埜元傑官至侍從，安享富貴。一日爲疾者所藥，七竅流血，腹裂而萎。國學諸生作《沁園春》而哭之，以此見爵高而身危，可不慎哉！

吴文英

文英字君特，號夢窗，四明人。從吴潛等游。

玉樓春　京市舞女

茸茸貍帽遮梅額。金蟬羅翦胡衫窄。乘肩爭看小腰身，倦態強隨閒鼓笛。　問稱家住城東陌，欲買千金應不惜。歸來困頓殢春眠，猶夢婆娑斜趁拍。

《武林舊事》卷第二：都城自舊歲冬孟駕回，則已有乘肩小女，鼓吹舞綰者數十隊，以供貴邸豪家幕次之翫。而天街茶肆，漸已羅列燈毬等求售，謂之燈市。自此以後，每夕皆然。三橋等處，客邸最盛，舞者往來最多。每夕樓燈初上，則簫鼓已紛然自獻於下。酒邊一笑，所費殊不多，往往至四鼓乃還。自此日盛一日。姜白石有詩云：「燈已闌珊月色寒，舞兒往往夜深還。只應不盡婆娑意，更向街心弄影看。」又云：「南陌東城盡舞兒，畫金刺繡滿羅衣。也知愛惜春游夜，舞落銀蟾不肯歸。」吴夢窗《玉樓春》云：詞如上略。深得其意態也。

翁孟寅

孟寅字賓暘，號五峰，錢塘人。

摸魚兒

捲西風，方肥塞草，帶鉤何事東去？月明萬里關河夢，吴楚幾番風雨。江上路。二十載、頭顱凋落今如許。涼生弄塵。歎江左夷吾，隆中諸葛，談笑已塵土。寒汀外，還見來時鷗鷺。重來應是春暮。輕裘峴首陪登眺，馬上落花飛絮。拚醉舞。誰解道、斷腸賀老江南句？沙津少駐。舉目送飛鴻，幅巾老子，樓上正凝佇。

《浩然齋雅談》卷下：翁孟寅賓暘嘗游維揚，時賈師憲開帷閫，甚前席之。其歸又置酒以餞，賓暘即席賦《摸魚兒》。師憲大喜，舉席間飲器凡數十萬，悉以贈之。

潘 牥

牥字庭堅，號紫巖，閩人。端平二年進士，通判潭州。

水龍吟

玉帶懸魚，黄金鑄印，侯封萬户。待從頭，繳納君王，覓取愛卿歸去。

《後村先生大全集》卷一百七十六：延平藉中，有能墨竹草聖者，潘庭堅爲賦《念奴嬌》，案當作《水龍吟》。美其書畫。末云：詞如上略。余罷袁守，歸途赴郡集，席間借觀，醉墨淋漓，今不復有此雋人矣。

劉　瀾

瀾字養源，號江村，天台人。嘗爲道士，又還俗。

買陂塘

御風來，翠鄉深處，連天雲錦平遠。臥游已動蓬舟興，那在芙蓉城畔。巾𢅈岸。任壓頂嵯峨，滿鬢絲零亂。飛吟水殿。載十丈青青，隨波弄粉，菰雨淚如霰。斜陽外，也有仙妝半面。無言應對花怨。西湖千頃腥塵暗，更憶鑑湖一片。何日見。試折藕占絲，絲與腸俱斷。遐征漸倦。當潁尾湖頭，緑波彩筆，相伴老坡健。

《浩然齋雅談》卷下：此劉瀾養源游天台、雁蕩、東湖所賦《買陂塘》詞，絶筆也，哀哉！

金淑柔

浪淘沙

雨溜和風鈴。滴滴丁丁。釀成一枕别離情。可惜當年陶學士，孤負郵亭。　邊雁帶秋聲。音信難憑。花鬢偷數卜歸程。料得到家秋正晚，菊滿寒城。

《古杭雜記詩集》卷二：臨安婦人金麗卿，題《廣信道中》：「家住錢唐山水圖，梅邊柳外識林蘇。平生慣占清涼國，豈料人間有暑途。」金淑柔，不知何地人，題《浪淘沙》於豐城道中。麗卿之識林和靖、蘇東坡，已不能出門擁蔽其面矣。淑柔可惜於陶學士，其意果何在耶？諒皆失婦人之體也。

李霜涯

晴偏好

平湖百頃生芳草。芙蓉不照紅顛倒。東坡道。波光瀲灩晴偏好。

《武林舊事》卷第六：書會李霜涯作賺絶倫。

《山居新話》：宋嘉熙庚子，歲大旱，杭之西湖爲平陸，茂草生焉。李霜涯作謔詞：詞如上略。管司捕詬，遂逃避之。

鄱陽護戎女

望海潮

雲收飛腳，日袪怒暑，新蟬高柳鳴時。蘭佩紫囊，蒲抽碧劍，吴絲兩腕雙垂。聞道五陵兒。蛟龍吼波面，衝碎琉璃。畫鼓聲中，錦標爭處颭紅旂。　使君冠蓋□追。正霞翻酒浪，翠斂歌眉。扇動水風生玉宇，微涼透入單衣。日暮楚天低。金蛇掣電，漾千頃霜溪。宴罷休燃寶蠟，憑月照人歸。

《歲時廣記》卷二十一引《蕙畝拾英集》：鄱陽一護戎，失其姓，厥女極有詞藻。太守以端午泛舟，雅聞其風韻，因遣人求詞，女走筆成《望海潮》以授使者。

尹詞客

玉樓春

浣花溪上風光主。宴集瀛仙開幕府。商巖本是作霖人，也使閒花沾雨露。　誰憐氏族傳簪組。狂跡偶爲風月誤。願教朱户柳藏春，莫作飄零堤上絮。

《歲時廣記》卷三十五引《蕙畝拾英集》：「錦官官妓尹氏，時號爲詩客，今蜀中有《詩客傳》是也。詩客有女弟，工詞，號詞客，亦有傳。蔡尹因重九令賦詞，以九爲韻，不得用重九字，即席作《西江月》云：『韓愈文章蓋世，謝安才貌風流。良辰開宴在西樓，敢勸一卮芳酒。記得南宮高第，弟兄都占鰲頭。金爐玉殿瑞香浮，名在甲科第九。』蔡公兄弟皆擢甲科，而皆第九。詞客本士族，蔡尹情而與之出籍。王帥繼鎮，聞其名，追之。時郡人從帥游錦江，王公命作詞，且以詞之工拙爲去留，遂請題與韻，令作《玉樓春》以呈。一坐咨賞，會罷釋之。」

李　演

演字廣翁，號秋堂，有《盟鷗集》。

賀新郎

笛叫東風起。弄尊前、楊花小扇，燕毛初紫。萬點淮峰孤角外，驚下斜陽似綺。又婉娩、一番春意。歌舞相繆愁自猛，捲長波、一洗空人世。閒熱我，醉時耳。　綠蕪冷葉瓜洲市。最憐予、洞簫聲盡，闌干獨倚。落落東南牆一角，誰護山河萬里？問人在、玉關歸未？老矣青山燈火客，撫佳期、漫灑新亭淚。歌哽咽，事如水。

《浩然齋雅談》卷下：淳祐間，丹陽太守重修多景樓，高宴落成，一時席上，皆湖海名流。酒餘，主人命妓持紅牋徵諸客詞。秋田李演廣翁詞先成，衆人驚賞，爲之閣筆。其詞云：詞如上略。

陳郁

郁字仲文，號藏一，臨川人。理宗朝，充緝熙殿應制。

念奴嬌

没巴没鼻，霎時間、做出漫天漫地。不論高低並小大，平白都教一例。鼓弄滕神，招邀巽二，一恁施威勢。識他不破，至今道是祥瑞。　最是鵝鴨池邊，三更半夜，誤了吴元濟。東郭先生都不管，關上門兒穩睡。一夜東風，三竿紅日，萬事隨流水。東皇笑道，山河元是我底。

《古杭雜記詩集》卷一：右雪詞，陳藏一作也。藏一爲賈似道所嫉，又爲給事檄駁歸本貫，因雪賦此以寓意。詞語雖粗，然不平而鳴也。

聲聲慢

澄空初霽，暑退銀塘，冰壺雁程寥漠。天闕清芬，何事早飄巖壑。花神更裁麗質，漲紅波、一奩梳掠。涼影裏，算素娥仙隊，似曾相約。　閒把兩花商略，開時候、羞趁觀桃階藥。緑幕黄簾，好頓膽瓶兒著。年年粟金萬斛，拒嚴霜、錦絲圍幄。秋富貴，又何妨、與民同樂。

寶鼎現

虞絃清暑，佳氣葱鬱，非煙非霧。人正在、東闈堂上，分瑞祥輝騰翠渚。奉玉斝，總歡呼稱頌，爭羨神光葆聚。慶誕節、彌生二佛，接踵瑶池仙母。　最好英慧由天賦。有仁慈寬厚襟宇。每留念、修身忱意，博問謙勤親保傅。染寶翰，鎮規隨宸畫，心授家傳有素。更吟詠、形容雅頌，隱隱賡歌風度。　恩重漢殿傳觴，宣付祝、恭承天語。對南薰初試，宫院笙簫競舉。問寢日，竢鷄鳴舞拜，龍樓深處。但長願、際昇平世，萬載皇基因覩。

絳都春

晴春媚曉。正禁苑乍暖，鶯聲嬌小。柳拂玉闌，花映朱簾韶光早。熙朝多暇舒長晝，慶聖主、新頒飛詔。貽謀恩重，齊家有訓，萬邦儀表。偏稱宮闈歡笑。釀和氣共結，天香繚繞。侍宴回車，韶部將迎金蓮照。雞鳴警戒丁寧了。但管取、咸常同道。東皇先報宜男，已生瑞草。

《隨隱漫録》卷二：庚申八月，太子請兩殿幸本宮清霽亭賞芙蓉木犀。韶部頭陳盼兒捧牙板歌「尋尋覓覓」一句。上曰：「愁悶之詞，非所宜聽。」顧太子曰：可令陳藏一即景撰快活《聲聲慢》。先臣再拜承命，五進酒而成，二進酒，數十人已群謳矣。天顔大悦，於本宮官屬支賜外，特賜百匹。明年四月九日，儲皇生辰，令述《寶鼎現》，俾本宮内人群唱爲壽。上稱得體。又明年，賜永嘉郡夫人全氏爲太子妃。錫宴畢，太子妃回宮，令旨俾立成《絳都春》家宴進酒詞曰：詞如上略。若此者數百篇，史臣章采稱：「陳藏一長短句，以清真之不可，學老坡之可。東宮應令，含情託諷，所謂『曲終雅奏』者耶？沈香亭《清平》之詞，尚託汗青以傳，藏一此詞合太史氏書法，宜牽聯得書。」

姚勉

勉字成一，高安人。寶祐元年進士第一。除校書郎，兼太子舍人。後以忤賈似道免歸。

賀新郎　六更鼓

月轉宫牆曲。六更殘、鑰魚聲亮，紛紛袍鵠。黼座臨軒清蹕奏，天仗綴行森肅。望五色、雲浮黄屋。三策忠嘉親賜擢，動龍顔、人立班頭玉。臚首唱，衆心服。　殿頭賜宴宫花簇。寫新詩、金牋競進，繡牀争蹙。御渥新沾催進謝，一點恩袍先緑。歸袖惹、天香芬馥。玉勒新鞭迎夾路，九街人、盡道蒼生福。齊擁入，狀元局。

《古杭雜記詩集》卷一：姚勉爲狀元，嘗作是詞，用六更事。昔宋太祖以庚申即位後有，五庚之説。五庚漸周，禁中忌打五更鼓，遂作六更。前輩歌詩間有言六更者。理宗寶祐癸丑臨軒，勉作大魁賦此，然則五更既可加爲六更，六更之盡，不可復加歟？

文及翁

及翁字時學，號本心，綿州人，徙居吴興。寶祐元年進士。景定間，言公田事，有名朝野。宋亡不仕。

賀新郎　游西湖有感

一勺西湖水。渡江來、百年歌舞，百年酣醉。回首洛陽花世界，煙渺黍離之地，更不復、新亭墮淚。簇擁紅妝搖畫舫，問中流、擊楫何人是？千古恨，幾時洗？　余生自負澄清志。更有誰、磻溪未遇，傅巖未起？國事如今誰倚仗，衣帶一江而已。便都道、江神堪恃。借問孤山林處士，但掉頭、笑指梅花蕊。天下事，可知矣！

《古杭雜記》：蜀人文及翁登第後，期集游西湖。一同年戲之曰：「西蜀有此景否？」及翁即席賦《賀新郎》云：詞如上略。

箕　仙

憶少年

落盡梧桐秋影瘦。淒涼天氣，淒涼院宇，淒涼時候。孤鴻叫斜月，伴寒燈殘漏。　菱鑑古，畫眉難就。重陽又近也，對黃花依舊。

《齊東野語》卷十六：湖學甲子歲科舉後，士友有請仙問得失者，賦詞云：詞如上略。此人竟失舉。

鵲橋仙

鸞輿初駕，牛車齊發，隱隱鵲橋咿軋。尤雲殢雨正歡濃，但只怕、來朝初八。霞垂彩幔，月明銀燭，馥郁香噴金鴨。年年此際一相逢，未審是、甚時結煞。

《齊東野語》卷十六：宋慶之寓永嘉時，遇詔歲，鄉士從之結課者頗衆。適逢七夕，學徒醵飲，有僧法辨者在焉。辨善五星，每以八煞爲説，時人號爲「辨八煞」。酒邊一士致仙扣試事，忽箕動，大書「文章伯降」。宋怪之，漫云：「姑置此，且求一七夕新詞如何？」復請韻，宋指辨云：「以八煞爲韻。」意欲困之也。忽運箕如飛，大書《鵲橋仙》一闋，亦警敏可喜。

郭居安

居安字應酉，號梅石，賈似道客。

聲聲慢

捷書連晝，甘雨灑通宵，新來喜沁堯眉。許大擔當，人間佛力須彌。年年八月八日，長記他、三月三時。平生事，想祇和天語，不遣人知。　一片閒心鶴外，被乾坤繫定，虹玉腰圍。閶闔雲邊，西風萬籟吹齊。歸舟更歸何處？是天教、家在蘇堤。千千歲，比周公、多箇綵衣。

《齊東野語》卷十二：賈師憲當國日，臥治湖山，作堂曰「半閑」，又治圃曰「養樂」。然名爲就養，其實怙權固位，欲罷不能也。每歲八月八日生辰，四方善頌者以數千計，悉俾翹館謄考，以第甲乙，一時傳誦，爲之紙貴，然皆諂詞囈語耳。偶得首選者數闋，戲書于此。以下陳合、廖瑩中、陸景思、奚淢、從稾詞並略。郭應酉居安《聲聲慢》云：詞如上略。且侑以儷語云：「綵衣宰輔，古無一品之曾參。衮服湖山，今有半閒之姬旦。」所謂「三月三」者，蓋頌其庚申蘋草坪之捷，而「歸舟」乃舫齋名也。賈大喜，自仁和宰除官告院，既而語客曰：「此詞固佳，然失之太俳，安得有著綵衣周公乎？」

倪君奭

君奭，四明人。

夜行船

年少疏狂今已老。筵席散，雜劇打了。生向空來，死從空去，有何喜，有何煩惱。説與無常二鬼道。福亦不作，禍亦不造。地獄閻王，天堂玉帝，看你去、那裏押到。

《隨隱漫録》卷三：四明倪君奭，臨終賦《夜行船》詞云：詞如上略。

楊僉判

楊僉判，度宗時人。

一剪梅

襄樊四載弄干戈。不見漁歌。不見樵歌。試問如今事若何？金也消磨。穀也消磨。　柘枝不用舞婆娑。醜也能多。惡也能多。朱門日日買朱娥。軍事如何？民事如何？

《隨隱漫録》卷二：襄樊之圍，食子爨骸，權奸方怙權妬賢，沈溺酒色，論功周召，粉飾太平，楊僉判有《一剪梅》詞云：詞如上略。

德祐太學生

念奴嬌 德祐乙亥

半堤花雨。對芳辰消遣，無奈情緒。春色尚堪描畫在，萬紫千紅塵土。鵑促歸期，鶯收佞舌，燕作留人語。遶欄紅藥，韶華留此孤主。　真箇恨殺東風，幾番過了，不似今番苦。樂事賞心磨滅盡，忽見飛書傳羽。湖水湖煙，峰南峰北，總是堪傷處。新塘楊柳，小腰猶自歌舞。

祝英臺近 德祐乙亥

倚危欄，斜日暮。驀驀甚情緒，稺柳嬌黃，全未禁風雨。春江萬里雲濤，扁舟飛渡，那更聽、塞鴻無數！　歎離阻。有恨流落天涯，誰念泣孤旅？滿目風塵，冉冉如飛霧。是何人惹愁來？那人何處？怎知道、愁來不去！

《湖海新聞夷堅續志》後集卷二：宋德祐乙亥，太學諸生作《念奴嬌》詞：詞如上略。下有注：三、四謂衆宮女行，五謂朝士去，六謂臺官默，七指太學上書，八、九謂只陳宜中在，「東風」謂賈似道，「飛書傳羽」謂北軍至，「新塘楊柳」謂賈妾，「穉柳」謂幼君，「嬌黄」謂太后，「扁舟飛渡」謂北軍至，「塞鴻」指流民，「惹愁來」謂賈出，「那人何處」謂賈去。

案：穉柳以下詞乃《祝英臺近》。

蕭某

沁園春

《士籍》令行，伯仲分明，逐一排連。問子孫何習，父兄何業，明經詞賦，右具如前。最是中間，娶妻某氏，試問於妻何與焉？鄉保舉，那當著押，開口論錢。　祖宗立法於前。又何必更張萬萬千。算行關改會，限田放糴，生民凋瘁，膏血既朘。只有士心，僅存一脈，今又艱難最可憐。誰作俑？陳堅伯大，附勢專權。

《錢塘遺事》卷六：御史陳伯大奏行《士籍》，賈似道毅然行之。先是朝廷患科場弊倖百出，有發解過省而筆跡不同者，有冒已死人解帖免舉者，多方措置，乃議今後凡應舉及免舉人，各於所屬州縣給歷一道，親書歷首，將來赴舉過省，參對筆跡異同，人謂之繫籍秀才，咸淳庚午科已行之矣，時人有詩曰：「戎馬掀天動地來，襄陽城下哭聲哀。平章束手全無策，卻把科場惱秀才。」又太學生蕭某有詞云：詞如上略。

王清惠

清惠字仲華，宋昭儀。德祐丙子，隨三宮入燕。

滿江紅

太液芙蓉，渾不似、舊時顔色。曾記得、春風雨露，玉樓金闕。名播蘭馨妃后裏，暈潮蓮臉君王側。忽一聲、鼙鼓揭天來，繁華歇。　龍虎散，風雲滅。千古恨，憑誰説？對山河百二，淚盈襟血。客館夜驚塵土夢，宮車曉碾關山月。問姮娥、於我肯從容，同圓缺？

《浩然齋雅談》卷下：宋謝太后北覲，有王夫人題一詞於汴京夷山驛中云：詞如上略。文宋瑞丞相和云：「燕子樓中，又捱過、幾番秋色。相思處，青春如夢，乘鸞仙闕。肌玉暗銷衣帶緩，淚珠斜透花鈿側。最無端、蕉影上牕紗，青燈歇。　曲池合，高臺滅。人間事，何堪説。向南陽阡上，滿襟清血。世態便如翻覆手，妾身元是分明月。笑樂昌一段好風流，菱花缺。」又代王夫人再用韻云：「試問琵琶，胡沙外、怎生風色？最苦是，姚黄一朵，移根丹闕。王母歡闌瑶宴罷，仙人淚滿金盤側。聽行宫、半夜雨淋鈴，聲聲歇。綵雲散，香塵滅。銅駝恨，那堪説。想男兒慷慨，嚼穿齦血。回首昭陽辭落日，傷心銅雀迎新月。算妾身、不願似天家，金甌缺。」鄧光薦和云：「王母仙桃，親曾醉、九重春色。誰信道，鹿銜花去，浪翻鼇闕。眉鎖姮娥山宛轉，髻梳墜馬雲欹側。恨風沙、吹透漢宫衣，餘香歇。霓裳散、庭花滅。昭陽燕、應難説。想春深銅雀，夢殘啼血。空有琵琶傳出塞，更無環珮鳴歸月。又爭知、有客夜悲歌，壺敲缺。」

案：此首《東園友聞》、《佩楚軒客談》俱謂張瓊瑛作。

金德淑

德淑，宋宫人。入元，歸章丘李生。

望江南　贈汪水雲

春睡起，積雪滿燕山。萬里長城横縞帶、六街燈火已闌珊，人立玉樓間。

沈雄《古今詞話》卷二引《樂府紀聞》：「章丘李生，至元都，旅次無聊，對月歌曰：『萬里倦行役，秋來瘦幾分。因看河北月，忽憶海東雲。』夜靜聞鄰婦有倚樓而泣者，明日訪之，則宋宫人金德淑也。詢李曰：『客非昨暮悲歌人乎？詞乃佳製否？』李曰：『歌非己作，有同舟人自杭來吟此，故記之耳。』婦泣曰：『此亡宋昭儀王清惠所寄汪水雲詩。』因自舉其《望江南》云：詞如上略。」

徐君寶妻

君寶，宋末岳州人。

滿庭芳

漢上繁華，江南人物，尚遺宣政風流。緑窗朱户，十里爛銀鉤。一旦刀兵齊舉，旌旗擁、百萬貔貅。長驅入，歌樓舞榭，風捲落花愁。　清平三百載，典章人物，掃地俱休。幸此身未北，猶客南州。破鑑徐郎何在？空惆悵、相見無由。從今後，斷魂千里，夜夜岳陽樓。

《南村輟耕録》卷三：岳州徐君寶妻某氏，亦同時被虜來杭，居韓蘄王府。自岳至杭，相從數千里，其主者數欲犯之，而終以巧計脱，蓋某氏有令姿，主者弗忍殺之也。一日，主者怒甚，將即強焉，因告曰：「俟妾祭謝先夫，然後乃爲君婦不遲也，君奚用怒哉！」主者喜諾。即嚴妝焚香，再拜默祝，南向飲泣，題《滿庭芳》詞一闋於壁上，已，投大池中以死。

案：此首又見《東園友聞》。

劉氏

沁園春

我生不辰，逢此百罹，況乎亂離。奈惡因緣到，不夫不主，被擒捉去，爲妾爲妻。父母公姑，弟兄姨妹，流落不知東與西。心中事，把家書寫下，分付伊誰？　越人北向燕支，回首望、雁峰天一涯。奈翠鬟雲軃，笠兒怎戴；柳腰春細，馬迅難騎。缺月疏桐，淡煙衰草，對此如何不淚垂！　君知否？我生於何處，死亦魂歸。

《梅磵詩話》卷下：近丁丑歲，有過軍挾一婦人，經從長興和平酒庫前，題一詞，詞名《沁園春》，後書雁峰劉氏題。語意悽惋，見者爲之傷心，可與蔣氏詞並傳。

張炎

炎字叔夏，號玉田，又號樂笑翁，張循王諸孫。本西秦人，家臨安。宋亡，落魄縱游。

南浦　春水

波暖綠粼粼，燕飛來，好是蘇堤纔曉。魚没浪痕圓，流紅去，翻喚東風難掃。荒橋斷浦，柳陰撑出扁舟小。回首池塘青欲遍，絶似夢中芳草。　和雲流出空山，甚年年淨洗，花香不了？新綠乍生時，孤村路，猶憶那回曾到。餘情渺渺。茂林觴詠如今悄。前度劉郎歸去後，溪上碧桃多少！

《伯牙琴》云：「玉田《春水》一詞，絶唱今古，人以『張春水』目之。」

解連環　孤雁

楚江空晚，悵離群萬里，怳然驚散。自顧影、欲下寒塘，正沙淨草枯，水平天遠。寫不成書，只寄得、相思一點。料因循誤了，殘氊擁雪，故人心眼。　誰憐旅愁荏苒？漫長門夜悄，錦箏彈怨。想伴侣、猶宿蘆花，也曾念春前，去程應轉。暮雨相呼，怕驀地、玉關重見，未羞他、雙燕歸來，畫簾半捲。

《至正直記》卷四：張炎字叔夏，自號玉田，長於詞，嘗賦《孤雁詞》，有「寫不成行，書難成字，只寄得相思一點」，人皆稱之曰「張孤雁」。有《山中白雲集》，首論作詞之法，備述其要旨。

清平樂

候蟲淒斷。人語西風岸。月落沙平流水漫。驚見蘆花來雁。　可憐瘦損蘭成。多情因爲卿卿。祇有一枝梧葉，不知多少秋聲！

《珊瑚網·名畫題跋》卷八：碧梧蒼石一幅，姑蘇汾湖湖天居士陸行直甫之所作。行直有家妓名卿卿，以才色見稱，友人張叔夏爲作古詞贈之，所謂「多情因爲卿卿」是也。後二十一載，行直以翰林典籍致政歸，作此碧梧蒼石，復與其宗人冶仙話舊，因記憶叔夏之贈，則張公、卿卿皆杳隔塵世矣，故並書張詞於卷端。

葉李

李字太白，杭州人。景定五年爲太學生，上書攻賈似道得罪，竄漳州。

失調名

君來路。吾歸路。來來去去何時住？公田關子竟何如？國事當時誰汝誤？　雷州户。厓州户。人生會有相逢處。客中頗恨乏蒸羊，聊贈一篇長短句。

《南村輟耕録》卷十九：中書左丞葉公亦愚李，錢唐人。宋太學生。上書詆賈似道公田關子不便，專權誤國。似道怒，嗾林德夫告公泥金飾齋扁不法，令獄吏鞫之云：「只要你做箇麻糊。」公即口占一詩曰：「如今便一似麻糊，也是人間大丈夫。筆裹無時那解有，命中有處未應無。百千萬世傳名節，二十三年非故居。寄語長安朱紫客，盡心好上帝王書。」遂遭黥流嶺南。及蒙恩放還，與似道遇諸途，公以詞贈云：詞如上略。歸附後，入京上書言時相，併獻至元鈔樣。此樣在宋時固嘗進呈，請以代關子，朝廷不能用。故今別改年號而復獻之。世皇嘉納使用鑄板。以功累官至今任而終。

張幼謙

一剪梅

同年同月又同窗。不似鸞凰，誰似鸞凰？石榴樹下事匆忙。驚散鴛鴦。拆散鴛鴦。

一年不到讀書堂。教不思量。怎不思量？朝朝暮暮只燒香。有分成雙。願早成雙。

長相思

天有神。地有神。海誓山盟字字真。如今墨尚新。　過一春。又一春。不解金錢變作銀。如何忘卻人？

《彤管遺編》續集卷十七：宋端平間，浙東張忠父與羅仁卿鄰居，兩家同日生産，張生子名幼謙，羅生女名惜惜。稍長，羅女寄學於張，人常戲曰：「同日生者，盍爲夫婦？」張子羅女私以爲然，密立券約，誓必偕老，兩家父母罔知也。年十餘歲，嘗私合於軒東石榴樹下，自後無間。明年、羅女不復來學，張子年長不復見，書一詞名《一剪梅》，寄與羅女。羅女以金錢十枚、相思子一枚答之。張忠父爲子求婚於羅仁卿，仁卿以張貧不允，受里富民辛氏聘。張大恨，作詞名《長相思》，遣里媪密遞於女。女云：「受聘乃父母意，但得君來合，寧與君俱死，不願與他人俱生也。」女奉張《卜算子》闋：「幸得那人歸，怎便教來也？一日相思十二辰，真是情難捨。本是好姻緣，又怕姻緣假。若是教隨別箇人，相見黄泉下。」遂約踰牆相通。久，爲羅父母覺，送官司。張歷叙女事，官斷給辛氏聘而婚張。張明年登科，仕至倅，夫婦偕老焉。

徐觀國

驀山溪

儒官措大，是官曰都得做。宰相故崇下，呼召也須同。下脱二字。太原公子，能武又能文。閒暇裏，抱琴書，車馬時相過。　樽開北海，減請還知麼。叵耐這黠徒，剛入詞、把人點污。儒冠屈辱，和我被干連。累告訐，孟嘗君，帶累三千箇。

《白獺髓》：江左士子徐觀國，就館於鄱陽尉王君家，以館翁被本部告訐，減請於州，連及觀國，被録到庭，遂作《驀山溪》詞。

李　壇

壇，山東濰州人。李全之子。初仕元，景定三年降宋，拜保信寧武軍節度使，旋爲元兵所獲，殺之於濟南。

水龍吟

腰刀首帕從軍，戍樓獨倚閒凝眺。中原氣象，狐居兔穴，暮煙殘照。投筆書懷，枕戈待旦，隴西年少。歎光陰掣電，易生髀肉，不如易腔改調。　世變滄海成田，奈群生、幾番驚擾。干戈爛漫，無時休息，憑誰驅掃。眼底山河，胸中事業，一聲長嘯。太平時、相將近也，穩穩百年燕趙。

明祝允明《前聞記》謂景定三年四月三日，元軍圍李璮，璮作《水龍吟》。詞如上略。

宇文元質

元質，西蜀文人。

于飛樂

休休得也，只消更、一朵荼蘼。

《詩人玉屑》卷二十一引《樹萱録》：宇文元質，西蜀文人。一日開樽，有官妓歌《于飛樂》，末句云：「休休得也，只消我、一朵荼蘼。」宇文爲改一字云：「休休得也，只消更、一朵荼蘼。」更字便自然工妙不俗。

游子西

子西，龍溪人。

念奴嬌

暑塵收盡，快晚來急雨，一番初過。是處涼飆迴爽氣，直把殘雲吹破。星律飛流，銀河摇蕩，只恐冰輪墮。雲梯穩上，瓊樓今夜無鎖。　便覺浮世卑沈，回翔偃薄，似蟻空旋磨。想得九天高絶處，不比人間更火。獨立乾坤，浩歌春雪，可惜無人和。廣寒宫裏，有誰瀟灑如我。

《詩人玉屑》卷二十一《中興詞話》：龍溪游子西，江西漕試，登酒樓，逢諸少年聯座，不知其爲文人。酒酣，諸少年題詩於樓壁，旁若無人。子西起借韻，諸子笑之。既而落筆，詞意高妙，諸子怳然潛遁。詞如上略。

申二官人

踏莎行

葱草身才，燈心脚手。閒時與蝶花間走。有時跌倒屋簷頭，蜘蛛網裏翻筋斗。水馬馳來，藕絲纏就。鵝毛般上三盃酒。等閒試把秤兒稱，平盤分上何曾有。

《事林廣記》癸集卷之十三：建康有妓姓李者，舉止輕盈，纖腰一搦，時人取趙飛燕體輕之義，以燕燕名之。李利口卞捷，申二官人一見，因作詞以戲之。形容輕薄，此曲盡之。詞名《踏莎行》。

張樞密

聲聲慢

星冠懶帶，鶴氅慵披，色心頓起蘭房。離了三清，歸去作箇新郎。良宵自有佳景，更燒甚、清香德香。瑤臺上，便玉皇親詔，也則尋常。　常觀裏、孤孤零零，爭如赴鴛闈、夜夜成雙。救苦天尊，你且遠離他方。更深酒闌歌罷，殢玉人、雲雨交相。問則甚，咱們這裏拜章。

《事林廣記》癸集卷之十三：金陵熙春棚，有嘌唱宋英奴者，每日場中體態妖嬈，歌喉宛轉，似花勝花解語，似玉比玉仍香。有剩道士，爲一友人相拉，到彼觀之。道士見英奴唧溜，而技能又高，遂多與之金，自後情好相牽。偶一日，英奴到觀中燒香罷，道士揖歸火櫃裏面小引，遂諧雲雨之情。從此往來稍密，耳目礙人，事覺，捉到府庭。於時以張樞密出爲留守，判道士還俗，將英奴與爲妻，以《聲聲慢》詞道：詞如上略。

陳彥章妻

氏，興化人。

沁園春

記得爺爺，説與奴奴，陳郎俊哉。笑世人無眼，老天得法，官人易聘，國士難媒。印信乘龍，夤緣叶鳳，選似揚鞭選得來。果然是，西雍人物，京樣官坯。　送郎上馬三盃，莫把離愁惱別懷。那孤燈隻硯，郎君珍重，離愁別恨，奴自推排。白髮夫妻，青衫事業，兩句微吟當折梅。彥章去，早歸則箇，免待相催。

《湖海新聞夷堅續志》後集卷二：宋嘉熙戊戌，興化陳彦章混補試中，次年正月往參大學，時幼新娶，其妻作《沁園春》以壯其行，一時傳播，以爲佳話。

鄭文妻

文，秀州人，其妻孫氏。

憶秦娥

花深深。一勾羅襪行花陰。行花陰。閒將柳帶，試結同心。　日邊消息空沈沈。畫眉樓上愁登臨。愁登臨。海棠開後，望到如今。

《古杭雜記》：太學服膺齋上舍鄭文，秀州人，其妻寄以《憶秦娥》云：詞如上略。此詞爲同舍見者傳播，酒樓妓館皆歌之。以爲歐陽永叔詞，非也。

劉鼎臣妻

鷓鴣天

金屋無人夜翦繒。寶釵翻過齒痕輕。臨行執手殷勤送，襯取蕭郎兩鬢青。　聽祝付，好看成。千金不抵此時情。明年宴罷瓊林晚，酒面微紅相映明。

《古杭雜記》：婺州劉鼎臣赴省試，臨行，妻作詞名《鷓鴣天》云：詞如上略。

張任國

柳梢青

掛起招牌。一聲喝采，舊店新開。熟事孩兒，家懷老子，畢竟招財。　當初合下安排。又不是、豪門買獃。自古道，正身替代，見任添差。

《古杭雜記》：三山蕭軫登第，榜下娶再婚之婦。同舍張任國以《柳梢青》詞戲之曰：詞如上略。

醴陵士人

一剪梅

宰相巍巍坐廟堂。說著經量。便要經量。那個臣僚上一章。頭說經量。尾說經量。　輕狂太守在吾邦。聞說經量。星夜經量。山東河北久拋荒。好去經量。胡不經量？

經量？

《花草粹編》卷七載此詞，並記云：「咸淳甲子，又復經量湖南。」

福建士子

卜算子

月上小樓西，雞唱霜天曉。淚眼相看話別時，把定纖纖手。　伊道不忘人，伊卻都忘了。我若無情似你時，瞞不得橋頭柳。

《古杭雜記詩集》卷三：福建有一士子，因在臨安與安泊人家一女子私通，臨歸，女子誓以不嫁他人，候其再來，與之爲偶。次年，父母竟以嫁他人，其人再到，聞其他適，怏怏不樂。因朋友拉其下西湖，忽見女子與二婦人亦飲於小船之上，彼此相顧，含情無語。士子先登蘇堤，題《卜算子》詞於柳樹上。未幾，女子船亦到，登堤閒步，忽見此詞，便覺身體不歡，忽回舟上，隨即不救。報知其夫，來問因由，舟人具道所以。其夫即往柳邊觀所題之詞，忽悟其妻在前已與人有約，抱氣歸家，尋亦暴卒。

楚娘

生查子

去年梅雪天，千里人歸遠。今歲雪梅天，千里人追怨。　鐵石作心腸，鐵石剛猶輭。江海比君恩，江海深猶淺。

《醉翁談録》乙集卷一略云：妓女楚娘適三山林茂叔，林正室李氏稍不能容，楚娘作詞題壁。詞如上略。李氏見之，遂歡然式好。

連靜女

失調名

朦朧月影，黯淡花陰，獨立等多時。只恐冤家誤約，又怕他、側近人知。千回作念，萬般思憶，心下暗猜疑。驀地偷來廝見，抱著郎語顫聲低。　輕移蓮步，暗褪羅裳，攜手過廊西。已是更闌人靜，粉郎恣意憐伊。霎時雲雨，半晌歡娱，依舊兩分飛。去也回眸告道：待等奴、兜上鞋兒。

武陵春

人道有情須有夢，無夢豈無情？夜夜相思直到明。有夢怎生成？　伊若忽然來夢裏，鄰笛又還驚。笛裏聲聲不忍聽。渾是斷腸聲。

《醉翁談録》乙集卷一略云：延平連静女，私通鄰居儒生陳彦臣，曾填一詞以記。詞如上略。後爲母覺，禁制稍嚴。忽一夕，彦臣伺隙潛往静女之家，静女乃口占一詞，名《武陵春》。母聞之，遂捉獲，解官囚之。

案：失調名一首，《詞統》卷六作鄭雲娘詞。

張時

時字逢辰，河南人。

南鄉子

暖日未斜西。正是迷花殢酒時。紅藥雕欄呈冷豔，依稀。花重枝柔壓半欹。　相對耍猴兒。一捻幽芳勸酒巵。魏紫姚黄來覷著，方知。準擬今宵醉伴妻。

《醉翁談録》癸集卷二略云：張時過建康妓謝福娘家，福娘作《南歌子》（應作《南鄉子》）云：「閒傍藥欄西，正是春光三月時。深紫淺紅光照眼，依稀。有似西施醉枕欹。摘放膽瓶兒，冷豔幽光映酒巵。曾記古人題品語，袄知。今夜花王得豔妻。」張時覽之，即就筆和云：詞如上略。和畢，二人相得之歡，不啻魚水。

無名氏

誤桃源

砥柱勒銘賦，本贊禹功勳。試官親處分，贊唐文。秀才冥子裏，鑾輿幸并汾。恰似鄭州去，出曹門。

《明道雜志》：掌禹錫學士，厚德老儒，而性涉迂滯，嘗言一生讀書，但得佳賦題數箇，每遇差考試輒用之，用亦幾盡。嘗試監生，試《砥柱勒銘賦》，此銘今具在，乃唐太宗銘禹功，而掌公誤記爲太宗自銘其功。宋渙中第一，其賦悉是太宗自銘。韓玉汝時爲御史，因章劾之。有無名子作一闋嘲之云：詞如上略。「冥子裏」，俗謂昏也。

魚游春水

秦樓東風裏。燕子還來尋舊壘。餘寒初退，紅日薄侵羅綺。嫩草初抽碧玉簪，媚柳輕窣黄金縷。鶯囀上林，魚游春水。　幾曲闌干遍倚。又是一番新桃李。佳人應念歸期未。梅妝淚洗。鳳簫聲絶沈孤雁，目斷清波無雙鯉。雲山萬重，寸心千里。

《能改齋漫録》卷十六：政和中，一中貴人使越州回，得詞於古碑陰，無名無譜，不知何人作也。録以進御，命大晟府撰腔，因詞中語賜名《魚游春水》。

失調名

千里傷行客。

《能改齋漫録》卷十六：晏元獻早入政府，迨出鎮，皆近畿名藩，未嘗遠去王室。自南都移陳留，離席，官奴有歌「千里傷行客」之詞。公怒曰：「予生平守官，未嘗去王畿五百里，是何千里傷行客耶！」

浣溪沙

碎剪香羅裛淚痕。鷓鴣聲斷不堪聞。馬嘶人去近黄昏。　整整斜斜楊柳陌，疏疏密密杏花村。一番風月更銷魂。

《能改齋漫録》卷十六：黄季岑云：往年蔡州瓜陂舖，有用篦刀刻青泥壁爲《浣溪沙》詞云：詞如上略。

玉瓏璁

城南路。橋南路。玉鉤簾捲香横霧。新相識。舊相識。淺顰低笑，嫩紅輕碧。惜，惜，惜！　劉郎去。阮郎住。爲雲爲雨朝還暮。心相憶。空相憶。露荷心性，柳花蹤跡。得，得，得！

《能改齋漫録》卷十六：近時有士人，嘗於錢塘江漲橋爲狹邪之游，作樂府名《玉瓏璁》云：詞如上略。其後，朝廷復收河南，士人者陷而不返。其友作詩寄之，且附以龍涎香。詩云：「江漲橋邊花發時，故人曾共著征衣。請君莫唱橋南曲，花已飄零人不歸。」士人在河南得詩，酬之云：「記得吴家心字香，玉窗春夢紫羅囊。餘薰未歇人何許，洗破征衣更斷腸。」

踏青游

識箇人人，恰正二年歡會。似賭賽六隻渾四。向巫山重重去，如魚水。兩情美。同倚畫樓十二，倚了又還重倚。　兩日不來，時時在人心裏。擬問卜、常占歸計。拚三八清齋，望永同鴛被。到夢裏，驀然被人驚覺，夢也有頭無尾。

《能改齋漫録》卷十七：政和間，一貴人未達時，嘗游妓崔念四之館，因其行第，作《踏青游》詞云：詞如上略。都下盛傳。

玉樓春

東風楊柳門前路。畢竟雕鞍留不住。柔情勝似嶺頭雲，別淚多如花上雨。　青樓畫幕無重數。聽得樓邊車馬去。若將眉黛染情深，直到丹青難畫處。

《能改齋漫録》卷十七：予紹興戊辰，沿檄至信州鉛山，見驛壁有題《玉樓春》詞，不著姓氏，今載於此。

望海潮

彩筒角黍，蘭橈畫舫，佳時競弔沅湘。古意未收，新愁又起，斷魂流水茫茫。堪笑又堪傷。有臨皋仙子，連璧檀郎。暗約同歸，遠煙深處弄滄浪。　倚樓魂已飛揚。共偷揮玉筯，痛飲霞觴。煙水無情，揉花碎玉，空餘怨抑淒涼。楊謝舊遺芳。算世間縱有，不恁非常。但看芙蕖並蒂，他日一雙雙。

《能改齋漫録》卷十七：紹興庚午，台之黄巖妓，有姓謝，與姓楊者情好甚篤，爲嫗所制，相約夜投諸江。好事者有爲《望海潮》以弔之。

念奴嬌

炎精中否，歎人才委靡，都無英物。戎馬長驅三犯闕，誰作連城堅壁？楚漢吞併，曹劉割據，白骨今如雪。書生鑽破簡編，説甚英傑。　天意眷我中興，吾君神武，小曾孫周發。海嶽封疆俱效職，狂虜何勞追滅。翠羽南巡，叩閽無路，徒有衝冠髮。孤忠耿耿，劍鋒冷浸秋月。

《苕溪漁隱叢話》前集卷第五十九：苕溪漁隱曰：「東坡『大江東去』赤壁詞，語意高妙，真古今絶唱。近時有人和此詞，題於郵亭壁間，不著其名，語雖麄豪，亦氣概可喜，今漫筆之。」

《泊宅篇》卷九：有稱中興野人和東坡《念奴嬌》詞，題吴江橋上。車駕巡師江表，過而覩之，詔物色其人，不復見矣。

案：《燼餘録》以爲此乃吴雲公和李山民之作。

侍香金童

喜葉葉地，手把懷兒摸。甚恰恨出題廝撞著。内臣過得不住脚。忙裏只是，看得斑駁。　駭這一身冷汗，都如雲霧薄。比似年時頭勢惡。待檢又還猛想度。只恐根底，有人尋著。

《苕溪漁隱叢話》後集卷三十九：《上庠録》云：「政和元年，尚書蔡嶷爲知貢舉，尤嚴挾書。是時有街市詞曰《侍香金童》，方盛行，舉人因其詞加改十五字，作『懷挾』詞云：詞如上略。」

眉峰碧

蹙破眉峰碧。纖手還重執。鎮日相看未足時，便忍使鴛鴦隻。　薄暮投孤驛。風雨愁通夕。窗外芭蕉窗裏人，分明葉上心頭滴。

《玉照新志》卷第二：詞如上略。祐陵親書其後云：「此詞甚佳，不知何人作，奏來。」蓋以詔曹組者。今宸翰尚藏其家。

沈雄《古今詞話·詞辨》卷上：真州柳永少讀書時，以無名氏《眉峰碧》詞題壁，後悟作詞章法。一妓向人道之，永曰：「某於此亦頗變化多方也，然遂成屯田蹊徑。」

柳梢青

長安道上行客。

曉星明滅。白露點、秋風落葉。故址頹垣，荒煙衰草，谿前宫闕。長安道上行客。念依舊、名深利切。改變容顔，銷磨古今，隴頭殘月。

《投轄録》：己未歲，虜人入我河南故地，大將張中孚、中彦兄弟，自陜右來朝行在所，道出洛陽建昌宫故基之側，與二三將士張燭夜飲於郵亭。忽有婦人衣服奇古而姿色絶妙，執役來歌於尊前曰：詞如上略。中孚兄弟大驚異，詰其所自，不應而去。

行香子

清要無因。舉選艱辛。繫書錢、須要十分。浮名浮利，虚苦勞神。歎旅中愁，心中悶，部中身。

雖抱文章，苦口推尋。更休説、誰假誰真。不如歸去，作箇齊民。免一回來，一回討，一回論。

《容齋四筆》卷第十五：東坡公《行香子》小詞云：「清夜無塵，月色如銀。酒斟時、須滿十分。浮名浮利，休苦勞神。歎隙中駒，石中火，夢中身。雖抱文章，開口誰親？且陶陶、樂盡天真。不如歸去，作箇閒人。對一張琴，一壺酒，一溪雲。」紹興初，范覺民爲相，以自崇寧以來，創立法度，例有泛賞，如學校，茶鹽，錢幣，保伍，農田，居養，安濟，寺觀，開封、大理獄空，四方邊事，御前、内外諸司，編敕會要、學制、禮制、道史等書局，掖庭編澤，行幸，曲恩，諸色營繕，河埽功役，採石、木栰、花石等綱，祥瑞，禮樂，兩城所公田，伎術，伶優，三山，永橋，明堂，西内，八寶，玄圭，種種濫賞，不可勝述。其曰應奉有勞、獻頌可採、職事修舉、特授特轉者，又皆無名直與，及白身補官，選人改官，職名礙格，非隨龍而依隨龍人，非戰功而依戰功人等，每事各爲一項，建議討論。又行下吏部，若該載未盡名色，並合取朝廷指揮，臨時參酌。追奪事件，遂爲畫一規式，有至奪十五官者。雖公論當然，而失職者胥動造謗，浮議蜂起。無名子因改坡語云：詞如上略。至大字書寫，貼於内前牆上，邏者得之以聞。是時，僞齊劉豫方盜據河南，朝論慮或搖人心，亟罷討論之舉。范公用是爲臺諫所攻，今章且叟奏稿中正載彈疏，竟去相位云。

失調名

單于若問君家世，説與教知。便是紅窗迥底兒。

《夷堅支乙》卷第六：東坡《送子由奉使契丹》末句云：「單于若問君家世，莫道中朝第一人。」用唐李揆事也。紹興中，曹勛功顯使金國，好事者戲作小詞，其後闋云：詞如上略。謂功顯之父元寵昔以此曲著名也。後大璫張去爲之子安世，以閤門宣贊爲副使，或改其語曰：「説與教知，便是中朝一漢兒。」蓋京師人謂内侍養子不閹者，謂漢兒也。最後知閤門事孟思恭亦使北，或又改曰：「便是鹽商孟客兒。」謂思恭之父爲販鹺巨賈也。

失調名

君是園中楊柳，能得幾時青？趁金明、春光尚好，尊酒賞閒情。它年歸去，強山陰處，一枕曉霞清。

《夷堅乙志》卷第五：欒平士人李南金，紹興二十七年登科，纔唱名，罷歸旅舍，夢二女子執板歌詞以侑酒曰：詞如上略。覺而記其語，不曉強山爲何處。既調官，得光化軍教授，未赴，來謁提點坑冶李稙，獻新發鐵山，自督工烹煉。一日，見巨蛇仰首向爐，如有所訴，李戒坑户勿得害，既而殺之。它日，又有蛇，其大如柱，來治處，傍小蛇千餘隨之，結爲大團。巨蛇躍起高丈餘，李猶令僕持杖捶之，僕不敢前。又遣人歸家取勑告，置地上，蛇徑行不顧。李甚駭，既覺體中不佳，遂歸。先是其家人夢一姥來尋李教授，曰：「枉殺我兒。」及是知其不可起，數日而卒。

失調名

赤靄浮空，祥雲遠布，是我來仙跡。且頻修、同泛舸上雲秋碧。華宫瑶館，游畢卻返，絳節回鸞翼。荷殷勤三斝香醪，供養我上真仙客。

《夷堅乙志》卷第十一：信州弋陽人吴滂，字潤甫，所居曰結竹村。幼子大同，生而不能言，手亦攣縮。紹興十七年，年十一歲。方秋時，與里中兒戲山下，有道人過，問吴潤甫家所在，旁兒指曰：「在彼。」曰：「此子何不答我？」曰：「不能言。」道人曰：「然則我先爲治此疾而後往。」乃摘茅一莖，取其葴，鍼大同兩耳下，應時呼號。又連鍼其肘，遽伸手執道人衣，曰：「何爲刺我？」群兒皆驚異，與俱還滂家。道人入門曰：「君家又有一人廢疾，可舁至縣中，尋吾治之。」且約以某日。蓋滂兄濬長子不能行，四十五歲矣。過期數日，乃入邑訪之，無所見。後滂與大同至縣，見丐者鬅鬙藍縷，大同指曰：「此是也。」滂以錢遺之，不受，曰：「沽酒飲我足矣。」至酒肆，方具杯，擲去之，曰：「此不足一醉。」自入庫中，取巨甕兩人不能勝者，獨挈之出，其直千錢，舉甕盡飲之，乃去。又曰：「君家麻車源木甚多，可伐之，爲我建一樓於所居竹間。」麻車源，去結竹七里，產大木。滂如其言立樓，名曰遇仙。常烹羊釃酒爲慶會，自此道人不復至。大同獨時有所適，或經日乃返，不告家人以其處。始時身絶短小，今形容偉然，氣韻落落。又數年，復來告曰：「俟爾父母捐館，妻子亦謝世，當訪我於貴溪紫竹巖。」今滂夫婦皆死，大同妻子此下宋本闕一葉。下書一詞，詞如上略。書畢，人問曰：「先生降臨，何以爲驗？」曰：「赤雲滿空，則吾至矣。」異日復至，果然。故詞中及之。

湘靈瑟　原無調名，據劉壎詞補。

霜風摧蘭，銀屏生曉寒。淡掃眉山臉紅殷，瀟湘浦，芙蓉灣。相思數聲哀歎，畫樓尊酒閒。

《夷堅乙志》卷第十四：倪巨濟次子冶爲洪州新建尉，請告送其妻歸寧，還至新淦境，遣行前者占一驛。及至欲入，遥聞其中人語，逼而聽之，譆笑自如，而外間略無僕從，將詢爲何人而不得。入門窺之，聲在堂上。暨入堂上，則又在房中。冶疑懼，亟走出，徧訪驛外居民。一人云：「嘗遣小童來借筆硯去，未見其出也。」乃與健僕排闥直入，見西房壁間題小詞云：詞如上略。墨色尚濕，筆硯在地，曾無人跡，倪氏不敢宿而去。

失調名

妙手庖人，搓得細如麻綫。面兒白，心下黑，身長行短。驀地下來後，嚇出一身冷汗。

這一場歡會，早危如累卵。　便做羊肉燥子，勃推飣椀，終不似引盤美滿。舞萬遍，無心看，愁聽絃管。收盤盞，寸腸暗斷。

浪淘沙

水飯惡冤家。些小薑瓜。尊前正欲飲流霞。卻被伊來剛打住，好悶人那。　不免著匙爬。一似吞沙。主人若也要人誇。莫惜更攙三五盞，錦上添花。

《夷堅三志》己卷第七：滑稽取笑加釀嘲辭，合於詩所謂「善戲謔不爲虐」之義。陳曄日華編集成帙以示予。因采其可書並舊聞可傳者，併記於此。王季明給事舉饞客席上《粉》詞云：詞如前一首略。以俗稱粉爲斷腸羹，故用爲尾句。《水飯》詞云：詞如後一首略。

夜游宫

因被吾皇手詔。把天下寺來改了。大覺金仙也不小。德士道。卻我甚頭腦。　道袍須索要。冠兒戴，恁且休笑。最是一種祥瑞好。古來少。葫蘆上面生芝草。

西江月

早歲輕衫短帽，中間圓頂方袍。忽然天賜降宸毫。接引私心入道。　可謂一身三教。如今且得逍遥。擎拳稽首拜雲霄。有分長生不老。

青玉案

釘鞋踏破祥符路。似白鷺，紛紛去。試盉幞頭誰與度？八厢兒事，兩員直殿，懷挾無藏處。　時辰報盡天將暮。把筆胡填備員句。試問閒愁知幾許？兩條脂燭，半盂餿飯，一陣黄昏雨。

《夷堅三志》己卷第七：政和間，改僧爲德士，以皂帛裹頭項，冠於上。無名氏作兩詞，《夜游宫》云：詞如上略。《西江月》云：詞如上略。後章蓋初爲秀才，乃削髮，卒爲德士也。詠舉子赴省，有《青玉案》云：詞如上略。皆可助尊俎間掀髯捧腹也。

減字木蘭花

家門希差。養得一枚依樣畫。百事無能。只去籬邊纏倒藤。　幾回水上。軋捺不翻真箇彊。無處容他。只好炎天嗷作巴。

《夷堅支景》卷第四：宗室公衡居秀州，性質和易，善與人款曲。但天資滑稽，遇可啟顏一笑，銜口輒嘲之。里閭親戚以至倡優伶倫，無所不狎。見之者無敢不敬畏。素寡髮，俗目之爲趙葫蘆，遂爲好事者作小詞詠之曰：詞如上略。讀者無不絶倒，蓋亦以謔受報也。

滴滴金　原無調名，據《花草粹編》卷四補。

當初親下求言詔。引得都來胡道。人人招是駱賓王，并洛陽年少。　自訟監宫并岳廟。都一時閒了。案：調此句脱一字。誤人多是誤人多，誤了人多少。

《中吴紀聞》卷第五：徽宗既位，下詔求直言，時上書及廷試直言者俱得罪。京師有謔詞云：

詞如上略。

失調名

頭巾帶，誰理會？三千貫賞錢，新行條例。不得向後長垂，與胡服相類。　法甚嚴，人盡畏。便縫闊大帶向前面繫。和我太學先輩，被人叫保義。

《中吴紀聞》卷第六：宣和初，予在上庠，俄有旨令士人結帶巾，否則以違制論。士人甚苦之，當時有譃詞云：詞如上略。

水調歌頭

平生太湖上，來往幾經過。如今重到，何事愁與水雲多？擬把匣中長劍，換取扁舟一葉，歸去老漁蓑。銀艾非吾事，丘壑漫蹉跎。　鱠新鱸，斟碧酒，起悲歌。太平生長，不謂今日識干戈！欲捲三江雪浪，淨洗邊塵千里，不用挽天河。回首望霄漢，雙淚墮清波。

《中吴紀聞》卷第六：建炎庚戌，兩浙被虜禍，有題《水調歌頭》於吴江者，不知其姓氏，意極悲壯，今録之於後。詞如上略。

《獨醒雜志》卷六：紹興中，有於吴江長橋上題《水調歌頭》云：詞如上略。不題姓氏。後其詞傳入禁中，上命詢訪其人甚力，秦丞相乃請降黄牓招之，其人竟不至。或曰：「隱者也。自謂『銀艾非吾事』，可見其泥塗軒冕之意。秦丞相請招以黄牓，非求之，乃拒之也。」

《燼餘録》：顧淡雲别號夢梁詞人，著有《夢梁集》。和李山民《吴江橋亭》一闋，倚《水調歌頭》云：詞如上略。淡雲居靈芝坊，亦歲寒社友。

失調名

做園子，得數載。栽培得那花木，就中堪愛。時將介。保義酬勞，反做了，今日殃害。詔書下來索金帶。這官誥看看毀壞。放牙笏便擔屎擔，卻依舊種菜。

失調名

疊假山，得保義。幞頭上、帶著百般村氣。做模樣，偏得人憎，又識甚條制。今日伏惟安置，官誥又來索氣。不如更疊箇盆山，賣八文十二。

《中吴紀聞》卷第六：朱沖微時，以買賣爲業。後其家稍温，易爲藥肆，生理日益進。以行不檢，兩受徒刑。既擁多貲，遂交結權要，然亦能以濟人爲心。每遇春夏之交，既出錢米藥物，募醫官數人，巡門問貧者之疾，從而賙之。又多買弊衣，擇市嫗之善縫紉者，成衲衣數百，當大寒雪盡以給凍者。詣延壽堂，病僧日爲供飲食藥餌，病愈則已。其子勔，因賂中貴人以花石得幸，時時進奉不絶，謂之花石綱。凡林園亭館以至墳墓間，所有一花一木之奇怪者，悉用黄紙封識，不問其家，徑取之。有在仕途者，稍稍拂其意，則以違上命文致其罪，浙人畏之如虎。花石綱經從之地，巡尉護送，遇橋梁則徹以過舟，雖以數千緡爲之者，亦毀之不恤。初，江淮發運司於真揚楚淮，有轉般倉綱運兵，各據地分，不相交越。勔既進花石，遂撥新裝運船，充御前綱以載之，而以餘舊者載糧運，直達京師，而轉般倉遂廢，糧運由此不繼，禁衛至於乏食，朝廷亦不之問也。勔之寵日盛，父子俱建節鉞，即居第創雙節堂。又得徽廟御容，置之一殿中，監司郡守必就此朝朔望。勔嘗預内宴，徽宗親握其臂與語，勔遂以黄帛纏之，與人揖，此臂竟不舉。弟姪數人，皆結姻於帝族，因緣得至顯官者甚衆。盤門内有園極廣，植牡丹數千本，花時以繒綵爲幙幔覆其上，每花標其名，以金爲標榜，如是者數里。園夫畦子，藝精種植，及能疊石爲山者，朝釋負擔，暮紆金紫，如是者不可以數計。圃之中又有水閣，作九曲橋入之。春時，縱婦女游賞，有迷其路者，朱老設酒食招邀，或遺以簪珥之屬，人皆惡其醜行。一日勔敗，撿估其家貲，有黄發勾者，素與勔不協，既被旨，黎明造其室，家人婦女盡驅之出，雖閭巷小民之家，無敢容納。不數日，已墟其圃。所謂牡丹者，皆析以爲薪。每一扁牓，以三錢計其直。勔死，又竄其家於海島，前日之受誥身者盡褫之。當時有謔詞云：詞如上略。又云：詞如上略。

失調名

你自平生行短，不公正，欺物瞞心。交年夜，將燒毀，猶自昧神明。若還替得你，可知好裹，爭奈無憑。　我雖然無口，肚裹清醒。除非閻家大伯，一時間，批判昏沈。休癡呵，臨時恐怕，各自要安身。

《因話録》：紙錢起自唐時，紙畫代人，未知起於何時，今世禱祀禳禬用之，刻板印染肖男女之形而無口。北方之俗，歲暮則人畫一枚，於臘月二十四日夜佩之於身，除夕焚之，有謔詞云：詞如上略。

鷓鴣天　上元

春曉千門放鑰匙。萬官班從出祥曦。九重彩浪浮龍蓋，一點紅雲護赭衣。　車馬過，打毬歸。芳塵灑定不教飛。鈞天品動回鑾曲，十里珠簾待日西。

二

日暮迎祥對御回。宮花載路錦成堆。天津橋畔鞭聲過，宣德樓前扇影開。　奏舜樂，進堯杯。喧闐車馬上天街。君王喜與民同樂，八面三呼震地來。

三

紫禁煙光一萬重。五開金碧射晴空。梨園羯鼓三千面，陸海鼇山十二峰。　香霧重，月華濃。露臺仙仗彩雲中。朱闌畫棟金泥幕，卷盡紅簾十里風。

四

香霧氤氳結綵山。蓬萊頂上駕頭還。繡韉猊坐三千騎，玉帶金魚四十班。風細細，珮珊珊。一天和氣轉春寒。千門萬户笙簫裏，十二樓臺月上闌。

五

禁衛傳呼約下廊。層層掌扇簇親王。明珠照地三千乘，一片春雷入未央。宮漏永，御街長，華燈偏共月爭光。樂聲都在人聲裏，五夜車塵馬足香。

六

寶炬金蓮一萬條。火龍圍輦轉州橋。月迎仙仗回三殿，風遞韶音下九霄。登複道，聽鳴鞘。再須酥酒賜臣僚。太平無事多歡樂，夜半傳宣放早朝。

七

玉座臨軒宴近臣。御樓燈火發春温。九重天上聞仙樂，萬寶牀邊侍至尊。花似海，月如盆。不任宣勸醉醺醺。豈知頭上宮花事，貪愛傳柑遺細君。

八

九陌游人起暗塵。一天燈霧銷彤雲。瑶臺雪映無窮玉，閬苑花開不度春。攢寶騎，簇雕輪。漢家宮闕五侯門。景陽鐘動纔歸去，猶掛西窗望月痕。

九

宣德樓前雪未融。賀正人見綵山紅。九衢照影紛紛月，萬井吹香細細風。複道遠，暗相通。平陽主第五王宮。鳳簫聲裏春寒淺，不到珠簾第二重。

十

風約微雲不放陰。滿天星點綴明星。燭龍銜耀烘殘雪，羯鼓催花發上林。河影轉，漏聲沈。縷衣羅薄暮雲深。更期明夜相逢處，還盡今宵未足心。

十一

五日都無一日陰。往來車馬鬧如林。葆真行到燭初上，豐樂歸游夜已深。人未散，月將沈。更期明夜到而今。歸來尚向燈前說，猶恨追游不稱心。

十二

徹曉華燈照鳳城。猶嗔宮漏促天明。九重天上聞花氣，五色雲中應笑聲。頻報道，奏河清。萬民和樂見人情。年豐米賤無邊事，萬國稱觴賀太平。

十三

憶得當年全盛時。人情物態自熙熙。家家簾幕人歸晚，處處樓臺月上遲。花市裏，使人迷。州東無暇看州西。都人只到收燈夜，已向尊前約上池。

十四

步障移春錦繡叢。珠簾翠幕護春風。沈香甲剪熏爐暖，玉樹明金蜜炬融。車流水，馬游龍。歡聲浮動建章宮。誰憐此夜春江上，魂斷黄粱一夢中。

十五

真箇親曾見太平。元宵且説景龍燈。四方同奏昇平曲，天下都無歎息聲。長月好，定天晴。人人五夜到天明。如今一把傷心淚，猶恨江南過此生。

《蘆浦筆記》卷十：右上元詞十五首，備述宣、政之盛，非想像者所能道，當與《夢華録》並行也。

玉樓春

春風捏就腰兒細。繫的粉裙兒不起。從來只向掌中看，怎忍在燭花影裏？酒紅應是鉛華褪，暗蹙損眉峰雙翠。夜深沾輛繡鞋兒，靠著那個屏風立地。

《瑞桂堂暇録》：有士人訪一妓，妓在開府侍宴，候稍久，遂賦一詞寄之云：詞如上略。詞至，爲閫帥所見，善其詞語清麗，明日呼士人來，竟以此妓與之。

案：《豹隱紀談》以此詞爲阮郎中作。

大聖樂

千朵奇峰，半軒微雨，曉來初過。漸燕子、引教雛飛，菡萏暗薰芳草，池面涼多。淺斟瓊巵浮緑蟻，展湘簟、雙紋生細波。輕紈舉，動團圓素月，仙桂婆娑。　臨風對月恣樂，便好把千金邀豔娥。幸太平無事，擊壤鼓腹，攜酒高歌。富貴安居，功名天賦，爭奈皆由時命何！休眉鎖，問朱顏去了，還更來麽？

《行都紀事》：朱晦庵爲倉使時，某郡太守遭捃摭，幾爲按治，憂惶百端。未幾，晦庵易節他路，有寄居官因召守飲，出寵姬歌《大聖樂》，至末句云：「休眉鎖，問朱顏去了，還更來麽？」守爲之啟齒。

案：此首全詞見《類編草堂詩餘》卷四。

漁家傲

十月小春梅蕊破。

《行都紀事》：某邑宰因預借違旨，遭按而歸，某郡郡將乃宰公之故舊，因留連。有妓慧黠，得宰罷官之由，時方仲秋，忽謳《漁家傲》「十月小春梅蕊破」，宰云：「何大早耶？」答云：「乃預借也。」宰公大慚。

失調名

喜則喜，得入手。愁則愁，不長久。忻則忻，我兩箇厮守。怕則怕，人來破鬬。

《苕溪漁隱叢話》後集卷第三十九：《復齋漫録》云：「鄧肅謂余言，宣和三年，初復九州，天下共慶，而識者憂之也。都門盛唱小詞曰：詞如上略。雖三尺之童皆歌之，不知何謂也。七年，九州復陷，豈非『不長久』耶？郭藥師，契丹之帥也，我用以守疆，啟敵國禍者，郭耳，非『破鬬』之驗耶？」

失調名

高文虎，稱伶俐。萬苦千辛，作箇《放生亭記》。從頭没一句説著官家，盡把太保歸美。

這老子忒無廉恥。不知潤筆能幾？夏王説不是商王，只怕伏生是你。

《四朝聞見録》戊集：高文虎字炳如，號爲博洽名儒，疾程文浮誕，其爲少司成，專以藏頭策問試士，問目必曰：「有某人某事者。」士不能應，但以也字對者字。士之憤高也久矣。會京尹趙師羃奏請盡以西湖爲祝聖池，禁捕魚者。作亭池上，甚偉，穹碑摩雲，高實爲記。其文有曰：「鳥獸魚鼈咸若，商歷以興。」既已鐫之石，石本流傳，殆不可掩，改商爲夏，隱然猶有刊跡。無名子作爲詞以謔之云：詞如上略。

新水令

冒風連騎出金城，聞孤猿韻切，懷念親眷。爲笑徐都尉，徒誇彩繪，寫出盈盈嬌面。振旅闐闐，覩訝閬苑神仙，越公深羨。驟萬馬、侵凌轉盼。感先鋒，容放鏡，收鸞鑑一半。　歸前陣，慘怛切，同陪元帥恣懽戀。二歲偶爾，將軍沈醉連綿，私令婢捧菱花，都市尋徧。新官聽説邀郎宴。因命賦悲歡孰敢，做人甚難。梅妝復照，傅粉重見。

《歲時廣記》卷十二引《本事詩》：陳太子舍人徐德言之妻，後主叔寶之妹，封樂昌公主，才色冠絶。時陳政方亂，德言知不相保，謂妻曰：「以君才容，國亡必入權豪之家，儻情緣未斷，猶冀相見，宜有以信之。」乃破一鏡，人執其半，約曰：「他時必以正月望日賣於都市，我當以是日訪之。」及陳亡，果入越公楊素之家，寵嬖殊厚。德言流離辛苦，僅能至京，以正月望訪於都市。有蒼頭賣半鏡者，大高其價，人皆笑之。德言直引至其居，具言其故，出半鏡以合之，仍題詩曰：「鏡與人俱去，鏡歸人不歸。無復嫦娥影，空餘明月輝。」公主得詩，悲泣不食。越公知之，愴然改容，即召德言至，還其妻，仍厚遺之。因與餞別，仍三人共宴，命公主作詩以自解。詩曰：「今日何遷次，新官對舊官。笑啼俱不敢，方信作人難。」遂與德言歸江南，竟以終老。後人作詞嘲之，寄聲《新水令》云：詞如上略。

臨江仙

莫怪錢神容易致，錢神盡是愚夫。爲何此鬼卻相於？只由頻展義，長是泣窮途。

韓氏有文曾餞汝，臨行慎莫躊躇。青燈雙點照平湖。蕉船從此逝，相共送陶朱。

《歲時廣記》卷十三引《古今詞話》：「太學有士人長於滑稽，正月晦日，以芭蕉船送窮作《臨江仙》，極有理致。其詞曰：詞如上略。」

駐馬聽

雕鞍成漫駐。望斷也不歸，院深天暮。倚遍舊日，曾共憑肩門户。踏青何處所？想醉拍、春衫歌舞。征旆舉。一步紅塵，一步回顧。

行行愁獨語。想媚容今宵，怨郎不住。來爲相思苦。又空將愁去。人生無定據。嘆後會、不知何處。愁萬縷。憑仗東風，和淚吹與。

《歲時廣記》卷十六引《古今詞話》：「瀘南營二十餘寨，各有武臣主之。中有一知寨，本太學士人，爲壯歲流落隨軍邊防，因改右選。最善詞章，嘗與瀘南一妓相款，約寒食再會。知寨者以是日求便相會，既而妓爲有位者拉往踏青，其人終日待之不至。次日又逼於回期，然不敢輕背前約，遂留《駐馬聽》一曲以遺之而去。其詞曰：詞如上略。亦名《應天長》。妓歸見之，輒逃樂籍，往寨中從之，終身偕老焉。」

南歌子

禁苑沈沈靜，春波漾漾行。仙姿才韻兩相并。葉上題詩，千古得佳名。　牆外分明見，花間隱約聲。銀鈎擲處眼雙明。應訝昔時，不得見情人。

《歲時廣記》卷十七引《古今詞話》：「近代有一士人，頗與一姬相惓，無何，爲有力者奪去。忽因清明，其士人於官園中閒游，忽見所惓，頗相顧戀。後一日再往園中，姬擲一書與之，中有一詩，止傳得一聯云：『莫學禁城題葉者，終身不見有情人。』士人感念，作《南歌子》一曲以見情。」

菩薩蠻

昔年曾伴花前醉。今年空灑花前淚。花有再榮時。人無重見期。　故人情義重。

不忍營新寵。日月有盈虧。妾心無改移。

《花草粹編》卷三引《古今詞話》云：「蜀中有一寡婦，姿色絶美，父母憐其年少，欲議再嫁。歸家有喜宴，伶唱《菩薩蠻》，婦聞之，泣涕於神前，欲割一耳以明其志。其母速往止之，抱持而痛，遂不易其節。」

傾盃序

昔有王生，冠世文章，嘗隨舊游江渚。偶爾停舟寓目。遥望江祠，依依陌上閒步。恭詣殿砌，稽首瞻仰，返回歸路。遇老叟，坐於磯石，貌純古。因語曰：子非王勃？是致生驚，詢之片餉方悟。子有清才，幸對滕王高閣，可作當年詞賦。汝但上舟，休慮迢迢，仗清風去。到筵中，下筆華麗如神助。　會俊侶，面如玉。大夫久坐覺生怒。報云落霞並飛孤鶩，秋水長天，一色澄素。閻公竦然，復坐華筵，次詩引序。道鳴鸞佩玉，鏘鏘罷歌舞。棟雲飛過南浦。暮簾捲向西山雨。閒雲潭影，淡淡悠悠，物换星移，幾度寒暑。閣中帝子，悄悄垂名，在於何處？算長江、儼然自東去。

《歲時廣記》卷三十五引《摭言》云：「唐王勃，字子安，太原人也。六歲能文，詞章蓋世。年十三，侍父宦游江左，舟次馬當，寓目山半古祠，危闌跨水，飛閣懸崖。勃乃登岸閒步，見大門當道，榜曰『中元水府之神』，禁庭嚴肅，侍衛猙獰，勃詣殿砌，瞻仰稽首。返回歸路，遇老叟，年高貌古，骨秀神清，坐於磯上，與勃長揖曰：『子非王勃乎？』勃心驚異，虚己正容，談論款密。叟曰：『來日重九，南昌都督命客作《滕王閣序》，子有清才，曷往賦之！』勃曰：『此去南昌七百餘里，今日已九月八矣，夫復何言！』叟曰：『子誠能往，吾當助清風一席。』勃欣然再拜，且謝且辭，問叟仙耶神耶，心怯未悟。叟笑曰：『吾中元水府君也，歸帆當以濡毫均甘。』勃既登舟。翌旦昧爽，已抵南昌。會府帥閻公宴僚屬於滕王閣，時公有壻吴子章，喜爲文詞，公欲誇之賓友，乃宿搆《滕王閣序》，俟賓合而出爲之，若即席而就者。既會，公果授簡諸客，諸客辭。次至勃，勃輒受。公既非意，色甚不怡，歸内閣，密囑數吏伺勃下筆，當以口報。一吏既報曰：『南昌故郡，洪都新府。』公曰：『此亦儒生常談耳。』一吏復報曰：『星分翼軫，地接衡廬。』公曰：『故事也。』又報曰：『襟三江而帶五湖，控蠻荆而引甌越。』公即不語。俄而數吏沓至以報，公但頷頤而已。至『落霞與孤鶩齊飛，秋水共長天一色』，公矍然拊几曰：『此天才也。』頃而文成，公大悦。復出主席，謂勃曰：『子之文章，必有神助。使帝子聲流千古，老夫名聞他年，洪都風月增輝，江山無價，皆子之力也。』徧示坐客嘆服。俄子章卒然叱勃曰：『三尺小童兒，敢將陳文以誑主公。』因對公覆誦，了無遺忘。坐客驚駭，公亦疑之。王勃湛然徐語曰：『陳文有詩乎？』子章曰：『無詩。』勃亦了不締思，揮毫落紙作詩曰：『滕王高閣臨江渚，佩玉鳴鑾罷歌舞。畫棟朝飛南浦雲，珠簾暮捲西山雨。閒雲潭影日悠悠，物换星移幾度秋。閣中帝子今何在？檻外長江空自流。』子章聞之，大慚而退。公私讌勃，寵渥薦臻。既行，謝以五百縑。遂至故地，而叟已先坐磯石矣。勃拜以謝曰：『府君既借好風，又教不敏，當具菲禮，以答神庥。』叟笑曰：『幸勿相忘，儻過長蘆，焚陰錢十萬，吾有未償薄債。』勃領命，復告叟曰：『某之窮通壽夭何如？』叟曰：『子氣清體羸，神微骨弱，雖有高才，秀而不實。』言畢，冉冉没於水際。勃聞此，厭厭不樂，過長蘆而忘叟之祝。俄有群烏集檣，拖櫓弗進。勃曰：『此何處？』舟師曰：『長蘆也。』勃恍然，取陰錢如數，焚之而去。羅隱詩曰：『□□有意憐才子，歘忽威靈助去程。一席清風雷電疾，滿碑佳句雪冰清。焕然麗藻傳千古，赫爾英名動兩京。若匪幽冥□□客，至今佳景絶無聲。』後之人又作《傾盃序》云：詞如上略。」

擷芳詞

風摇蕩，雨濛茸。翠條柔弱花頭重。春衫窄，香肌溼。記得年時，共伊曾摘。都如夢。何曾共？可憐孤似釵頭鳳。關山隔，晚雲碧。燕兒來也，又無消息。

《花草粹編》卷六引《古今詞話》：「政和間，京師妓之姥曾嫁伶官，常入内教舞，傳禁中《擷芳詞》以教其妓。人皆愛其聲，又愛其詞，類唐人所作也。張尚書帥成都，蜀中傳此詞競唱之，卻於前段下添憶憶憶三字，後段下添得得得三字，又名《摘紅英》。其所添字又皆鄙俚，豈傳之者誤耶？擅芳英之名非擅爲之，蓋禁中有擷芳園、擅景園也。」

行香子

浙右華亭。物價廉平。一道會、買箇三升。打開餅後，滑辣光馨。教君霎時飲，霎時醉，霎時醒。　聽得淵明。說與劉伶。這一餅、約迭三斤。君還不信，把秤來秤。有一斤酒，一斤水，一斤餅。

《隨隱漫録》卷二：雲間酒淡，有作《行香子》云：詞如上略。嗚呼，豈知太羹玄酒之真味哉！

沁園春

道過江南，泥牆粉壁，石具在前。述某州某縣，某鄉某里，住何人地，佃何人田。氣象蕭條，生靈憔悴，經界從來未必然。唯何甚，爲官爲己，不把人憐。　思量幾許山川。況土地分張又百年。正西蜀巉巖，雲迷鳥道，兩淮清野，日警狼烟。宰相弄權，奸人罔上，誰念干戈未息肩。掌大地，何須經理，萬取千焉。

《錢塘遺事》卷四：理宗朝嘗欲舉行推排之令，廷紳有言而未行也。賈似道當國，卒行之。有人作詩曰：「三分天下二分亡，猶把山川寸寸量。縱使一丘添一畝，也應不似舊封疆。」又有作《沁園春》題於道間者。

唐多令

天上謫星班。青牛初度關。原缺一句，惟《宋稗類鈔》卷二云：「天上謫星班，群真時往還，駕青牛早度函關。」幻出蓬萊新院宇，花外竹，竹邊山。　軒冕儻來看。人生閒最難。算真閒，不到人間。一半神仙先占取，留一半，與公閒。

《古杭雜記詩集》卷二：度宗賜賈似道第於西湖上，似道扁亭名曰「半閒」，以停雲水道人。每治事罷，則入亭中習打坐，有佞之者，上《唐多令》詞，大稱似道意。議者謂其時乃聖哲馳騖而不足之秋也，曾謂似道而以半閒自處乎。

賀聖朝

太平無事，四邊寧靜狼煙杳。國泰民安，漫説堯舜禹湯好。萬民翹望，景龍門上，龍燈鳳燭相照。聽教雜劇喧笑。藝人巧。　寶籙宮前。呪水書符斷妖。艮岳傍相，竹林深處勝蓬島。笙歌鬧。奈吾皇不候，等元宵景色來到。恐後月陰晴未保。

《宣和遺事》亨集：爲甚從臘月放燈？蓋恐正月十五日陰雨，有妨行樂，故謂之預賞元宵。

怎見得？有一隻曲兒喚做《賀聖朝》：詞如上略。

失調名

帝里元宵風光好，勝仙島蓬萊。玉動飛塵，車喝繡轂，月照樓臺。三官此夕歡諧。金蓮萬盞，撒向天街。訝鼓通宵，華燈競起，五夜齊開。

《宣和遺事》亨集：至宋朝開寶年間，有兩浙錢王獻了兩夜浙燈，展了十七、八兩夜，謂之五夜元宵。怎見得？昔人有隻曲調，道是：詞如上略。

沁園春

國步多艱，民心靡定，誠吾隱憂。歎浙民轉徙，怨寒嗟暑；荊襄死守，閱歲經秋。虜未易支，人將相食，識者深爲社稷羞。當今亟，出陳大諫，箸借留侯。□□原無空格，據律補。迂闊爲謀。天下士、如何可籍收？況君能堯舜，臣皆稷契；世逢湯武，業比伊周。政不必新，貫仍宜舊，莫與秀才做盡休。吾元老，廣四門賢路，一柱中流。

《癸辛雜識》別集卷下：咸淳辛未，正言陳伯大建議，以爲科場之弊極矣，欲自後舉始行，下諸路運司牒州縣，先置士籍，編排保伍，取各家户貫，三代年甲，娶誰氏，兄弟男孫若干之數。其有習舉業者，則各書姓名，所習賦經。子孫若憑所書年甲，如十五以上實能舉業者，自五家至二十五家而百家，百家而里正，許其自召其鄉之貢士，結罪保明，批書舉歷，然後登士籍。一樣四本，縣州漕部各解其一，仍從縣給印歷，俾各人親書家狀於歷首，以爲字跡之驗，不許臨期陳狀改易。或有隨侍子弟，合赴漕牒諸色漕試者，各令齎歷先赴縣批鑿，前去各處狀試，每遇唱名後，重行編排保伍取會。如有新進可應舉者，續照前式保明付籍。或有事故服制者，並畫時申聞批鑿或毁抹。如虚增人名，妄稱舉子，其犯人與里正保伍並照貢舉條例施行。大意如此，御筆從行，徧牒諸路昭揭通衢。或撰《沁園春》云：詞如上略。又有詩云：「劉整驚天動地來，襄陽城下哭聲哀。廟堂束手渾無計，只把科場惱秀才。」

長相思

去年秋。今年秋。湖上人家樂復愁。西湖依舊流。　吴循州。賈循州。十五年間一轉頭。人生放下休。

《東南紀聞》卷一：賈似道當國，京師亦有童謡云：「滿頭青，都是假。這回來，不是耍。」蓋時京妝競尚假玉，以假爲賈，喻似道之專權，而丙子之事，非復庚申之役矣。因記似道貶時，有人題壁：詞如上略。比之雷州寇司户之句，勸儆尤多。